毛詩草木鳥獸蟲魚疏廣要

〔吴〕陸璣撰
〔明〕毛晉廣要
欒保群點校

中華書局

圖書在版編目(CIP)數據

毛詩草木鳥獸蟲魚疏廣要/(吴)陸璣撰,(明)毛晉廣要,樂保群點校. —北京:中華書局,2023.3
ISBN 978-7-101-16048-2

Ⅰ.毛… Ⅱ.①陸…②毛…③欒… Ⅲ.①《詩經》-文學研究②生物-研究-中國 Ⅳ.①I207.222②Q152

中國版本圖書館 CIP 數據核字(2022)第 240892 號

責任編輯:石 玉
責任印製:管 斌

毛詩草木鳥獸蟲魚疏廣要
〔吴〕陸 璣 撰
〔明〕毛 晉 廣要
欒保群 點校
*
中 華 書 局 出 版 發 行
(北京市豐臺區太平橋西里 38 號 100073)
http://www.zhbc.com.cn
E-mail:zhbc@zhbc.com.cn
三河市宏盛印務有限公司印刷
*
850×1168 毫米 1/32 · 9⅝印張 · 2 插頁 · 190 千字
2023 年 3 月第 1 版 2023 年 3 月第 1 次印刷
印數:1-4000 册 定價:36.00 元

ISBN 978-7-101-16048-2

整理説明

本書全名《毛詩草木鳥獸蟲魚疏廣要》，簡稱《陸疏廣要》，是明末人毛晉對三國吴人陸璣《毛詩草木鳥獸蟲魚疏》中相關名物詮釋的擴展及探討，它包括了自晉至明歷代學者的主要成果，參以己見，廣而不濫，故稱「廣要」。

一

《毛詩草木鳥獸蟲魚疏》簡稱《陸疏》，作者陸璣，現在已據唐陸德明《經典釋文序録》定論爲三國時吴人，字元恪，吴郡人，官至太子中庶子、烏程令。其身世僅有這些，本無須辭費，但《陸疏廣要》以及明代所有的《陸疏》刻本均署作唐人，所以又不得不做些分辨。

《陸疏》最早著録於《隋書·經籍志》，言「《毛詩草木鳥獸蟲魚疏》二卷，烏程令吴郡陸機撰」，《舊唐書·經籍志》、《新唐書·藝文志》則作「陸璣撰」，按例不署朝代。《宋史·藝文志》亦作陸璣，在《毛詩》類中排序在漢鄭玄後、唐孔穎達前。另《隋志》及北監本《毛詩正義》均以作者爲「陸機」，自指二陸之陸士衡，雖然也是吴郡人，早爲《資暇集》

糾正，言士衡不治經學，所以後世著録便以「陸璣」爲正。

至於陸璣的時代，在宋之前本無異辭，俱認作三國吴人，但南宋陳振孫《直齋書録解題》卷二有言：「其書引郭璞注《爾雅》，則當在郭之後，亦未必爲吴時人也。」是以陸璣當在郭璞之後，却並未言爲何時人。而到了晚明，連出幾種《陸疏》刊本，却全署爲唐人了。《四庫提要》把毛晉説成是此誤的始作俑者，實在冤枉，因爲早於毛晉《廣要》之前，《陸疏》的流傳版本，已有收入陳繼儒《寶顔堂秘笈·普集》（刊於泰昌元年，一六二〇）的《刻毛詩草木鳥獸蟲魚疏》，署「唐吴郡陸璣元恪撰」，又有收入吴永《續百川學海》（刊於天啓間）的《毛詩草木鳥獸蟲魚》，署「唐吴郡陸璣撰」，而陶珽重輯的一百二十卷本《説郛》雖然刊成在《廣要》之後，但成稿却在《廣要》之前，其所收《陸疏》題作《毛詩草木鳥獸蟲魚》，亦署「唐吴郡陸璣」，所以把陸璣誤作唐人的責任怎麽也算不到毛晉身上。《四庫提要》言，《陸疏》若爲唐代之書，《隋志》烏能著録？且書中所引《爾雅》注，僅及漢犍爲文學、樊光等，實無一字涉郭璞。又北魏賈思勰《齊民要術》對《陸疏》的大量引用，更是唐以前人所撰之證。

在儒生看來，《陸疏》是《詩經》在毛公和鄭玄之後最早的經注，其經學史上地位的重要自無可議，所以在《四庫》中歸入經部，而實事求是地説，它更是中國最早的名物學著作，只不過以孔子論《詩》「可以多識於草木鳥獸之名」一句爲引，所釋之名物限於《詩經》之草木鳥獸蟲魚而已。

二

關於《廣要》所用的《陸疏》版本，毛晉在《序略》中並没有説明，只説對《陸疏》很早就「思一見而不可得」，「乍得而鼓掌」云云。所言「乍得」，自是意外之事，肯定不是《寶顔堂秘笈》那種易見易得的刊本。而且《廣要》「取蕭祭脂」條「白葉莖臝，科生」句，「科」字下有小注：「一作『斜』，非。」而寶顔堂本正作「斜」。「維魴及鱮」條，「漁陽、泉州」下毛氏有小注「一本作『漁陽泉牣刀口』」，而寶顔堂本正作「漁陽泉牣刀口」。又「樹之榛栗」條「今此惟江湖有之」，寶顔堂本則作「今此惟江南有之」。可見毛晉雖然有可能使用寶顔堂本參校，但並没有用它作底本，否則何必稱以「一本」？「一本」，底本以外之本也。當然毛氏更不可能以陶氏《説郛》本爲底本，《説郛》雖然刻於明末，但成書已經在《廣要》之後，毛氏無由得見，而且見到並使用《説郛》抄本的可能性也没有。《廣要》「有蒲與荷」條中有「爲光如斗角」一句，《説郛》本作「爲光如牛角」，明顯勝於「斗角」，毛晉如果見到過《説郛》的抄本，是絶對不會置之不理的。清乾隆間人趙佑在作《草木疏校正》時，責難毛晉對尚未刊成的《説郛》本之「舛錯脱棄」「未能悉加釐正」，實在是失察之至。我的鄙見，毛氏所用的底本應該是一種寶顔堂及《説郛》以外的未刊的抄本，其署爲唐人，也是原本舊有，非毛氏妄加。

至於晚明出現的《陸疏》的幾個版本是否爲陸璣「原本」，清人的看法也各有不同。《四庫全書》收了《陸疏廣要》，還收了一百二十卷本《説郛》，除了這兩種所包括的《陸疏》正文之外，《四庫全書》另單收《陸疏》二卷，其《提要》云「原本久佚，此本不知何人所輯」，這一説法對毛、陶二本自然也適用。趙佑認爲，「疑本作者未成之書，久而不免散佚，好事者爲就他書綴輯，間涉竄附，痕跡宛然」。《陸氏草木鳥獸蟲魚疏疏》的作者焦循説的更爲肯定：「譌舛相承，次序淩雜，明係後人摭拾之本，非璣之原書。」唯另一種《毛詩草木鳥獸蟲魚疏校正》的作者丁晏不同意以上説法，云：「今所傳二卷，即璣之原書，後人疑爲掇拾之本，非也。《爾雅》邢《疏》引陸璣《義疏》，《齊民要術》、《太平御覽》並稱《義疏》，兹以《陸疏》之文證之諸書所引，仍以此《疏》爲詳。《疏》引劉歆、張奐諸説，皆古義之僅存者，故知其爲原本也。閒有遺文，後人傳寫佚脱爾。」

由於現在看不到明代以前《陸疏》的任何刻本和抄本，所以丁晏的「原本」説找不到切實的證據，但也不能斷然否定。同樣，趙佑、焦循及四庫館臣的「輯佚」説也因爲缺少實證，只能算是臆測，而且也確實有可質疑之處。

首先，《陸疏》最晚的著録見於《宋史·藝文志》和王應麟《玉海》，如果這就是「原本」的話，那麽在元代公私都有所藏，不會只是孤本。令人難解的是，這部流傳千年、歷經浩劫、部頭並不大的書，怎麽到了明代説没就一本也不剩了呢？

其次，即便《陸疏》佚失了，晚明出現的幾種刻本都是從諸書中輯成，那麽它們是何時何人所輯，爲什麽連一點兒蛛絲馬跡都没有？明人輯佚的興趣遠不如造僞，偶爾有之，總要把成果流布開來，但在晚明之前從未有《陸疏》付梓，而泰昌之後短短十幾年間，一下子出現了至少三種以上的《陸疏》，雖然各有譌舛，但並不雷同，難道會有幾個人同時掇拾成書，而總體字句上却是驚人的一致？閉門造車，出則合轍，豈不怪哉！如果説這幾種版本同出一源，那也很讓人納悶，難道一個人輯成的書，在那麽短的時間内就衍生出起碼三種異本？這豈不更超出常理？

再次，趙佑以「編題先後復不依經次」，遂「疑本作者未成之書，久而不免散佚」，焦循則以「次序淩雜」，認定「明係後人摭拾之本，非璣之原書」。趙、焦二氏心目中《陸疏》諸篇的正常「次序」，就是按《毛詩》順序來排列，只有這樣才是「原本」。這本身就是偏見。《陸疏》諸篇先後確實完全不按《毛詩》順序，但並不「淩雜」。全書既以草、木、鳥、獸、蟲、魚分類，而每類中諸名物並不是胡亂堆砌，而是有它們的排列規矩的。先以簡單的鳥、獸二類爲例。「鳥」之以鳳皇而不是以雎鳩爲首，「獸」之以麟而不是以騶虞爲首，正是以鳳皇、麒麟在鳥獸中最爲尊貴，所以把二者置於一類之始，而殿以鴞、梟、狼、猱等惡下之物。雖然這種尊卑之序未必能盡施用於草木蟲魚，但總可以看出陸璣對諸品物自有他的編次構想。另如「蟲」類中序以諸蟲之在草、在水、在木、在屋簷壁腳而終以蜮、蠆害蟲，「魚」中以大魚至小魚而附以鼉、貝等水族，這總不能説是「次序淩雜」吧。草木的品種和類分比較複雜，但同是采擷，水草之荇菜、蘋、藻、茆，就與山菜之蕨、薇、葍、芑等各自成組，絶不相混。全書既已類分爲六種，那麼每類中繼續以類相從，正是名物學的規矩。《四庫》本的《廣要》把毛晉原書次序打亂，依《毛詩》順序重排，焦氏的《陸疏疏》也是一樣，這種不深究原書體例而自以爲是地亂改一通的做法實不可取。另外，如果這輯佚的事由焦循自己來做，他對諸篇的次序會怎樣排列呢？估計最簡便取巧的就是按《毛詩》順序，而不會別出心裁地去用更細密的品類排序。所以我的看法是，《陸疏》的不依經次而自有體例，反倒可以證明它更近於「原本」。

清人輯佚的眼光和手段勝過明人何止十倍，對前人輯過的書也有重輯一遍的先例，但對「譌舛相承」的《陸疏》却從來無人染指，寧可再而三地去搞「校正」。其間緣故，我想就是因爲《陸疏》之「譌舛」可以用校正來完善，而其整體架構是無法以重輯超越的，何況《陸疏》中所引劉歆、張奂諸説的孤本獨見，就是怎麽輯也輯不出來了。

以上質疑只是就《陸疏》爲明人所輯而言，如果王應麟所著録的就已經不是「原本」而是宋人輯本，那就是另一回事了。

至於爲什麽沉寂數百年之後，突然在明末一下子出現幾種《陸疏》，特别是出現了《陸疏廣要》，這也許是純屬偶然，但也可能是一時風會所致。學術如文章，其走向往往是物極必反。明清之際的學風轉移，絶對不會僅僅是國破家亡、天崩地坼的外部刺激的結果，瑣雜之極則歸於梳理，繁博之極則必生歸納，尚奇之極則趨向平實，明代學風的空疏枝蔓到明末已經出現轉向，李時珍的《本草綱目》、宋應星的《天工開物》和方以智的《通雅》都是學風轉移的標誌性著作，而顧亭林、閻若璩等雖然以博雅精審震耀一代，却尚在其後。人在風氣之中，未必能有所知覺，但行動往往要暗受其牽制，《陸疏廣要》的撰寫，也許就是風氣流波之所及吧。何況毛晉作爲出版家，對讀書界的風氣應該更爲敏感一些。

三

毛氏《廣要》所做的工作可分爲三個部分。其一是對《陸疏》本文的校勘，其二是對

《陸疏》所作的「廣要」，其三是毛氏自己的按評。

毛氏對《陸疏》的校勘，一是用所見版本如寶顔堂本參校，如前面提到過的「維魴及鱮」條，「漁陽、泉州」下毛氏有小注「一本作『漁陽泉牣刀口』」，此「一本」即指寶顔堂本。另外就是采用他書引用《陸疏》而出現的異文，其中以《毛詩注疏》、《爾雅注疏》爲多，如「參差荇菜」條「一作『肥美』」，即采自二書；如「伊威在室」條「一本多一『器』字」，即采自《爾雅》邢《疏》。又如「言采其葍」條「一本作『花葉有兩種，一種葉細而花赤，一種葉大而花白，復香』」，及「鼉鼓逢逢」條「一本多『水』字」，皆采自馮復京《六家詩名物疏》。正如毛氏在《序略》中所言，他的爲《陸疏》做廣要，與訂正《十三經注疏》幾乎同步，所以用《毛詩》及《爾雅》二《疏》校正《陸疏》也是順手的事。經此一層，《陸疏》的毛本在明末諸本中就更爲優秀一些。

「廣要」當然是此書的最主要部分。毛晉既然着眼於名物的考察，對《陸疏》名物詮釋的擴展自然以名物學典籍爲重，也就是説，自晉以來的《爾雅》學著作幾乎囊括無遺，其次則草木部分廣泛吸收《本草》學著作，還有就是《詩經》學著作中涉及名物者。下面爲毛氏所引用的主要書籍列一清單。由於毛氏引書時或標書名而多用略稱，或標作者而時名時字，爲了方便閲讀，也在括號中稍做注明。

《毛詩正義》漢毛亨傳（毛傳），鄭玄箋（鄭箋），唐陸德明音義，孔穎達疏（孔疏）。

《爾雅正義》晉郭璞注（郭注），宋邢昺疏（邢疏）。

《爾雅注》宋鄭樵注（鄭注）。

《埤雅》宋陸佃撰（陸農師、山陰陸氏）。

《廣雅》張揖撰（《博雅》、《廣雅》）。

《爾雅翼》宋羅願撰。

《黄帝本草經》（《本草》、《本經》）。

《本草經集注》晉陶弘景撰（陶隱居）。

《唐本草》唐蘇恭注（《唐本草》、《唐本》、《唐本注》、《唐注》）。

《本草拾遺》唐開元中陳藏器撰（《拾遺》、陳藏器）。

《蜀本草》五代後蜀韓保昇等撰（《蜀本》、《蜀本草》、《蜀本圖經》）。

《宋圖經》（《圖經》）。

《證類本草》宋元祐間人唐慎微撰。本名《經史證類本草》。

《本草衍義》北宋政和時醫官寇宗奭撰（《衍義》）。

《本草綱目》明李時珍撰。

《通志》宋鄭樵撰。毛氏所引爲《通志略》中之《昆蟲草木略》(《通志》)。
《詩緝》宋嚴粲撰(嚴坦叔、嚴華穀、嚴氏)。
《六家詩名物疏》明馮復京撰(《名物疏》)。

這個書單都是踏踏實實的大著作,構成了「廣要」的骨幹。此外毛氏雖然也多引諸經傳説、歷朝筆記,以及大自《玄中記》,小至《禽經》、《竹譜》等類書,但「芟其蕪穢,正其淆訛」,有甄選而不炫博,舉異説而不尚怪,在很大程度上擺脱了明人雜纂的虚誇浮濫。

毛晉的按語雖然佔篇幅不多,但出自心得,也可以看出他的學術和見識。

儒家的「博物」學就是把生物的本能倫理化,好像一切動植物的生存都以儒家的道德爲規範。如《魏風·隰有萇楚》,萇楚即銚芅。鄭玄箋云:「銚弋之性,始生正直,及其長大,則其枝猗儺而柔順,不妄尋蔓草木。」一個蔓生植物,竟然是在所禀道德的支配下生長!毛晉對此反譏道:「長楚莖弱,不能爲樹,牽弱于草木,又何揀擇,康成乃云『不妄尋蔓』耶?」這就可以看出毛氏明理的一面。

但物類相感而變化的謬説,毛氏却能坦然接受。「鳩彼飛隼」一篇的按語中,毛氏引《月令》「仲春之節,鷹化爲鳩。仲秋之節,鳩復化爲鷹」,又引《列子》「鷂之爲鸇,鸇之爲布穀,布穀久復爲鷂」,《淮南子》「鷂化爲鸇,鸇化爲布穀,布穀復爲鷂」,然後議論道:

「可見鷹、隼、鶉、鸇、鳩、鴿、布穀、晨風諸鳥，總順節令以變形。」這種思路就與對生物的研究南轅北轍，永遠也不會接近科學了。

名物學只靠在書齋中翻書是做不徹底的，毛氏也明白「參之確聞的見」的重要。但「確聞的見」説得容易，真做起來却大有深淺之别。如果所「見」只是從庭院走到山野去「目驗」一下，那就往往流於一時的表相。而「聞」對毛氏來説自以書册記載爲大宗，但如果不能有相當的膽識，也往往讓真知灼見失於交臂。比如「螟蛉有子，蜾蠃負之」，最早的解説見於揚雄《法言》，云：「螟蛉之子殪，而逢果蠃，祝之曰：類我類我。久則肖之。」《陸疏》亦沿其説。但南朝陶弘景在《本草注》中揭出「是先生子如粟在穴，乃捕他蟲以爲之食」的真相，後世的唐段成式、宋范處義都在實驗之後得出同樣的結論，《本草》學者如寇宗奭、李時珍等人也都贊同陶隱居之説。但毛晉既不信陶説，自己也不肯做一做並不複雜的實驗，仍然爲《陸疏》之誤曲爲之辯，明明蜾蠃窩裏是它産的蟲卵和爲幼蟲準備的蟲子食物，硬説是已變與未變的小蜾蠃，這還談什麽「確聞的見」呢？毛氏譏鄭玄爲了附和《詩序》而曲解物情，其實他自己在很多地方也是爲了附和《陸疏》而跟着胡説的。

雖然《廣要》有這些缺點，但毛氏對所見文獻兼采並收，不以自己的是非決定去取，對於今天有現代科學基礎訓練的讀者來説，這些缺點都不足以誤導大家了。

四

毛晉的生平互聯網上已經介紹得很多，無須重複，另外本書附録中陳瑚的小傳和錢謙益的墓誌銘也值得參考。此處只想説，作爲明末大出版家的毛晉，一生編校刻印書籍六百餘種，而對自己的諸多撰述却僅刻此《廣要》一種，收入《津逮秘書》，由此可見毛氏胸襟。但令人遺憾的是，僅刻的這一種，其讎校却有失水準，其中舛訛、衍奪、錯簡、小注混入正文等各種謬誤很有一些，與汲古閣所刻的《十三經注疏》等相比，頗顯遜色。

乾隆時修《四庫全書》，把《陸疏廣要》收入經部，並做了較全面的校勘，改正了不少錯字，但也有一些遺漏，或改而不正的。特别是館臣把各卷篇目順序全部按《毛詩》調整，讓人有面目全非之感，大失原編本旨。此後嘉慶間的《學津討源》叢書、道光間的《青照堂叢書》也都收入《陸疏廣要》，但只是對《津逮秘書》本的翻刻，而民國時的《叢書集成初編》更是對《津逮秘書》本的影印，所以説起《陸疏廣要》的版本，其實只有《津逮秘書》本和《四庫》本兩種，而且都存在一些缺憾。

這次重新整理此書，理所當然地要以《津逮秘書》爲底本，而《四庫》本雖然錯誤較少，也只能作爲參校本。由於《陸疏廣要》基本上是以大量引文構成，用所引的原書核對引文，要比用《四庫》本參校更爲重要。《陸疏廣要》在引用文獻時，往往稍做變通，或是摘録，或是顛倒其中文字，但只要意思不錯，就視爲無誤。

自《陸疏廣要》問世，雖然除了《四庫全書》之外没有别的校本，但其對學界的影響不容忽視，那就是引出不少學者對《陸疏》的校勘考證。除了前面提到的趙佑、丁晏、焦循之外，另有王泉之《增補鳥獸草木蟲魚疏殘本》二卷、陶福祥《毛詩草木鳥獸蟲魚疏考證》一卷、羅振玉《毛詩草木鳥獸蟲魚疏新校正》二卷。而且《陸疏》的影響遠達日本，淵在寬在安永八年（一七七九）所刻的《陸疏圖解》四卷附一卷，其圖像大抵就是根據毛晉的《廣要》所繪。趙佑與丁晏的兩種校正，有一些與《廣要》相關，本書也酌收部分，以供參考。

由於水平有限，此整理本會有一些錯誤及不當之處，敬請讀者方家指正。

整理者　二〇二二年六月

目録

毛詩草木鳥獸蟲魚疏廣要卷下之下 …… 一八七

釋蟲……二三一

附録……二七三

序略

陸璣《草木鳥獸蟲魚疏》一書，向來傳播詩人之耳，聲若震霆，思一見而不可得。余乍得而鼓掌曰：將逮二酉之岩，適五都之市，可以盪目遨魂，披發吾十年聾瞽。及展卷讀之，堦前梧影未移，而卷帙已告竣矣。嗚呼，昔人所謂窘于採擇，非通儒所爲，信非虚語，况相傳日久，愈失其真，安忍葬之蠹魚腹中湮没無遺耶？時余方訂正《十三經注疏》，於《詩經》尤不敢釋手，遂因陸氏所編若干題目，繕寫本文，旁通《爾雅》郭、鄭諸子臮有補經學之書，芟其蕪穢，潤其簡略，正其淆訛，又參之確聞的見，自户庭以及山巔水湄、平疇異域，凡植者、浮者、飛者、走者、鳴而躍者、潛伏而變化者，無不蒐列，命之曰《廣要》。更有陸氏所未載，如葛、桃、燕、鵲之類，循本經之章次而補遺焉。置之几上，雖不敢曰婁氏之五侯鯖，或差勝於東坡之皛飯矣。追維秦焰之餘，説《詩》者無慮數十家。自大毛公、小毛公連鑣並轡，俾齊、魯、韓三傑亦退避三舍，一時學者耑崇毛氏，系之曰《毛詩》，迄今不易。豈料千百年來，絶無繩武之孫，竊比於解頤、折角之倫哉。余小子妄率井見，欣然爲陸氏執鞭，亦僅效王景文十聞之一耳。倘令吾宗兩公見之，得毋詫耳孫之不肖，其猶正墻面而立也歟。

崇禎己卯孟秋既望，後學毛晉撰。

毛詩草木鳥獸蟲魚疏廣要卷上之上

唐吴郡陸璣元恪撰〔一〕
明海隅毛晉子晉參

釋　草〔二〕

方秉蕑兮（《鄭風·溱洧》）

蕑即蘭，香草也。《春秋傳》曰「刈蘭而卒」，《楚辭》云「紉秋蘭以爲佩」，孔子曰「蘭當

〔一〕「唐」，趙佑曰：「案『唐』字非，當曰『吴』。吴郡陸璣。《隋志》：『《毛詩草木蟲魚疏》二卷，烏程令陸璣撰。』《崇文總目》：『吴太子中庶子烏程令陸璣撰。世或以璣爲機，非也。機自爲晉人，本不治《詩》，今應以璣爲正云。』二本知正其名，而不知論其世。又璣撰者，疏也，《廣要》則子晉所撰也。今總題於上而言璣撰，失講之甚。」《草木疏》作者爲三國吴人陸璣，已成定論，但爲了保持本書原貌，而且關係本書内容，維持不改。

〔二〕「釋草」二字原本無，據《四庫》本增。按《四庫》本於此後諸類前分别加以「釋木」、「釋鳥」、「釋獸」、「釋魚」、「釋蟲」字樣，一律增入，不再出校。

爲王者香草」〔一〕，皆是也。其莖葉似藥草澤蘭，但廣而長節，節中赤，高四五尺。漢諸池苑及許昌宫中皆種之。可著粉中，故天子賜諸侯茝蘭，藏衣著書中辟白魚。

《埤雅》：「蘭，香草也，而文闌艸爲蘭。蘭，闌不祥，故古者爲防刈之也。一名蕑，『有蒲與蕑』。蓋蘭以闌之，蕑以閒之，其義一也。傳曰：德芬芳者佩蘭。古之佩者，各象其德，《楚辭》所謂『紉秋蘭以爲佩』是也。《疏》云『藏之書中辟白魚』，故古有『蘭省芸閣』，芸亦辟蠹。《詩》曰『溱與洧，方涣涣兮。士與女，方秉蕑兮』，言鄭人會于溱、洧兩水之上，秉蕑以自祓除，其風俗之舊也。及其甚也，淫風大行，過時而不反，來者日益以衆，《序》所謂『莫之能救者也』。《淮南子》曰：『男子樹蘭，美而不芳。』説者以爲，蘭，女類也，故男子樹之不芳。夫草木之性，蘭宜女子樹之。」

《本草經》云：「蘭草主殺蟲毒，辟不祥，久服，輕身不老。一名水香，生大吴池澤。澤蘭生汝南諸大澤旁。」《圖經》云：「澤蘭與蘭草相類，但蘭草生水旁，葉光潤，根小紫，五六月盛，澤蘭生水澤中及下溼地，葉尖，微有毛，不光潤，方莖紫節，七八月初採，微辛，此爲異耳。」

〔一〕趙佑曰：「『草』字疑衍。《詩疏》所引『草』下又有『皆』字。」

《爾雅翼》：「蕑，今之蘭草，都梁香也。盛弘之《荆州記》曰：『都梁縣有山，山下有水清淺，其中生蘭草，因名都梁，因山爲號。』其物可殺蟲毒，除不祥，故鄭人方春之月，於溱洧之上，士女相與秉蕑而祓除〔一〕，因以淫泆。《韓詩》云：『今三月桃花水下，以招魂續魄，祓除氛穢。』又《周禮·女巫》『歲時祓除釁浴』，鄭氏云：『今三月上巳水上之類釁浴，以香藥薰草沐浴。』然則用蕑可知矣。陸氏所説皆是，惟引以解《左傳》、《楚辭》之蘭爲非矣。」

又云：「蘭是香草之最，而古今沿習，但以蘭草當之。陸璣解《溱洧》所秉之蕑，以爲蘭也〔二〕。劉次莊説樂府，又引《離騷》『秋蘭兮青青，緑葉兮紫莖』，以爲『沅、澧所生，花在春則黄，在秋則紫，春黄不若秋紫之芳馥』。二家之説皆是蘭草，一名都梁香，一名水香，以之解『秉蕑』可也，何關古之所謂蘭乎？予生江南，所見甚熟，蘭之葉如莎，首春則茁其芽，長五六寸，其杪作一花，花甚芳香。大抵生深林之中，微風過之，其香藹然達於外，故曰『芝蘭生于深林，不以無人而不芳』，故稱幽蘭。與蕙甚相類，其一幹一花而

〔一〕「士女」，原本作「女士」，據《爾雅翼》卷二「蕑」條改。
〔二〕「也」，原本作「耶」，據《爾雅翼》卷二「蘭」條改。

香有餘者蘭，一幹五六花而香不足者蕙。今野人謂蘭爲幽蘭，蕙爲蕙蘭，其名不變于古。然江南蘭只在春芳，荆楚及閩中者秋復再芳，故有春蘭、秋蘭。至其緑葉紫莖，則如今所見，大抵林愈深而莖愈紫耳。近世惟黄太史，豫章人，説蘭蕙合此，餘皆蘭草。蘭草生水傍，非深林之物。又稱紫莖而解以紫花，皆非其理矣。《左傳》鄭文公妾名燕姞，夢天與蘭，且曰：『蘭有國香，人服媚之。』文公遂與之蘭而御之，生子穆公，名蘭。《内則》曰：『婦或賜之茝蘭，則受而獻諸舅姑。』此蘭女事，故一名女蘭。」

《夏小正》云：「五月畜蘭，爲沐浴也。」陳藏器云：「蘭草，婦人和油澤頭，故曰澤蘭。」凡蘭皆有一滴露珠在花蕊間，謂之蘭膏，不啻沆瀣。李長吉云：「幽蘭露，如啼眼，無物結同心，烟花不堪剪。」

按：孔子云：「蘭爲王者香草。」江南人以蘭爲香祖。又云：「蘭無偶，稱爲第一香。」但《爾雅》獨不載，不解何故。蘭之種甚多，如竹蘭、石蘭、伊蘭、崇蘭、風蘭、鳳尾蘭、玉柱蘭、珍珠蘭之類，不可枚舉。凡吴越、閩粤、荆楚間皆有之，或産于幽谷，或産于深溪，無論土人莫辨其品類，即陶隱居、鄭漁仲輩亦未免指鹿爲馬矣。羅氏以陸氏誤引《左傳》、《楚詞》辨之，似得其實，第毛氏及張揖諸家俱云「蕑，蘭也」，羅氏以爲蘭草，未知確否。或又詳辨澤蘭與蕑是二物，闢陸氏之誤。且陸氏云「似澤蘭」，何嘗認爲一種？觀《埤雅》「蘭以闌之，蕑以閒之」二語，深得古人祓除之意。當年鄭俗淫蕩，焉知不因燕姞一夢，士女爭相秉蕳耶？

王氏《詩攷·異字異義》作「方秉菅兮」，不知何解。

采采芣苢（《周南·芣苢》）

芣苢，一名馬舃，一名車前，一名當道。喜在牛跡中生，故曰車前、當道也。今藥中車前子是也。幽州人謂之牛舌草，可鬻作茹，大滑。其子治婦人難産。

《爾雅》「芣苢，馬舃。馬舃，車前」〔一〕，郭注云：「今車前草，大葉長穗，好生道邊。江東呼爲蝦蟆衣。」邢《疏》云：「王肅引《周書·王會》云：『芣苢如李，出于西戎。』王基駁云：『《王會》所記雜物奇獸，皆四夷遠國各齎土地異物以爲貢贄，非《周南》婦人所得采，是芣苢爲馬舃之草，非西戎之木也。』」

《埤雅》：「《神仙服食法》曰：『車前之實，雷之精也。善療孕婦難産及令人有子。』故《詩序》以爲『婦人樂有子』也。《列子》曰：『若蠅爲鶉，得水爲㡭。得水上之際，則爲蠅蠙之衣。生于陵屯，則爲陵舃。』陵舃，車前也，故或謂之蝦蟆衣。《韓詩傳》

〔一〕「芣苢，馬舃。馬舃，車前」，原本闕，據《四庫》本補。

曰『直曰車前，瞿曰芣苢』，蓋生于兩傍謂之瞿。芣从艸从不，苢从艸从㠯。婦人樂有子，或不或㠯。按艸最易生，然他草所在或無，惟車前、蒼耳所至有之，故《芣苢》、《卷耳》之詩正言此二物。」

《本草》云：「車前，養肺强陰益精，令人有子。一名當道，一名牛遺，一名勝舄。生真定平澤丘陵阪道中。」陶隱居云：「子性冷利。仙經亦服餌之，令人身輕不老。《韓詩》乃言『芣苢是木，似李，食其實宜子孫』〔一〕，謬矣。」《圖經》云：「春初生苗，葉布地如匙面，累年者長及尺餘，如鼠尾。花甚細，青色微赤。結實如葶藶，赤黑色。今人五月採苗，七月八月採實。」又云地衣。地衣者，車前實也。

《韓詩説》云：「芣苢，澤舄也，臭惡之菜。詩人傷其君子有惡疾，人道不通，求己不得，發憤而作，以事興。芣苢雖臭惡乎，我猶採取而不已者，以興君子雖有惡疾，我猶守而不離去也。」

按：《爾雅》及《圖經》諸書，芣苢與澤舄確是二種，韓氏之誤甚矣。況既云「是木似李」，又云「澤舄」，何其自相背戾耶？

〔一〕「宜」，原本作「宣」，據文意改。

言采其蝱（《鄘風·載馳》）

蝱，今藥草貝母也。其葉如栝樓而細小。其子在根下，如芋子，正白，四方連累相著，有分解也。

《爾雅》「莔，音萌。貝母」，註云：「根如小貝，圓而白，華葉似韭。」《疏》云：「藥草貝母，一名莔。今常用之藥，出近道，形似聚貝子，故云貝母。」

《本草》云：「一名空草，一名藥實，一名苦花，一名商草，一名勤母。能散人心胸鬱結之氣，殊有功。《詩》云『言采其蝱』是也。」《圖經》云：「根有瓣，子黄白色。二月生莖，細青色，葉亦青，似蕎麥。葉隨苗出，七月開花，碧綠色，形如鼓子花。八月採根曬乾。」又云：「四月蒜熟時採之，良。」

中谷有蓷（《王風·中谷有蓷》）

蓷，似萑〔一〕，方莖白華，華生節間。舊説及魏博士濟陰周元明皆云菴藺是也。《韓

〔一〕趙佑曰：「案《爾雅》萑、蓷一物，不應言『似』。郭注云：『今茺蔚也，葉似荏，方莖白華，華生節間，又名益母。』即璣此語也。《釋文》：『荏，而甚反。』則此『似萑』乃『似荏』之誤。今《詩集傳》本亦誤『荏』爲『萑』。」

詩》及《三蒼》、《説苑》云：蓷，益母也。故曾子見益母而感。按《本草》云：「茺蔚，一名益母。」故劉歆曰：「蓷，臭穢，即茺蔚也。」

《爾雅》云「萑，蓷」，郭璞曰：「今茺蔚也。葉似荏，方莖白華，華生節間。」《廣雅》云：「又名益母。」

《本草經》云：「茺蔚子，一名益母，一名益明，一名大札，一名貞蔚。生海濱池澤。」《圖經》云：「今園圃及田野見者極多，形色皆如郭説，而苗葉上節節生花，實似鷄冠子，黑色，莖作四方稜。」《衍義》云：「茺蔚子，葉至初春亦可鬻作菜食，凌冬不凋悴。」陳藏器云：「此草，田野間人呼爲鬱臭草。」《外臺秘要》云：「益母草，一名負澹子，一名夏枯草。三月採，治産婦諸疾神妙，故曰益母。」

《埤雅》曰：「茺蔚，一名蔚臭，一名蓷。《詩》曰『中谷有蓷，暵其乾矣』，旱乾曰暵，蓷者能暵之草，今曰『暵其乾矣』，則非一日之亢也。故《序》以爲『凶年饑饉，室家相棄』。」李巡曰：「臭穢草也。」《傳》云：「蓷，鵻也。」

《名物疏》云：「毛《傳》云：『蓷，鵻。』《大車傳》云：『菼，鵻。』考《本草》諸書，茺蔚子並無鵻名，豈毛以蓷爲菼乎？毛又云：『陸草生谷中，傷于水。』據《本草》，茺蔚正生海濱池澤，非陸草也。魏博士等以爲菴䕡。《本草》『菴䕡生雍州川谷及上黨道邊，春生苗，葉如艾蒿，高三二尺，七月開花，八月結實』，亦無萑名，不知古人何以云爾。」

按：萑、鵻、菴䕡異種，《名物疏》辨之甚核。余意毛《傳》之誤，《爾雅》「萑」字誤之也。但据《說文》「从艸从隹，朱惟切，草屬」，即此。《爾雅》「萑，蓷也」，从卄，上又加卄者，即「八月萑葦」之「萑」也，从𦫳从隹者，胡官切，鴟屬也。首既不同，因有三音，今从俗混作一字。朱注亦云「鵻也」，又云「葉似萑」，不惟傳訛，且兩岐矣。至如夏枯草，一名鬱臭，因入夏即枯，故名，別是一種，經中所不載。陳藏器及《外臺秘要》混以爲萑，獨不見萑草夏間始著花，何云枯耶？但花有紫、白二種，陳藏器以白花者爲是，孫思邈以紫花者爲是。李時珍又云：「二色皆是，白花者主氣分，紫花者主血分，如牡丹、芍藥有紅白之類。」

集于苞杞（《小雅·四牡》）

杞，其樹如樗。一名苦杞，一名地骨〔一〕。春生，作羹茹微苦。其莖似莓。子秋熟，正赤。莖葉及子服之，輕身益氣。

〔一〕趙佑曰：「案毛公《傳》：『杞，枸杞也。』『南山有杞』《傳》同。《爾雅》枸檵在《釋木》，《疏》引《四牡》『集于苞杞』，陸璣《疏》云云，則是木而非草。陸氏吳人，豈未見今陝甘間枸杞皆大樹耶？然《釋文》引『其樹如樗，一名狗骨』二語於『南山有杞』下，則此條古本元在木類而錯簡耳。」

《爾雅》「杞，枸檵」，郭、鄭注俱云：「枸杞也。」

《本草》云：「枸杞，味苦寒，久服堅筋骨，輕身不老。一名杞根，一名地骨，一名枸忌，一名地輔，一名羊乳，一名却暑，一名仙人杖，一名西王母杖。生常山平澤及諸丘陵阪岸。冬採根，春夏採葉，秋採莖實。」《抱朴子》云：「家菜，一作「柴」。一名托盧，或名天精，或名却老，或名地骨。」《日華子》云：「地仙苗，即枸杞。」《圖經》云：「春生苗，葉如石榴葉而軟薄，堪食，俗呼爲甜菜。其莖榦高三五尺，作叢。六七月生小紅紫花，隨結紅實，形微長如棗核。其根名地骨，與枸棘相類。其實形長而枝無刺者，真枸杞也。圓而有刺者，枸棘也。世傳蓬萊縣南丘村多枸杞，高者一二丈，其根盤結甚固。其鄉人多壽考，亦飲食其水土之品使然耳。」潤州州寺大井傍生枸杞，亦歲久，故土人目爲枸杞井，云飲其水甚益人。

又按：枸杞一名仙人杖，而陳藏器《拾遺》別有兩種仙人杖，一種是枯死竹竿之色黑者，一種是菜類，并此爲三物而同一名也。陳子昂《觀玉篇》云：「余從補闕喬公北征，次于張掖，河洲惟仙人杖往往叢生。戍人有薦嘉蔬者，此物存焉，因爲喬公言其功。時王仲烈亦同旅，喜而食之。旬有五日，有人自謂知藥者，謂喬公曰：『此白棘也。』仲烈遂疑曰：『吾亦怪其味甘。』喬公信是言，乃譏予。予因作《觀玉篇》。」按此仙人杖作菜茹者，葉似苦苣。白棘木類，何因相似而致疑？或曰白棘當是枸棘，然《本經》枸棘又無白棘之别名，况枸棘又非甘物。乃知草木之類多而難識，使人惑于疑似之言，以真爲僞，宜子昂論著之詳也。

《廣雅》云：「地筋，枸杞。」《衍義》云：「凡杞未有無刺者，雖大至有成架，然亦有刺，但小則多刺，大則少刺，如酸棗及棘，其實一也。後人分别枸、棘，强生名耳。」

《詩緝》云：「《詩》有三『杞』，《將仲子》『無折我樹杞』，柳屬也；《南山有臺》『南山有杞』，《湛露》『在彼杞棘』，山木也；此詩『集于苞杞』，《雅·杕杜》、《北山》『言采其杞』，《四月》『隰有杞桋』，枸杞也。」

按：嚴華谷《詩緝》云「南山有杞」之杞是山木，與此篇杞是二種，確甚。朱文公註「南山之杞」云：「樹如樗，極肖其形。」若陸氏《疏》此杞，亦云樹如樗，幾相溷矣。考《本草》枸杞固入木部，但見有成架，未見有成林者。惟沈存中云，「陝西極邊枸杞最大，高丈餘，可作柱」，亦豈與山樗並蔽芾耶？

言采其藚（《魏風·汾沮洳》）

藚，今澤蕮也。其葉如車前草大，其味亦相似，徐州、廣陵人食之。

《爾雅》「藚，牛脣」，郭註云：「《毛詩傳》曰：『水蕮也。』如藚斷寸寸有節，拔之可復。」邢《疏》云：「李巡曰『別二名』，郭云『如續斷』。璣以爲『今澤蕮也』，郭氏所不取。」鄭註云：「狀似麻黄，亦謂之續斷，其節拔可復續，生沙陂。」按：陸氏因毛《傳》「水蕮」誤爲「澤蕮」，李巡已非之〔一〕。鄭氏因郭註「如藚斷」直指爲「續斷」，愈失其真矣。

又按：《爾雅》云「蕍，蕮」，註云：「今澤蕮。」《疏》云：「即《本草》澤瀉也。」《本草》云：「澤瀉一名水瀉，一名及瀉，一名芒芋，一名鵠瀉。」並無藚與水蕮之名。

又按：《本草》云：「續斷一名龍頭，一名屬折，一名接骨，一名南草，一名槐生。」亦無藚與水蕮之名。至其莖葉花實之各異，《圖經》已詳之。

蔦與女蘿（《小雅·頍弁》）

蔦，一名寄生，葉似當盧，子如覆盆子，赤黑甜美。女蘿，今兔絲，蔓連草上生，黄赤如

〔一〕趙佑曰：「案《廣要》云：『陸氏因毛《傳》水蕮誤爲澤蕮，李巡已非之。』此語大謬。李巡後漢人，安得非及吴人之疏？況毛氏又以璣爲唐人耶？蓋郭注於《釋草》之『藚』云：『《毛詩傳》曰：水蕮也，如續斷寸寸有節。』於『蕍蕮』注云：『今澤蕮。』故邢《疏》謂『陸璣以藚爲澤蕮，郭氏所不取』，非李巡語，蓋止可云郭璞非之耳。然《本草》云『澤蕮又名水瀉』，亦不必因郭注定爲陸誤也。」

金，今合藥兔絲子是也。非松蘿，松蘿自蔓松上，生枝正青，與兔絲殊異。

【蔦】《爾雅》云「寓木，宛童」，郭云：「寄生樹，一名蔦。」鄭云：「樹上寄生木也。有二種，一種葉圓，名蔦，一種似麻黄，名女蘿。」女蘿與蔦確是二物，不知漁仲何以云然。《博雅》云：「寄屏，寄生也。」《本草》云：「桑上寄生，一名寄屑，一名蔦，生弘農川谷桑樹上。」陶隱居云：「桑上者，名桑寄生爾。《詩》云『施于松上』，方家亦用楊上、楓上者，各隨其樹名之，形類猶是一般，但根津所因處爲異。生樹枝間，寄根在皮節之内，葉圓青赤，厚澤易析，旁自生節。冬夏生，四月花白，五月實赤，大如小豆。」《圖經》云：「桑寄生，云是烏鳥食物子糞落枝節間，感氣而生。葉似橘而厚軟，莖似槐枝而肥脆。三四月間花，黄白色。六月結實，黄色如小豆。槲、櫸、柳、水楊〔一〕、楓等樹皆有，惟桑上者堪用。」

【女蘿】《爾雅》云「唐蒙，女蘿。女蘿，兔絲」，註云：「別四名。《詩》云『爰采唐矣』。」《疏》云：「孫炎曰『別三名』，郭云『別四名』，則唐與蒙或并或別，故三四異也。《詩經》直言『唐』，而《傳》云『唐蒙』也，是以蒙解唐也，則四名爲得。下又云『蒙，玉

〔一〕「水」，原本作「木」，據《證類本草》卷十二引《圖經》改。

女』，郭云『即唐也，女蘿别名』，是又名玉女。鄭云：『即女蘿也。』然則唐也，蒙也，女蘿也，兔絲，玉女也，凡五名。《詩·頍弁》云『蔦與女蘿』也。」

《埤雅》：「在木爲女蘿，在草爲菟絲。舊説上有菟絲，下必有伏菟之根，無此菟在下，則絲不得生乎上，然其實不屬也。《淮南子》曰『下有伏苓，上有兔絲』，《詩》曰『蔦與女蘿，施于松柏』，言蔦之爲物寄生，而女蘿浮蔓，尚得施于松柏，可以人而不如乎？且姓同本而生，族同支而出，則與寄生浮蔓者異矣，故《詩》以此駁王。《淮南子》〔一〕又曰：『菟絲無根而生，蛇無足而行，魚無耳而聽，蟬無口而鳴，皆自然者也。』」

《爾雅翼》：「女蘿、兔絲，其實二物也。然皆附木上。《廣雅》云：『女蘿，松蘿也；菟丘，菟絲也』，則是兩物。今女蘿正青而細長，無雜蔓，故《山鬼章》云『被薜荔兮帶女蘿』。蘿青而長如帶也，何與兔絲事？然兩者皆附木，或當有時相蔓。古樂府云『南山幕幕兔絲花，北陵青青女蘿樹。由來花樹同一根，今日枝條分兩處』，唐樂府亦云『兔絲故無情，隨風任顛倒。誰使女蘿枝，而來强縈抱。兩草猶一心，人心不如草』，則古今多知其爲二物者。《博物志》：魏文帝所記諸物相似亂者，女蘿寄生兔

〔一〕「淮南子」三字原闕，據《埤雅》卷十八「菟絲」條補。

絲，兔絲寄生木上，根不著地。然則女蘿有寄生兔絲上者。《爾雅》『女蘿，兔絲』，或亦此義爾。」

《本草·草部》云：「菟絲子，一名菟蘆，一名菟縷，一名蓎蒙，《圖經》云：「《爾雅疏》云：唐也，蒙也，而《本草》并以蓎蒙爲一名，似毛《傳》本此。」一名玉女，一名赤綱，一名菟虆。生朝鮮川澤田野，蔓延草木之上。色黄而細爲赤綱，色淺而大爲菟虆。九月採實。」又《木部》云：「松蘿，一名女蘿，生熊耳山川谷松樹上，五月採。」

按：毛公《傳》云：「女蘿，兔絲，松蘿也。」李善因古詩云「與君爲新昏，兔絲附女蘿」，註云二者異草。毛公誤合爲一。此與張揖同見，但合參《爾雅》、《埤雅》及郭、鄭諸家，俱以爲一物而異其名耳，惟陸氏云「女蘿非松蘿」。《本草》分菟絲入《草部》，松蘿入《木部》，似與陸氏合符，然又云「松蘿一名女蘿」，何耶？此詩云「蔦與女蘿，施于松上」，應是松蘿。松蘿與女蘿、兔絲原非異種，總是依附纏綿于他物，而生長不能自植者，在草則附于草，在木則附于木。陸佃分「在草曰兔絲，在木曰女蘿」，亦非確見。

有蒲與荷（《陳風·澤陂》）

蒲始生，取其中心入地者，名蒻，大如匕柄，正白，生噉之，甘脆。鬻而以苦酒浸之，如食筍法〔一〕。荷，芙蕖，江東呼荷。其莖茄，其葉蕸。莖下白蒻。其花未發爲菡萏，已發爲芙蕖。其實蓮，蓮青皮裏白，子爲的。的中有青，長三分如鈎，爲薏，味甚苦，故里語云「苦如薏」是也。的，五月中生，生啖脆。至秋，表皮黑，的成食。或可磨以爲飯〔二〕，如粟也，輕身益氣，令人强健。又可爲糜。幽州、揚、豫取備饑年。其根爲藕，幽州謂之光旁，爲光如斗角〔三〕。

【蒲】《爾雅》云「莞，苻蘺。其上蒚」，郭註云：「今西方人呼蒲爲莞蒲，蒚謂其頭臺首也。江東謂之苻蘺。西方亦名蒲中莖爲蒚。」鄭註云：「即蒲也。西人呼爲莞蒲，謂其首爲臺。江東謂之苻蘺，其上臺莖别名蒚。」《説文》〔四〕云：「水草，似莞而褊，有脊，生于水厓，柔滑而温，可以爲席。」

〔一〕「如食筍法」，丁晏曰：「《齊民要術》引作『如食筍法，大美。今吴人以爲菹，又以爲酢』。」
〔二〕「爲飯」，丁晏曰：「《藝文類聚》引作『爲散』。」
〔三〕「斗角」，陶宗儀《説郛》本作「牛角」。趙佑、丁晏俱以爲「牛角」是。
〔四〕以下引文不見於《説文》。宋李樗、黄櫄《毛詩集解》卷十六解「彼澤之陂，有蒲與荷」，李云：「許慎《説文》曰『陂，陂也』，澤畔漳水之岸也。蒲者，似莞而褊，有脊，滑柔而温。」後人遂將釋蒲之文誤作《説文》之語，輾轉相引，以致此誤。

《周禮・醢人》「深蒲，醓醢」，鄭司農云：「深蒲，蒲蒻入水深，故云深蒲。」《詩緝》云：「《斯干》『下莞』，《箋》云小蒲，則莞精蒲麤。」

【荷】《爾雅》云「芙蕖，其莖茄，其葉蕸，其本蔤，莖下白蒻在泥中者。其華菡萏，其實蓮，謂房也。其根藕，其中的，謂子也。的中薏」，中苦心也。李巡曰：「皆分別蓮、莖、華、葉、實之名，芙蓉，其總名也。」邢《疏》〔一〕：「今江東人呼荷華爲芙蓉，北方人便以藕爲荷，亦以蓮爲荷。蜀人以藕爲茄，或用其母爲華名，或用根子爲母葉號。此皆名相錯，習俗傳誤，失其正體者也。」

《埤雅》：「荷，總名。郭璞以爲芙蕖一名芙蓉。按《説文》云：『未發爲菡萏，已發爲芙蓉。』芙蓉，華之號也。蓋亦通曰芙蕖。《毛詩傳》云：『荷，芙蕖也。其華菡萏。』許慎以爲其華曰芙蓉，其秀曰菡萏，其實曰蓮，蓮之茂者曰華。今其的中有青爲薏，皆倒生兩牙，一成芰荷，一蕅荷也，又生一牙爲華。蕅荷，帖水生蕅者也。芰荷，無蕅卷荷也，與華偶生，出乎水上，亭亭如纖者，或謂之距荷。蕅荷一本，其支傍行，爲蕅節，生一華一葉。《詩》曰『有蒲與荷』，蓋荷善傾欹，蒲無骨榦而柔從。《字説》曰：『蕅藏于水，

〔一〕「邢疏」二字原本無，按此下引文出自邢昺《爾雅疏》，據補。

其自處卑，無所加焉。其所與汙，潔白自若。中有空焉，不偶不生，若此可以偶物矣。而無枝附，泥不能污，水不能没，挺出而立，若此可以加物矣。蓮既有以自白〔一〕，又會而屬焉，若此可以連物矣。菡蔄實若臽，隨昏昕闔闢焉。蕸假根以立，而不如蕅之有所偶；假莖以出，而不如茄之有所加；假華以生，而不如蓮之有所連。菡蔄之有菡也，若此可謂遐矣。夫函物者終于吐，連物者終于散，偶物者或析之，加物亦不可以爲常，故遐在此不在彼也。蔤退藏于無用，而可用可見者本焉，若此可謂密矣。合此衆美，則可以何物，可以爲夫，可以爲渠，故曰荷芙蕖也。荷以何物爲義，故通于負荷之字。』」〔二〕

【菡萏】《爾雅》曰「其華菡萏，其實蓮」，蓋莟曰芙蓉，秀曰菡萏，暢茂曰華。《古今注》曰「芙蓉一名荷華，華之最秀異者也，大者華百葉」，然則華亦謂之芙蓉，《楚辭》所謂「搴芙蓉兮木末」，蓋言此也。凡物皆先華而後實，獨此華果齊生，故西域之書多言此。《詩》曰「有蒲與荷」，「有蒲與蕳」，「有蒲菡萏」，荷言其質之柔，蕳言其氣之芳，菡萏言其色之美。《拾遺記》曰：「昆流素蓮，一房百子，凌冬而茂。」王文公曰：「蓮華有

〔一〕「白」，原本爲方框，據《叢書集成初編》明《五雅全書》本《埤雅》卷十七補。
〔二〕此節采自《埤雅》卷十七「荷」。

色有香，得日光乃開敷。生卑溼淤泥，不生高原陸地。雖生于水，水不能没。雖在淤泥，泥不能污。即華時有實，然華事始則實隱，華事已則實現。實始于黄，終于玄，而莖葉緑葉始生也，乃有微赤。實既能生根，根又能生實，實一而已，根則無量，一與無量互相生起。其根曰蕅，常偶而生，其中爲本，華實所出。蕅白有空，食之心歡。本實有黑，然其生起，爲緑爲黄，爲玄爲白，爲青爲赤，而無有黑。無見無用，而有見有用，皆因以出，其名曰蔤，退藏于密故也。」〔一〕

【藕】《爾雅》曰「其本蔤，其根藕」，蓋莖下白蒻在泥中者蔤。藕偶生，又善耕泥引長，故藕之文从耦，名之亦曰藕。今江左穿池取汲，不欲種藕，以藕善耕泥壞池也。俗云藕生應月，月生一節，閏輒益一。趙辟公《雜記》曰：「藕能移，鯉能飛，龜能守。凡芙蓉行藕，如竹之行鞭耳，節生一葉一華，華葉常偶生，故謂之藕。」又華初著子，首顧在下，久之，其房倒垂，首更在上也〔二〕。

《爾雅翼》：「宋時太官作血䘓，音勘。庖人削藕皮，誤落血中，遂散不凝。醫乃用藕

〔一〕此節采自《埤雅》卷十七「菡萏」。
〔二〕此節采自《埤雅》卷十七「藕」。

療血，多效。葉可裹物。漢鄭敬爲新遷功曹，與同郡鄧敬折芰爲坐，以荷爲肉。齊師伐梁，以糧運不繼，調市人餽軍，建康令孔奐以麥屑爲飯，用荷葉裹之，一宿得數萬裹。《古今注》：『一名水芝，一名澤芝，一名水花。』《管子》曰：『五沃之土生蓮。』」《援神契》曰「王者德至于地則華苹感」，注云：「華苹，並頭蓮也。」《本草衍義》云：「粉紅千葉、白千葉者皆不實，其根惟白蓮爲佳。今禁中又生碧蓮。」

按：蒲是水草，與《魚藻》「依于其蒲」蒲字同。《埤雅》謂「不流束蒲」亦同是草，與朱注相戾，詳見《揚之水篇》。

又按：「有蒲與蕑」，鄭氏謂「蕑」當作「蓮」，芙蕖實也。韓氏《溱洧》「秉蕑」《釋文》云：「蕑，蓮也。」豈古人蓮、蕑通用耶？

參差荇菜（《周南·關雎》）

荇，一名接余。白莖，葉紫赤色，正圓徑寸餘，浮在水上。根在水底，與水深淺等，大如釵股，上青下白。鬻其白莖，以苦酒浸之，脆美可案酒〔一〕。一作「肥美」。

〔一〕「脆美」，按《毛詩疏》、《爾雅疏》均作「肥美」，趙佑亦以「肥美」爲是。

《爾雅》云「莕，接余。其葉荇」，郭注：「叢生水中，葉圓，在莖端，長短隨水深淺。江東食之，亦呼莕。」鄭注：「今水荇也，蔓鋪水上。」毛《傳》云：「后妃供荇菜以事宗廟。」

《埤雅》曰：「『參差荇菜，左右流之』。三相參爲參，兩相差爲差。參差言其出之無類，左右言其求之無方。王文公曰：『菨餘，《詩》雖以比淑女，然后妃所求皆同德者，則菨餘惟后妃可比焉。其德行如此，可以妾餘草矣。』若蘩、蘋、藻，所謂『餘艸』。舊説藻華白，荇華黄。《顔氏家訓》云：『今荇菜是水悉有之，黄華似蓴是也。』」

《爾雅翼》：「《本草》云：『鳧葵，即莕菜也。』别本注駮之云：『荇菜生水中，葉似蓴[一]，莖澁，根極長。江南人多食。《唐本》云是猪蓴，誤也。猪蓴與絲蓴並一種，以春夏細長肥滑爲絲蓴，至冬短爲猪蓴，亦呼龜蓴，此與鳧葵殊不相似。』案荇菜，今陂澤多有，今人猶止謂之荇菜，非難識也。葉亦卷漸開，雖圓而稍羡，不若蓴之極圓也。葉皆隨水高低，平浮水上。花則出水，黄色六出，今宛陵中陂湖中彌覆頃畝，日出照之如金，俗名金蓮子。狀既似蓴，又猪好食，皆以小舟載取以飼猪，又可糞田，或因是亦得猪蓴

[一]「似」，原本作「以」，據《爾雅翼》卷五「荇」條改。

之名，但非蓴菜耳。陸德明曰：『《天官・醢人》陳四豆之實，無荇菜者，以商禮。《詩》詠時事，故有之。』案《風》有《采蘩》、《采蘋》，又有『采藻』、『采茆』、『采芹』之屬，水草甚多，而醢人所薦，止于昌本、茆、芹、深蒲而已。物之爲葅，蓋自有所宜，餘或爲芼羹之用，豈可四物之外便謂商禮耶？顔之推云：『荇，先儒解釋皆云水草，江南俗亦呼爲蓴，或呼爲荇菜。而河北俗人多不識之，博士皆以參差者是莧菜，呼人莧爲人荇，亦可笑矣。』」

嚴粲云：「參差，訓不齊。今池州人稱荇爲莕公鬚，蓋細荇亂生，有若鬚然，詩人之辭不苟矣。」

按：詩人取興荇菜，以其柔順芳潔，可羞神明也。還重左右，無方不流，以興寤寐無時不求意。况是時洽陽渭涘尚未造舟親迎，何得便説到后妃薦荇以供祭祀？《埤雅》直云「后妃采荇，諸侯夫人采蘩，大夫妻采蘋藻，固有次第」，尤爲可笑。王文公借接余舊名以爲妾餘草，近于戲矣。

于以采蘋（《召南・采蘋》）

蘋，今水上浮蓱是也。其麤大者謂之蘋，小者曰蓱。季春始生，可糝蒸以爲茹。又可用苦酒淹以就酒。

《爾雅》云「苹，蓱，其大者蘋」，郭璞云：「水中浮萍，江東謂之薸。」邢昺云：「舍人曰：苹，一名蓱，大者名蘋。」鄭樵云：「蓱，浮萍也，今謂之薸。其大者蘋，即萍類而大者。按，萍屬不可食，此必蓴類，葉亦圜，浮水上如萍也。」《本草》云：「水萍，一名水花，一名水白，一名水蘇。」《唐本注》水萍有三種，大者名蘋；又有荇菜，亦相似而葉圓；小者水上浮萍。吴氏云：「水萍一名水廉。」陳藏器云：「蘋葉圓，闊寸許，葉下有一點如水沫。一名芣菜。」《爾雅翼》云：「蘋葉正四方，中拆如十字〔一〕。根生水底，葉敷水上，不若小浮萍之無根而漂浮也。故《韓詩》云『沈者曰蘋，浮者曰薸』，薸音瓢，即小萍也。蘋亦不沈，但比萍則有根，不浮游耳。五月有花白色，故謂之白蘋。《吕氏春秋》曰：『菜之美者，崑崙之蘋萍焉〔二〕。』蘋之極大者則有實，楚王渡江，有物觸王舟，其大如斗而赤，食之而甘，孔子以童謠決之曰『蘋實也』。雖皆萍之類，然實蘋也，非無根者所能生也。又《天

〔一〕「拆」，原本作「折」，據《爾雅翼》卷六「蘋」條改。
〔二〕《吕氏春秋》本文無「萍」字。

問》曰『靡萍九衢』，言其枝葉分爲衢道，猶今言花五出六出也。『靡萍九衢』，異方之物，故特奇偉。今浮萍三衢，蘋雖大，四衢而已，九衢而大于蘋，則亦大蘋，非特萍也。又《本草》稱水萍，亦謂此物。陶隱居云：『非今浮萍子。』此三事皆得萍名而實蘋也，故詳著之，使覽者無惑焉。」

《詩緝》云：「蘋可茹，薸不可茹〔一〕。郭氏以小萍爲大萍〔二〕，誤。」

《名物疏》云：「按周處《風土記》，『萍，蘋，芹菜之别名。』此説非是，芹别一物矣。蘋又有水陸之異。柳惲所謂『汀洲采白蘋』者，水生而似萍者也。宋玉所謂『起于青蘋之末』者，陸生而似莎者也。」

按：蘋可食，萍不可食。鄭樵疑之，嚴粲駮之，尚未詳析其狀，後人未免傳譌。然陸《疏》云「小者曰萍」，原未嘗相溷。

《埤雅》釋蘋，與藻互發，反多模糊處。又釋苹云：「無根而浮，常與水平，故曰苹也。江東謂之薸，言無定性，漂流隨風而已。《周官》『萍氏掌水禁』，鄭氏云『以不沈溺

〔一〕「薸」，原本作「萍」，據《詩緝》卷二改。薸，即郭璞所謂「水上浮萍」者。

〔二〕「萍」，《四庫》本改爲「蘋」，非是。《詩緝》原文云：「郭璞以蘋爲今水上浮萍，即江東謂之薸，是以小萍爲大萍，誤矣。」

取名，蓋使之幾酒謹酒也』。《月令》季春穀雨之日，『萍始生』。舊説萍善滋生，一夜七子。一曰萍浮于流水則不生，于止水則一夕生九子，故謂之九子萍也。《世説》：『楊花入水爲浮萍。』」

《爾雅翼》云：「水上小浮萍，江東謂之薸。高誘曰：『蘋，大萍，水漂也。』字並同，皆以漂蕩之漂音篳瓢之瓢，字似藻，説者遂以相紊，蓋非其類也。《説文》云：『萍無根，浮水而生，但有小鬚垂水中而已。』《楚辭》曰：『竊傷兮浮萍無根。』然《淮南子》云『萍植根于水，木植根于地』，蓋萍以水爲地，垂根于中，則所垂者乃是根。今或反根于上，爲日所暴即死，是與失土同也。」

二家釋萍極其詳明，又與蘋有別，但俱謂「食野之苹」即此物，恐未必然。《名物疏》云「蘋有水陸之異」，甚確。但陸生者亦不可茹，鄭氏意蘋爲蕈類，亦非。

于以采藻（《周南·采蘋》）

藻，水草也，生水底。有二種。其一種葉如雞蘇，莖大如箸，長四五尺。其一種莖大如釵股，葉如蓬蒿，謂之聚藻，扶風人謂之藻，聚爲發聲也。此二藻皆可食，鬻熟，挼去腥氣，米麪糝蒸，爲茹嘉美。揚州饑荒，可以當穀食也〔一〕，饑時蒸而食之。

【莙】《爾雅》云「牛藻」，郭云：「似藻，葉大，江東呼爲馬藻。」邢云：「以此草好聚生，故言薀藻。」鄭云：「水藻之類，而葉差大，生水底。」《博雅》云：「麦菜，藻也。」《風俗通》云：「殿堂宮室，象東井形，刻作荷菱水草以厭火。」《埤雅》云：「藻，水草之有文者，出乎水下而不能出水之上。其字从澡，言自潔如澡也。」又云：「藻，苹類，似槐葉而連生，生道旁淺水中，與苹雜。至秋則紫，俗謂之馬薸，亦呼紫薸。故曰『于以采藻，于彼行潦』，而《傳》云『聚藻也』。」《爾雅翼》：「藻生水底，横陳于水，若自澡濯然。流水之中，隨波衍漾，莖葉條暢，尤爲可喜，故采藻于行潦也。有二種。其一種葉如雞蘇，莖大如箸，長五六尺。其一種莖大如釵股，葉如蓬蒿，謂之聚藻。横被水下，有自然之文，故古者象服有藻火之屬，藻取其潔。又畫于梲，以爲飾，亦以厭火。山節藻梲，雖取其文，亦以禳火。今屋上覆橑謂之藻井，亦曰綺井，又曰覆海，又曰罳頂〔二〕。今鳧雁屬亦樂于藻，故曰鳧藻，《楚辭》曰『鳧雁皆唼夫粱藻』是也。」

〔一〕「揚州饑荒，可以當穀食也」，丁晏曰：「《爾雅·釋草疏》、《齊民要術》引作『荆揚人饑荒，以當穀食』。」多一荆地。

〔二〕「罳頂」，原本作「罳項」，據文意改。

按：陸氏云「藻出乎水下而不能出水之上」，羅氏亦云「横被水下」，則藻非浮者了然矣。或因韓氏云「浮者爲薸」，誤刻作「藻」，遂謂藻亦出乎水上，謬甚。《埤雅》引《吕覽》云「菜之美者，崑崙之蘋藻」，又引《淮南子》云「容華生蔈，蔈生萍藻，萍藻生浮草」，遂疑蘋即所謂藻，又云「非蒲藻之藻」，又云「萍藻之藻浮，蒲藻之藻沉」，總惑于浮沉之説，遂誤認蘋、藻爲一物耳。《詩攷》作「于以采藻」。

言采其茆（《魯頌·泮水》）

茆，與荇菜相似，葉大如手，赤圓，有肥者著手中，滑不得停。莖大如匕柄。葉可以生食，又可鬻，滑美。江東人謂之蓴菜，或謂之水葵，諸陂澤水中皆有。

《説文》、《博雅》俱云：「茆，鳬葵也。」毛《傳》、朱注亦同。杜子春讀爲卯。許慎以《泮宫》詩讀之，作力久切。《周禮·醢人》「朝事之豆用茆菹」，注云：「茆，鳬葵。」北人音柳，鄭大夫又讀爲茅[一]，謂茆初生者，此不過方音各别耳。

《爾雅翼》云：「今蓴小于荇，陸璣所説則大于荇。今蓴自三月至八月，莖細如釵

[一]「茅」，原本作「芽」，誤。按《周禮注疏》卷六云：「鄭大夫讀茆爲茅，茅菹，茅初生。」

股，黄赤色，短長隨水深淺，名爲絲蓴。九月、十月漸麤硬，十一月萌在泥中，麤短，名塊蓴，味苦澁，取以爲羹，猶勝雜菜。吴人嗜蓴菜、鱸魚，蓋魚之美者復因水菜以芼之，兩物相宜，獨爲珍味。然以鱓、鼊爲之，更足生病。陸德明云：『干寶曰：今之鮑蹏草堪爲葅，江東有之。』何承天曰：『此菜出東海，堪爲葅醬，不可用。』鄭小同云：『江南人名之蓴菜，生陂澤中。』」《草木疏》同。或又名水戾。一云：今之浮菜，即猪蓴也。《本草》有鳧葵，陶弘景以入「有名無用品」，解者不同，未詳其正。

按諸說，則茆爲鳧葵，鳧葵爲蓴，無疑矣，但《本草》以蓴又一物，鳧葵即荇菜。《圖經》又稱蓴葉似鳧葵，殆亦以鳧葵爲荇菜歟？

蒹葭蒼蒼（《秦風·蒹葭》）

蒹，水草也。堅實，牛食之，令牛肥强。青、徐州人謂之蒹。蒹〔一〕，兖州、遼東通語也。葭，一名蘆菼，一名薍，薍或謂之荻，至秋堅成則謂之萑。其初生三月中，其心挺出，其下本大如箸，上鋭而細。揚州人謂之馬尾，以今語驗之，則蘆薍别草也。

〔一〕「蒹」，原本無此字。按趙佑曰：「《爾雅疏》有『蒹』字，《詩疏》則脱『蒹』字，今合校補之。陶本、毛本止知《詩疏》也。」據補。

按：蒹、葭二物，相類而異種者也。蒹小而中實，凡曰萑，曰藡，曰菼，曰騅，曰薍，曰蒹，曰荻，曰烏蓲，一物九名，皆蒹也。葭大而中空，凡曰葦，曰蘆，曰華，曰芀，曰馬尾，一物六名，皆葭也。蓋因其萌也同時，其秀也同時，其堅成也亦同時，又同産河洲江渚間，故詩人往往並詠，如「葭菼揭揭」、「八月萑葦」及此篇三詠「蒹葭」是也。陸《疏》原云「蘆、薍別草」，但李巡認爲一草。朱子《河廣》注云：「葦，蒹葭之屬。」毛公《大車傳》云：「菼，蘆之始生。」偶爾相混，後人遂不能分別耳，因分疏于右，以俟讀者採擇焉。

【蒹】《爾雅·釋草》云「蒹，薕」，郭注云：「高數尺，江東呼爲薕。」鄭注云：「荻也，蘆屬而小，可爲箔。」「菼，薍」。郭、鄭俱云：「似葦而小，實中，江東呼爲烏蓲。」又《釋言》云：「菼，騅也。菼，薍也。」郭注云：「菼草，色如騅，在青白之間。」《廣雅》云：「藡，萑也。」《埤雅》云：「萑即今之荻，一名蒹。蒹，萑之未秀者也。一名薕，高數尺，今人以爲簾箔，因此爲名。至秋堅成，謂之萑葦〔一〕。《說文》曰：『萑之初生，一曰薍，一曰騅。』《夏小正》云：『萑未秀爲菼。』《大車》曰：『毳衣如菼。』《說文》曰『緂，騅帛也』，引此『毳衣如菼』。蓋青者如菼，故謂之緂。一曰：菼，玄色。《字說》曰：『菼，中赤，始生

〔一〕「葦」，原本闕，據《埤雅》卷十六「葦」條補。

未黑，黑已而赤，故謂之菼。其根旁行，牽揉盤互，其形無辨矣，而又强焉，故謂之薍。薍之始生，常以無辨，惟其强焉，乃能爲亂。』又《鴟鴞》云『予所捋荼』，《傳》曰：『荼，萑苕。』今女匠亦以萑荼絮巢，其色白，故《傳》曰：『望而視之，欲其荼白也。』」

【葭】《爾雅·釋草》云「葭，蘆」，郭注云：「葦也。」「葭，華」，郭云：「即今蘆也。」鄭云：「亦謂蘆花。」「葦醜，芀」。郭云：「其類皆有芀秀。」邢云：「葦即蘆之成者。」

《埤雅》云：「葦，即今之蘆，一名葭。葭，葦之未秀者也。一名華。《夏小正》云：「葦未秀爲蘆。」〔一〕先儒以爲萑如葦而細。按《禮》曰：『土鼓，蕢桴，葦籥，伊祁氏之樂也。』葦管中籥，則萑小而葦大矣，是故謂之偉，其字从韋。《荀子》曰『柔從若蒲葦』，葦可緯爲簿席。」又云：「《爾雅》曰：『葦醜，芀』，言其華皆有芀秀，今風輒吹揚如雪，其聚于地如絮。《淮南子》云：『季夏令滂人入材葦。』」

又按：《夏小正》、《博雅》、《埤雅》、《爾雅》註疏郭璞、孫炎輩，與陸《疏》甚合，但李巡、樊光及《字説》未免相戾。毛《傳》、朱註稍有異同，今合考之。其始萌曰虇，則蒹、

〔一〕「夏小正云葦未秀爲蘆」一句，原是大字，但其文不見於《埤雅》，當是毛氏小注而竄入爲正文者。今改爲小字注文。

葭同名，其餘皆異名矣。据《夏小正》云「七月秀雚葦。未秀則不爲雚葦，秀然後爲雚葦」，則曰雚，曰葦，皆堅成後之名也。《鴟鴞》云「余所捋荼」，《河廣》云「一葦杭之」是也。曰薍，曰蒹，曰荻，則雚未秀之名也。曰蘆，則葦未秀之名。曰華，曰艻，則葦吐花之名也。曰菼，曰騅，曰薍，曰烏蓲，則雚始生之名，《王風》云「毳衣如菼」是也。曰馬尾，則葦始生之名，《召南》云「彼茁者葭」是也。《字説》雖不足據，其「荻强而葭弱，荻高而葭下」二語頗得其形似。

菉竹猗猗[一]（《衛風·淇奧》）

有草似竹，高五六尺，淇水側人謂之菉竹也。菉竹，一草名，其莖葉似竹，青緑色，高數尺，今淇、澳傍生此，人謂此爲緑竹。淇、澳，二水名。

【菉】《爾雅》云「菉，王芻」，郭云：「菉，蓐也，今呼鴟脚莎。」某氏云：「鹿，蓐也。」鄭云：「藎草，亦名菉蓐。」

《本草唐注》云：「藎草，葉似竹而細薄，莖亦圓小，生平澤溪澗之側，荊襄人鬻以染

[一]「菉」，《衛風·淇奧》作「緑」。趙佑曰：「當依《詩》本文。」此處因與《廣要》所述衝突，不改。

黄色，極鮮好，洗瘡有効。《爾雅》所謂王芻。」

《爾雅翼》云：「《説文》曰『菉，王芻也』，引《詩》曰『菉竹猗猗』，則緑與菉同。《本草》名藎草，俗亦呼淡竹葉，所謂『終朝采緑，不盈一匊』者。《上林賦》稱香草云『揜以緑蕙，被以江蘺』。張揖亦以緑爲王芻。《衛風》引以爲首，蓋必嘉草也。而《離騷》云『薋菉葹以盈室兮，判獨離而不服』，以三者皆惡草，與《衛風》相反。《詩》《騷》所取，各有義耳。」

【竹】《爾雅》云「竹，萹蓄」，郭註：「似小藜，赤莖節，好生道傍，可食，又殺蟲。」李巡曰：「一物二名也。」孫炎、某氏引《詩·衛風》云「菉竹猗猗」。案陶隱居《本草註》云：「處處有，布地而生，節間白華，葉細緑，人謂之萹竹。鸗汁與小兒飲，療蚘蟲。」鄭注：「即萹竹也。」《韓詩》「緑薄猗猗」，薄，萹筑也。陸德明曰：「薄，萹竹也。」《石經》同。

萹竹亦作扁竹。《蜀本草》云：「葉如竹，莖有節，細如釵股，生下溼地。」《圖經》云：「春中布地生道旁，苗似瞿麥，葉細緑如竹，赤莖如釵股，節間花出，甚細微，青黄色，根如蒿根。」

《爾雅翼》云：「《九章》曰『擥大薄之芳茝兮，搴長洲之宿莽。惜吾不及古之上兮，吾誰與玩此芳草。解萹蓄與雜菜兮，備以爲交佩』，王逸曰：『言已解折萹蓄，雜以香菜，合而佩之，脩飾彌盛也。』然萹蓄雜菜，皆非芳草，逸義非是。蓋言解去萹蓄與雜菜，而佩芳菹、宿莽爲交佩爾。然則竹又惡物，與《衛風》相反耶？」又云：「萹蓄既似竹，則宜謂之竹爾。按璣所説，則又合緑與竹爲一草，未知其審。然古今説者，皆言淇水旁自生竹箭，故古人言『伐竹淇衛』，又曰『淇衛之箭』，如此多矣。蓋淇水宜竹箭，自古已然。《説文》引《詩》作『菉竹』，《韓詩》作『緑藩』，菉既非色，而藩又非竹，不可合爲緑色之竹箭。故析而解之云〔一〕：『菉，王芻。藩，萹筑也。』然則淇、奥自出竹箭，不妨兼〔二〕有菉、竹二草耶？」

【緑竹】朱《傳》云：「緑，色也。淇上多竹，漢世猶然，所謂『淇園之竹』是也。」《竹譜》云〔三〕：「淇園，衛地，殷紂竹箭園也。《淮南子》曰『烏號之弓，貫淇衛之箭』，《毛詩》云『緑竹猗猗』是也。」又云：「植物之中，有物曰竹，不剛不柔，非草非木。或茂沙水，或挺巖陸。」又云：「竹之别類六十有一。」又云：「竹六十年一易根，輒結實而枯死。其實落地復生，六年遂成𥌒。」

〔一〕「析」，原本作「柝」，據《爾雅翼》卷二「竹」條改。
〔二〕「兼」，原本作「蒹」，據《爾雅翼》卷二「竹」條改。
〔三〕此《竹譜》指晉戴凱之《竹譜》。

《埤雅》云：「竹，物之有筋節者也。故蒼史制字，筋、節皆從竹。《爾雅》曰『東南之美者，有會稽之竹箭焉』，今竹性亦喜東南引生。故古之種法云，劚取東南引根，于園角西北種之，久之自當滿園。語曰『西家種竹，東家治地』，言其滋引而生來也。《易》曰『方以類聚』，竹引東南，則以卦推之，巽爲竹矣，震東方也，故震爲蒼筤竹而已。蒼筤，幼竹也。《傳》曰『淇衛箘簵』，又曰『淇衛之箭』，又曰『下淇園之竹以爲楗，伐淇園之竹以爲矢』，蓋淇之産竹，土地所宜，故風人以此美武公之德也。《詩》云『瞻彼淇奥，緑竹猗猗』，『瞻彼淇奥，緑竹青青』，竹之初生，其色緑，長則緑轉而青矣。卒章又曰『如簀』，言盛也，則又明其爲竹矣。《説文》：『竹，冬生草也。』圓質虚中，深根勁節，其種大小不一〔一〕。字從倒艸〔二〕。竹，艸也，而冬不死，故從倒艸。」

按：「緑」一作「菉」，王芻也。「竹」一作「薄」，萹蓄也。毛、韓説皆同。而《竹譜》、朱《傳》皆以爲即《漢書》「淇園之竹」。酈道元云：「淇川無竹，惟王芻、萹草不異毛興。」劉執中云：「淇水之旁，至今多美竹。」豈淇園之竹在後魏無復遺種，而至宋更滋

〔一〕自「圓質虚中」至此，非《埤雅》文，當是毛氏插入。
〔二〕「艸」，原本作「草」，據《埤雅》卷十五「竹」條改。下「艸」字同。

茂乎？然據兩《漢書》淇奥有竹，據《水經注》有王芻、萹草，毛、韓、朱三家各自可通。陸璣又以緑竹爲一草名，古今並無從其説者。今木賊艸，醫方通用，木工以治器，但無華葉，寸寸有節，與陸説有葉者稍殊，未知即一物否也。《爾雅》釋簜、莽等在草中，然實非草類，王元美所云「竹于草木，如魚于鳥獸」是也。其類至多。《山海經》帝俊竹、共谷竹、鉤端竹、尋竹。《禮斗威儀》簑竹。《吴越春秋》晉竹。《述異記》斑竹、孤竹、孝竹。《吕覽》嶰谷竹。《南都賦》籦、籠、篁、篾、篠、簳、箛、箠。《吴都賦》篔簹、林箊、桂箭、射筒、柚梧、篻簩。《竹譜》單名者[illegible]、篁、棘、單、苦、甘、弓、筋、节、簹、節、[illegible]、蓋、狗、蘆、篃之屬，雙名者蘇麻、般腸、百葉、雞脛、篲篠之屬。《廣志》有雲母、[illegible][illegible]、漢利之屬。《西陽雜俎》有箘簬之屬。《筍譜》至八十五種竹、筍。及諸方志有疎節、人面、緜、貓、叢、澁、碧玉、雹斑之屬，難以具載，然多出交廣荒外，非詩人所盡見也。竹田曰篁，竹胎曰筍，竹膚曰筤，竹皮曰筠，竹裏曰笨，竹枚曰箇，竹約曰節，剖竹未去節曰簃，竹死曰箹。竹有雌雄，雄者多筍。五月十三日謂之竹醉日，栽竹多茂盛。其性惡寒好温，故曰「九河鮮育，五嶺實繁」。然處處有之，不似萹蓄但盛于淇川也。上文皆馮嗣宗辨證，可謂詳明博雅矣。但遍搜陸《疏》刻本，並未載木賊，惟馮本多「其草澁礪，可以洗攪笏及盤枕，利于刀錯，俗呼爲木賊」數語，因多木賊草一辨。然木賊産于秦隴間，不聞産于淇衛，未知昔人何以云然。

苕之華（《小雅·苕之華》）

苕，一名陵時，一名鼠尾。似王芻，生下溼水中。七八月中華，紫，似今紫草。華可染皁，鬻以沐髮即黑。葉青如藍而多華。

《爾雅》云「苕，陵苕。黄華，蔈。白華，茇」，郭注云：「一名陵時。」舍人曰：「黄華名蔈，白華名茇，别花色之名也。」鄭《箋》云：「陵苕之華，紫赤而繁。」陸璣亦言其花紫色，而此云黄、白者，蓋就紫色之中有黄紫、白紫耳。及其將落，則全變爲黄，故《詩》云「芸其黄矣」，毛《傳》云「將落則黄」是也。鄭注云：「陵苕，今謂之凌霄花。《本草》謂之紫葳。蔓生，依緣樹木，皆黄花，少見有白華者。」

《博雅》云：「茈葳，陵苕，瞿麥也。」《本草》云：「紫葳，一名陵苕，一名茇華，生西海川谷及山陽。」掌禹錫云〔一〕：「一名女葳。」《圖經》云：「陵苕，陵霄花也。多生山中，人家園圃亦或種蒔。初作藤蔓，生依大木，歲久延引至顛而有花。其花黄赤，夏中

〔一〕「掌」，原本作「劉」，按引文出自《證類本草》卷十三「紫葳」條，云「臣禹錫」，是爲宋嘉祐間修注《本草》（即《嘉祐本草》）之掌禹錫，據改。

乃盛。陶隱居云，《詩》有《苕之華》。按《爾雅》『苕，陵苕』，郭云『一名陵時』。又據陸璣及孔穎達《疏》義，亦云『苕，一名陵時』。陵時乃是鼠尾草之别名，《本草》紫葳無陵時之名，而鼠尾草有之，乃知以陵時作陵霄耳。又陵霄非是草類，益可明其誤矣。」《衍義》曰：「紫葳，今蔓延而生，謂之爲草，又木身，謂之爲木，又須物而上。然幹不逐冬斃，亦得木之多也，故分入《木部》爲至當。唐白樂天詩『有木名凌霄，擢秀非孤標』，益知非草也。《本經》又云莖葉味苦，是與瞿麥别一種甚明。《唐本注》云：『且紫葳、瞿麥皆《本經》所載，若用瞿麥根爲紫葳，何得復用莖葉？』此説盡矣。然其花赭黄色，本條雖不言其花，又却言莖葉味苦，則紫葳爲花，故可知矣。」

《爾雅翼》：「苕，今陵霄花是也。蔓生喬木，極木所至，開花其端。《詩》云『苕之華，芸其黄矣』，鄭《箋》以爲『陵苕之華，紫赤而繁，華衰則黄』，蓋非也。是物雖名紫葳，而花不紫。又或以瞿麥根爲紫葳。瞿麥花紅，亦非此類。然則『芸其黄』者，正自花開之色耳。此華亦彌絡石壁，盛夏視之如錦繡。不可仰望，露滴目中，有失明者。」

《名物疏》云：「陵苕，即陵霄也。故《本草》云『茇華』，與《爾雅》合。陸璣《疏》則以爲鼠尾。《爾雅》云『葝，鼠尾』，註云『可以染皂』。《本草經》云：『鼠尾草有白華者、赤華者，一名葝，一名陵翹，生平澤中。四月採葉，七月採華。』陶隱居云：『田野甚多，人採作滋染皂。』《圖經》云『苗如蒿，夏生，莖端作四五穗，穗若車前』，與陸説『生下溼，七月花，可染皂』者相似，則陸誤以陵苕爲鼠尾矣。又或以紫葳爲瞿麥根。瞿麥即《爾雅》所謂大菊，蘧麥亦非也。陵苕斷即女葳，陸璣《疏》全謬，不可從。」

隰有游龍（《鄭風・山有扶蘇》）

游龍，一名馬蓼。葉麤大而赤白色，生水澤中，高丈餘。

《爾雅》云「紅，蘢古。其大者蘬」，郭註：「俗呼紅草爲蘢鼓，語轉耳。」毛云：「蘢，紅草也。」鄭註亦云：「紅草也，似蓼而高大多毛，故謂之馬蓼。」

《本草經》云：「葒草，一名鴻藹，如馬蓼而大。生水旁，五月採實。」陶隱居云：「此類極多，今生下溼地，極似馬蓼，甚長大。」《圖經》云：「葒草即水紅，下溼地皆有之。葉大，赤白色，高丈餘，《詩》『隰有游龍』是也。陸璣云『一名馬蓼』，《本經》云『似馬蓼而大』，若然，馬蓼自是一種。」

《埤雅》：「蘢，紅草也，一名馬蓼。莖大而赤，生水澤中，高丈餘。《詩》曰『隰有游龍』，游，縱也，以縱故謂之龍。」

《爾雅翼》：「龍，紅草也，一名馬蓼。葉大而赤白色，生水澤中，高丈餘，今人猶謂之水紅草，而《爾雅》又謂之龍古。《鄭詩》『隰有游龍』，云游龍者，言枝葉放縱也。」按：《本草衍義》云「水蓼與水紅相似」，則龍非蓼可知。但諸書未有詳其花色者，惟陸佃釋蓼云〔一〕：「又一種木蓼，一名天蓼，蔓生，葉如柘花黃白，子皮青滑。其最大者名蘢，已見別章。」蓋指此。《管子》「五位」曰：「其山之淺，有龍與斥〔二〕。」按五位之土，上土也，龍始生焉，或不若諸蓼之下溼皆有歟？

食野之苹（《小雅·鹿鳴》）

苹，葉青白色，莖似箸而輕脆〔三〕。一作「肥」。**始生香，可生食，又可蒸食。**

《爾雅》云「苹，藾蕭」，郭註云：「今藾蒿也，初生亦可食。《詩·小雅》云『呦呦鹿鳴，食野之苹』。」鄭註云：「苹，蔞蒿也。」

《盧氏雜說》云：「唐文宗問宰臣：『苹是何草？』李珏曰：『是藾蕭。』上曰：『朕看《毛詩疏》，苹葉圓而花白，叢生野中，似非藾蕭。』」

〔一〕「陸佃」二字誤，以下引文並不見於《埤雅》，而采自《爾雅翼》卷七「蓼」條，「陸佃」應改爲「羅願」或「爾雅翼」。
〔二〕「斥」，原本作「卉」，據《管子·地員》改。按：「龍」，《管子》作「蘢」。
〔三〕「脆」，趙佑曰：《詩疏》、《爾雅疏》並作「肥」。

按：毛《傳》云：「苹，蓱也。」陸氏、羅氏遂以爲水上小浮萍，且云「鹿飲且食也」，令人失笑。鄭氏謂水萍非野所生，非鹿所食，易之曰藾蕭。孔《疏》、朱《傳》俱因之。蔞蒿別是一種，鄭漁仲何亦誤註？豈附會唐文宗非藾蕭之説耶？

于以采蘩（《召南·采蘩》）

蘩，皤蒿。凡艾白色爲皤蒿。今白蒿春始生，及秋香美，可生食，又可蒸食。一名游胡，北海人謂之旁勃，故《大戴禮·夏小正》傳云：「蘩，游胡〔一〕。游胡，旁勃也。」

《爾雅》曰「蘩，皤蒿」，郭氏、鄭氏俱云「白蒿」。又曰「蘩，菟蒵」，又曰「蘩，由胡」，郭氏、鄭氏俱云「未詳」。《疏》云：「《召南》云『于以采蘩』，毛《傳》云『蘩，皤蒿也』，郭氏云『白蒿』，然則皤猶白也。」

《本草》云「白蒿」，《唐本注》云：「此蒿葉麤于青蒿，從初生至枯，白于衆蒿，欲似艾者，所在有之。」又云：「葉似艾，葉上有白毛麤澁。俗呼蓬蒿，可以爲葅。」故《詩箋》云：「以豆薦蘩葅。」《博雅》云：「蘩母，菊勃也。」《圖經》曰：「白蒿，蓬也，生中山川

〔一〕「游胡」，今《夏小正》戴傳作「由胡」。下同。

澤。今所在有之，《爾雅》所謂「蘩，皤蒿」是也。唐孟詵亦云「生挼酢食」，今人但食蔞蒿，不復食此，或疑此蒿即蔞蒿。而孟詵又别著蔞蒿條，所説不同，明是二物。又今階州以白蒿爲茵陳蒿，苗葉亦相似，然以入藥，恐不可用也。

《埤雅》：「蒿青而高，蘩白而繁。《爾雅》曰：『蘩，皤蒿，一曰由胡。』《廣雅》云：『由胡，白蒿也。北海謂之旁勃。』《夏小正》曰：『蘩，由胡。由胡，旁勃也。』《詩》曰『于以采蘩，于沼于沚』，蘩所以祭也。《傳》曰：『夫人執蘩菜以助祭，神饗德與信，不求備焉。』《七月》之詩曰『春日遲遲，采蘩祁祁』，《傳》曰：『采蘩所以生蠶也。』今復蠶種尚用蒿云。仙經曰：『白蒿，白兔食之，仙。』《爾雅》曰『蘩，菟蒵』，豈謂是歟？」

《爾雅翼》云：「《爾雅·釋草》曰『蘩之醜，秋爲蒿』，此大略之言也。又曰『蘩，皤蒿』，此指一物之言也。故予以水草之蘩爲莪，而皤蒿則此别説之。皤蒿蓋今之白蒿也，比青蒿而麤，從初生至枯，白于衆蒿。春始生，及秋香美，可生食，又可蒸以爲菹，甚益人，故《詩箋》云『以豆薦蘩菹』。然非水物，故非《召南》所謂也。春初，此蒿前諸草生，云可以生蠶，蓋所以繁育庶物。此物非惟生蠶，又曰兔食之而仙。又駏驉亦食菴蕳子而仙。駏驉，馬類。兔食蘩，駏驉食菴蕳，物各有所宜。《本草》又稱茵陳蒿，白兔食之，仙。蓋茵陳似青蒿而背白，故説者誤以白蒿説之。其苗細，經冬不死，更因陳根而生，故名茵蔯。凡蘩之醜，艾可灸，蓍可占，蕭可燎，蔞、莪、蒿、蘩通可茹啖，論者別而論之。」

按：《左傳》云：「澗溪沼沚之毛，蘋蘩蕰藻之菜，可薦于鬼神，可羞于王公。必用水草者，取其芳潔也。」据《爾雅》、《本草》，蘩即白蒿，羅氏何云非水物？余生澤國，習見水草繁茂于陸地者不少，然恒在洲渚滸涘間，其根下滋于水，故生耳。嘗有荷花挺出于曲沼芳隄之上者，將亦謂之陸草耶？

菁菁者莪（《小雅·菁菁者莪》）

莪，蒿也，一名蘿蒿。生澤田漸洳之處。葉似邪蒿而細，科生。三月中莖可生食，又可蒸食，香美，味頗似蔞蒿。

《爾雅》云「莪，蘿」，郭註：「今莪蒿也，亦曰藁蒿。」鄭註：「莪，蒿也。《本草》謂之藁蒿，似艾而細，可食。」

《本草》云「角蒿」，《唐註》云：「葉似白蒿，花如瞿麥，紅赤可愛。子似王不留行，黑色作角。七月、八月采。」《蜀本》云：「葉似蛇牀、青蒿等，子角似蔓青實，黑細，秋熟。所在皆有之。」陳藏器云：「藁蒿，生高岡，宿根先于百草。一名莪蒿。」《衍義》云：「角蒿莖葉如青蒿，開淡紅紫花，花大約徑三四分。花罷結子，長二寸許，微彎。」

《埤雅》：「莪，亦曰藾蒿。藾之爲言，高也。莪生澤國漸洳之地，葉似斜蒿而細，科生，可食，宿根先于百草。一名蘿蒿，一名角蒿。《詩》曰『菁菁者莪，在彼中阿』，阿，大陵也，莪，微草也，言君子之長育人材，猶大陵之長育微草也。菁菁，盛貌，蓋草之初生，其色玄，盛則乃青，霜死而後黄落，故菁之文从青。《詩》曰『何草不玄』，以言其生；『何草不黄』，以言其死也。《爾雅·釋蟲》曰：『蛾，羅也。』《釋草》又曰：『莪，蘿也。』蓋蛾所以生蠶，莪亦所以覆而出之，此義亦謂之羅與？《字説》曰：『莪以科生而俄。《詩》曰「匪莪伊蒿」，「匪莪伊蔚」。莪俄而蒿直，蔚麄而莪細，育材之詩正言莪者以此[一]。』」

《爾雅翼》：「莪，蘿蒿也。生于水澤。《詩》云『在彼中阿』，『在彼中沚』，『在彼中陵』，蓋莪水中所生，陵阿亦通有之。」

按：蒿類甚多。《爾雅》云「蘩之醜，秋爲蒿」，言春時各有種名，至秋老成，通呼爲蒿也。張揖謂白蒿爲蘩母，即此意。凡蒿皆入藥品，此章「菁菁者莪」，莪爲莪蒿，即《本草》角蒿也。《采蘩》云「于以采蘩」，蘩爲皤蒿，即《本草》白蒿也。《鹿鳴》云「食野之蒿」，蒿爲青蒿，即《本草》草蒿也。《蓼莪》云「匪莪伊蔚」，蔚爲牡蒿，即《本草》馬先蒿也。

[一]「育材」，原本作「育村」，據《埤雅》卷十七「莪」條改。

言刈其蔞（《周南·漢廣》）

蔞，蔞蒿也。其葉似艾，白色，長數寸。高丈餘，好生水邊及澤中。正月根芽生，旁莖正白，生食之，香而脆美。其葉又可蒸爲茹。

《爾雅》「購，蔏蔞」，郭、鄭俱云：「蔞蒿也。生下田，初出可啖。江東用羹魚。」《埤雅》：「蔏蔞，一名購。莖高丈餘，蒿屬。其葉似艾，白色，初生可啖。江東采以羹魚。《管子》曰：『葉下于𩏣，音鬱。𩏣下于莧，莧下于蒲，蒲下于葦，葦下于雚，雚下于蔞，蔞下于荓，荓下于蕭，蕭下于薛，薛下于萑，萑下于茅。凡彼草物，有十二衰。』」《爾雅翼》：「蔞，蔞蒿。《説文》曰『可以烹魚』，今古以爲珍菜。《大招》云『吴酸蒿蔞，不沾薄只』，王逸曰：『蒿，蘩草也。蔞，香草也。蒿，一作芼，芼，菜也。言吴人善爲羹，其菜若蔞，味無沾薄，言其調也。』又曰：『沾多汁也，薄無味也，言吴人工調醎酸，爚蒿蔞以爲虀，其味不濃不薄，適其美也。』蓋蔞多生于吴，郭氏亦云『江東用羹魚』，則吴人猶能調和之，如後世『千里蒓羹，末下鹽豉』之比〔一〕。」

〔一〕「比」，原本作「北」，據《爾雅翼》卷四「蔞」條改。

食野之蒿（《小雅·鹿鳴》）

蒿。青蒿也〔一〕**，荆、豫之間，汝南、汝陰皆云菣也**〔二〕。

《爾雅》云「蒿，菣」，郭云：「今人呼青蒿香中炙啖者爲菣。」《詩·小雅》云：「食野之蒿。」孫炎云：「荆、楚之間謂蒿爲菣。」鄭亦云：「青蒿也。」

《本草》云：「草蒿，一名青蒿，一名方潰。生華陰川澤。」《唐本注》云：「江東人呼爲犼蒿，爲其臭似犼。」《圖經》云：「葉似茵蔯蒿，而背不白。春生，苗葉極細，嫩時人亦取，雜諸香菜食之。至夏高四五尺，秋後開細淡黄花，花下便結子，如粟米大。」《衍義》云：「草蒿，即青蒿也。得春最早，人剔以爲蔬，根赤葉香。」

《埤雅》：「晏子曰：『蒿，草之高者也。』」又曰：「青蒿，蒿背之不白者也。《説文》耄从蒿省，蓋五十象艾，六十象蓍，七十象蒿。艾，治也。蒿，亂也。蒿之類至多，如青蒿一類自有兩種，有黄色者，有青色者。《本草》謂之青蒿，亦恐有別也。陝西綏、銀之

〔一〕丁晏校本據《爾雅》郭注，此下有「香中炙啖」四字。

〔二〕「菣」，原本作「比」，據《説郛》本陸《疏》、《四庫》本改。

間有青蒿，在蒿叢之間，時有一兩株迥然青色，土人謂之香蒿，莖葉與常蒿悉同，但比常蒿色青翠，一如松檜之色。至深秋，餘蒿並黄，此蒿猶青，氣稍芬香。恐古人所用，以此爲勝。」

《爾雅翼》：「蒿，今之青蒿。《莊子》稱『今之君子，蒿目而憂世之患』。今蒿細弱而陰潤，最易棲塵，故以比『蒿目』，言世之君子眯眼塵中而憂世也。《明堂月令》『違天時，則藜莠蓬蒿並興』，然則蒿者蓋非農祥也。《博物志》曰：『周時德盛，蒿大以爲宫柱，名曰蒿宫。』」

食野之芩（《小雅·鹿鳴》）

芩草，莖如釵股，葉如竹蔓，生澤中下地鹹處，爲草真實，牛馬皆喜食之。

《爾雅翼》曰：「《鹿鳴》所食三物，一曰苹，今藾蕭，始生香可食。二曰蒿，蒿甚香。三曰芩，芩亦香草。蓋草木之臭味相同，有同類食之之義。」

按：芩草，《爾雅》、《埤雅》俱不載，不知爲何物。惟《博雅》云：「黄文内虚，芩也。」此即《本草》黄芩，一名經芩。陶隱居云：「圓者名子芩，破者名宿芩。」及考《圖經》，云「莖如箸，葉從地四面作叢生」，似與陸《疏》不同種。

采采卷耳（《周南·卷耳》）

卷耳，一名枲耳，一名胡枲，一名苓耳。葉青白色似胡荽，白華，細莖蔓生，可鬻爲茹，滑而少味。四月中生子，如婦人耳中璫，今或謂之耳璫草。鄭康成謂是白胡荽，幽州人呼爵耳。

《爾雅》云「菤耳，苓耳」，郭註：「《廣雅》云『枲耳也』，亦云胡枲，江東呼爲常枲。或云苓耳形似鼠耳，叢生如盤。」《詩·周南》云「采采卷耳」，鄭註：「舊説蒼耳，非也。此即卷菜，葉如錢，細蔓被地。」

《本草》曰：「枲耳，一名胡枲，一名地葵，一名葹，一名常思。生安陸川谷及六安田野。實熟時採。」

《埤雅》云：「《爾雅》曰『菤耳，苓耳』，《廣雅》曰『即枲耳也』。幽州人謂之爵耳。或曰形似鼠耳，故有耳之號。或曰白華細莖，子如婦人耳璫，故名。《荆楚記》曰：『卷耳一名璫草，亦云蒼耳，叢生如盤。』《詩》曰『采采卷耳，不盈頃筐。嗟我懷人，寘彼周行』，言后妃持是器采是物而不滿焉，則以志在彼不在此也。問者曰：『后妃貴矣，今曰采卷耳，何也？』曰：『是詩也，非是之謂也，詩人借此以寫后妃之志耳。』故曰説《詩》

者不以文害辭，不以詞害志，以意逆志，是爲得之。」

《爾雅翼》云：「卷耳，菜名也。幽冀謂之襢菜，雒下謂之胡枲，江東呼爲常枲。葉青白色似胡荽，白華細莖。可鬻爲茹，滑而少味。又謂之常思菜，傖人皆食之。又以其葉覆麲作黄衣。崔寔《四民月令》曰『伏後二十日爲麲，至七月七日乾之，覆以胡枲』，故古人采之。《卷耳》之詩，后妃志欲輔佐君子，求賢審官，知臣下之勤勞。先儒多異説。蓋『采采卷耳』，職之賤者。《淮南子》稱『瞽師庶女，位賤尚枲，權輕飛羽』，許叔重曰〔一〕：『尚，主也。枲者，枲耳，菜名也。主是官者，至微賤也。瞽師庶女復賤于主枲之官，故曰權輕飛羽。』觀此，則主枲之官，位之微者。《周禮》顧不可考，或成周以前，周南之官有之。其實如蒼耳，而蒼色，上多刺，好著人衣，今人通謂之蒼耳。其一名葹，《離騷》以譬小人，所謂『薋菉葹以盈室』是也。一名羊負來，《博物志》曰：『洛中有人入蜀，胡枲著羊毛，蜀人種之，曰羊負來也。』陶隱居乃云：『昔中國無此，言從外國逐羊毛中來。』據此物既稱胡枲，必是胡物，但《國風》、《爾雅》所載，則其來已久，而羊負來之名僅出後代，則此名恐自洛入蜀者得之。」

〔一〕「許叔重」，原本作「許叔仲」，據《爾雅翼》卷三「卷耳」條改。

按：《本草》云：「卷耳一名葹。」《離騷》云「薋菉葹以盈室兮」，王逸註曰：「葹，枲耳也。」或又因《爾雅》「卷施草」謂即是葹。郭氏以爲宿莽，引《離騷》「夕搴中洲之宿莽」句。第宿莽遇冬不死，枲耳至秋早彫，確是二物。又按《詩》云「卷耳」，《爾雅》云「蒼耳」，《廣雅》云「枲耳」，皆以實得名。第陸氏曰「蔓生」，郭氏云「叢生」，必當以郭氏爲正。

贈之以芍藥（《鄭風·溱洧》）

芍藥，今藥草芍藥無香氣，非是也。司馬相如賦云「芍藥之和」，揚雄賦曰「甘甜之和」。芍藥之美，七十食之。

《廣雅》云：「攣夷，芍藥也。」《本草》云：「一名白木，一名餘容，一名犁食，一名解倉，一名鋌。生中岳川谷及丘陵。」《圖經》云：「春生紅芽作叢，莖上三枝五葉，似牡丹而狹長，高一二尺。夏開花，有紅、白、紫數種。子似牡丹而小。秋時採根，根亦有赤、白二色。」

《古今註》曰：「芍藥有二種，有草芍藥、木芍藥。木者花大而色深，俗呼爲牡丹，非也。」又：「牛亨問曰：『將離別，相贈以芍藥者何？』答曰：『芍藥一名可離，故相贈。

猶相招召贈以文無，文無一名當歸也。』欲忘人之憂則贈以丹棘，丹棘一名忘思，使人忘憂也。欲蠲人之忿則贈以青裳，青裳一名歡合，則忘忿也。」《山海經》：「條谷之草多芍藥。」「洞庭之上多芍藥。」

《埤雅》：「芍藥榮于仲春，華于孟夏，《傳》曰『驚蟄之節後二十有五日芍藥榮』是也。花有至千葉者，俗呼小牡丹。今群芳中牡丹品第一，芍藥第二，故世謂牡丹爲華王，芍藥爲華相，又或以爲華王之副也。」

《爾雅翼》：「芍藥，華之盛者，當春暮祓除之時，故鄭之士女取以相贈。其根以和五臓，制食毒。古有芍藥之醬，合蘭桂五味以助諸食，因呼五味之和爲芍藥。《七發》曰『芍藥之醬』，《子虚賦》曰『芍藥之和，具而後御之』。服虔、文穎、伏儼輩解芍藥，稱『具美』也。或以爲芍藥調食，或以爲五味之和，或以爲以蘭桂調食，雖各得彷彿，然未究名實之所起。至韋昭又訓其讀，勺，丁削切，藥，旅酌切，則并没此物之名實矣。今人食馬肝、馬腸者，猶合芍藥而鬻之，古之遺法也。毛萇云『香草』，陸璣云『今藥草芍藥無香氣』，非是也。孔穎達曰『未審今何草』，蓋醫方但用其根，陸不識其華，故云無香氣。孔又云『何草』。今芍藥人家庭户種之，翫其芳，無不識者，何云『何草』？」

按：《韓詩》云：「勺藥，離草也，言將離别，贈此草也。」不過就《溱洧》説《詩》耳，未必如蘐草爲忘憂之説也，終未悉爲何草。或云古人以牡丹爲木芍藥，此即牡丹，誤矣。牡丹之名，經傳不載，唯《本草》入《草部》中品。六一居士《牡丹記》云：「自唐則天已後始盛于洛陽，其先不過丹、延已西及褒斜道中，與荆棘並多，土人以爲薪耳，未聞其爲鄭産也[一]。」羅氏《雅翼》極與陸《疏》相合，不知《爾雅》何故不載。張揖以爲「孌夷」，亦未詳何義。

采葑采菲（《邶風·谷風》）

葑，蔓菁，一作蕪青。幽州人或謂之芥。菲，似葍，莖麤葉厚而長，有毛。三月中蒸鬻爲茹，甘美，可作羹。幽州人謂之芴。《爾雅》又謂之蒠菜，今河内人謂之宿菜。

【葑】《爾雅》云「須，葑蓯」，郭云：「未詳。」鄭云：「菰葑也，積舊茭頭而成封者。」又云「須，薞蕪」，郭云：「似羊蹄，葉細，味酢可食。」鄭云：「一名葑，即蔓菁也。」邢《疏》云：「案《詩·谷風》云『采

〔一〕按歐陽修《洛陽牡丹記》文與此小異。原文爲：「牡丹初不載文字，唯以藥載《本草》，然於花中不爲高第。大抵丹、延已西及褒斜道中尤多，與荆棘無異，土人皆取以爲薪。自唐則天已後，洛陽牡丹始盛，然未聞有以名著者。」

葑采菲』，毛《傳》云『葑，須也』。先儒即以『須，葑蓯』當之。孫炎云：『須一名葑蓯。』今郭註上『葑蓯』云『未詳』，註此云『薞蕪似羊蹄，葉細，味酢可食』，則郭意以毛云『葑須』者謂此『薞蕪』也。《坊記》註云：『葑，蔓菁也。陳、宋之間謂之葑。』《方言》云：『蘴，蕘，蕪菁也。陳楚謂之蘴，齊魯謂之蕘，關東西謂之蕪菁〔一〕，趙魏之郊謂之大芥〔二〕。』蘴與葑字雖異，音實同，則葑也，須也，蕪菁也，蔓菁也，薞蕪也，蕘也，芥也，七者一物也。」

《本草》云：「蕪菁味苦。」《圖經》云：「蕪菁四時仍有，春食苗，夏食心，亦謂之臺子，秋食莖，冬食根。河朔尤多種，可備饑歲。常食之，通中益氣，令人肥健。南人取北種種之，初年相類，至二三歲則變爲菘矣。」

《埤雅》：「菘性陵冬不彫，四時常見，有松之操，故其字會意，而《本草》以爲交耐霜雪也。舊説以菘菜北種，初年半爲蕪菁，二年菘，種都絶，蕪菁南種亦然。蓋菘之不生北土，猶橘柚之變于淮北矣。蕪菁似菘而小，有臺，一名葑，一名須，《爾雅》『須，薞

〔一〕「東」，原本闕，據《方言》三補。

〔二〕「郊」，原本作「部」，據《方言》三改。按《方言》於「陳楚」、「齊魯」之後俱有「之郊」二字。

蕪』也。今俗謂之臺菜。其紫華者謂之蘆菔，一名萊菔，所謂温菘是也。萊菔，言來麰之所服也。」

《爾雅翼》云：「蔓菁，南北通有之，北土種之尤多，菜中之最有益者。塞北、并汾、河朔間燒食其根，呼爲蕪根，猶是蕪菁之號。昔漢桓帝永興中，令災傷郡國皆種蔓菁，以助民食。劉備歸曹公，公使覘之，閉門將人種蔓菁。而諸葛亮所止，令軍士獨種蔓菁者，取其纔出甲可生啖，一也；葉舒可鬻食，二也；久居則隨以滋長，三也；棄不令惜，四也；回則易尋而采之，五也；冬有根可劚而食，六也。三蜀、江陵之人今呼爲『諸葛菜』。蔓菁根葉及子乃是菘類，與蘆菔全别。陶隱居言其子與蘆菔相似，兼言小葷，故説者疑江表不産，注失其真耳。有人將菘菜北種，初一年半爲蕪菁，二年菘種都絶。將蕪菁子南種，亦二年都變，其子亦隨色變大。率菘子黑，蔓菁子紫赤，大小相似，蘆菔子黄赤而大，又不圓也。亦梗長葉瘦高者爲菘，葉闊厚短者爲蕪菁。」

嚴氏云：「江南有菘，江北有蔓菁，相似而異。」《周禮·醢人》「菁菹鹿臡」註：「菁，蔓菁也。」《急就章》曰：「老菁蘘荷冬日藏。」按：《禹貢》「荆州包匭菁茅」，孔子曰「菁以爲菹」，《吕氏春秋》亦曰「菜之美者，具區之菁」，則菁之見貴舊矣。然説者或以菁茅爲茅之名，而言老菁冬藏者爲韭花云。今蔓菁園中無蜘蛛，是其所畏也。《南都賦》「秋韭冬菁」，註曰：「韭，其華謂之菁。」

【菲】《爾雅》云「菲，芴」，郭、鄭俱云「即土瓜也」。又云「菲，蒠菜」，郭云：「菲草生下溼地，似蕪菁，華紫赤色，可食。」鄭云：「蒠菜，即遂菜也。」邢《疏》云：「菲，一名芴。郭云『土瓜也』，孫炎曰『葍類也』。《詩·谷風》云『采葑采菲』，陸璣云『菲似葍，莖麤葉厚而長，有毛，三月中蒸鬻爲茹，甘美，可作羹。幽州人謂之芴。』《爾雅》又謂之蒠菜，今河內人謂之宿菜。案今《爾雅》『菲，芴』，與『蒠菜』異，郭註似是別草，如陸之言，又是一物。某氏註《爾雅》二處，皆引《谷風》詩，即菲也，芴也，蒠菜也，土瓜也，宿菜也，五者一物，其狀似葍而非葍，故云葍類也。」

按：《爾雅疏》云：「葑也，須也，蕪菁也，蔓菁也，蕵蕪也，蕘也，芥也，七者一物也。」考《爾雅》又云葑、蓯，《方言》又云蘴，《圖經》云薹子，共得十名。至若河朔呼爲蕪根，塞北呼爲九英，蜀呼爲諸葛菜，隨俗異名，不可勝記。但菘與蔓菁，南北互變，實是一種，蘆、菔確是二物，不知子雲何以云然。

言采其蕨（《召南·草蟲》）

蕨，虌也，山菜也。周秦曰蕨，齊魯曰虌。初生似蒜，莖紫黑色，可食如葵。

《爾雅》「蕨，虌」，郭云：「《廣雅》云『紫綦』，非也。初生無葉可食。江西謂之虌。」邢《疏》云：「可食之菜也。舍人曰『蕨，一名虌』，鄭云『今蕨芽也，所在山谷有之。』」

《埤雅》：「蕨狀如大雀拳足，又如其足之蹷也，故謂之蕨。俗云初生亦類鼈脚，故曰虌〔一〕。」

《爾雅翼》：「蕨生如小兒拳，紫色而肥。《詩》及《爾雅》、《説文》皆云『蕨，虌也』。郭氏曰：『江西謂之虌。』《草木疏》云：『周秦曰蕨，齊魯曰虌。』《召南》『陟彼南山』，先蕨而後薇，蕨、薇蓋賤者所食爾。今野人今歲焚山，則來歲蕨菜繁生。其舊生蕨之處，蕨葉老硬敷披，人誌之，謂之蕨基。」

《通志》云：「蕨一名虌，莽芽也。四皓食之而壽，夷、齊食之而夭。此物不可生食。又有一種大蕨，亦可食，謂之綦蕨，《爾雅》云『綦，月爾』。」陳藏器云：「今永康、道江居民多以醋淹而食之。山谷詩云『蕨芽初長小兒拳』，酷似其狀。」

〔一〕「虌」，原本作「鼈」，據《埤雅》卷十八「蕨」條改。

言采其薇（《召南·草蟲》）

薇，山菜也。莖葉皆似小豆，蔓生，其味亦如小豆。藿可作羹，亦可生食。今官園種之，以供宗廟祭祀。

《爾雅》云「薇，垂水」，郭註：「生于水邊。」邢《疏》：「草生于水濱，而枝葉垂于水者，曰薇。」鄭註：「薇菜生水邊。」

《埤雅》：「《爾雅》曰『薇，垂水』，好生水邊，故曰垂水，似藿，菜之微者也。微者所食，故《詩》以采薇言戍役之苦，而《草蟲》序于『蕨』後。」

《爾雅翼》：「『薇，垂水』，言生于水邊。而《召南》之詩陟南山以采之，故陸璣云『山菜也』。又《詩》稱山有蕨、薇，而伯夷采薇于首陽山，其歌曰『登彼西山兮，采其薇矣』，其後説者以爲普天之下，莫非王土，食其土之所出，即爲之臣，于是不食而死。」

《通志》云：「白薇曰白幕，曰薇草，曰春草，曰骨美。」又云：「薇生水旁，葉如萍。然《詩》云『采薇』者，金櫻芽也。」

胡明仲云：「荆楚之間，有草叢生，脩條，四時發穎。春夏之交，花亦繁麗。條之腴者，大如巨擘，剥而食之甘美，野人呼爲迷陽，疑《莊子》所謂『迷陽迷陽，無傷吾行』

即此[一]。」

《名物疏》云：「按《本草》，薇有二種。生平原川谷，似柳葉者，白薇也；生水旁，葉似萍者，薇也。《詩》云陟山采薇，又云山有蕨、薇，則是山菜，非《爾雅》所云垂水者也。《埤雅》混而一之，誤矣。然陸璣稱莖葉如小豆，蔓生，璣親見官園所種，所言必審，復非似柳之白薇。鄭漁仲謂是金櫻芽，不知何據。朱子、胡氏皆以爲迷陽，而一云味苦，一云甘美，又自不同。惟項安世以爲今之野豌豆，蜀人謂之巢菜，有合陸璣之《疏》。」

言采其蓫（《小雅·我行其野》）

蓫，一名蓨。河内謂之蓤，幽州人謂之燕蓨。其根正白，可著熱灰中温噉之，饑荒之歲，可蒸以禦饑。漢祭甘泉，或用之。其草有兩種，葉細而花赤，有臭氣也。一本作「花葉有兩種，一種葉細而花赤，一種葉大而花白，復香」。

《爾雅》云「蓫，蓨」，郭云：「大葉白華，根如指，正白可啖。」鄭云：「即商陸也。」

[一] 以上見於王應麟《困學紀聞》卷十引胡明仲。宋胡寅字明仲，號致堂。

《爾雅》又云「菖，蔓茅」，郭云：「菖，華有赤者爲蔓，蔓、菖一種耳，亦猶蔆苕華黄白異名。」鄭云：「商陸有二種，赤者爲蔓茅。」

毛《傳》云：「菖，惡菜也。」鄭《箋》云：「菖亦仲春時生可采也。」《博雅》云：「烏𧀩，菖也。」邢氏云：「菖，一名菖，與蔓茅一草也。華白者即名菖，華赤者别名蔓茅，故郭云『亦猶蔆苕華黄白異名』也。」

薄言采芑（《小雅·采芑》）

芑菜，似苦菜也。莖青白色，摘其葉有白汁出，脆可生食，亦可蒸爲茹。青州謂之芑，西河、鴈門尤美，胡人戀之不出塞。

朱《傳》云：「即今苦蕒菜，宜馬食。軍行采之，人馬皆可食也。」《本草》云：「野苦蕒，五六回拗後，味甘滑于家苦蕒。」

按：朱晦菴云苦菜也，陸元恪又云「似苦菜」，則又一種矣。《顔氏家訓》云：「江南别有苦菜，葉似酸漿，其花或紫或白。子大如珠，熟時或赤或黑。此菜可以釋勞。案郭景純註《爾雅》，云此乃蘵黄除也，今河北謂之龍葵。梁世講禮者以此當苦菜，既無宿根，至春子方生耳，亦大誤也。」据云「此菜可以釋勞」，宜乎人馬皆食。又云「至春方生」，似合軍行之時。或青州、鴈門以爲芑，江南無其名耳。

誰謂荼苦（《邶風·谷風》）

荼，苦菜，生山田及澤中，得霜甜脃而美，所謂「堇荼如飴」。《内則》云「濡豚包苦」，用苦菜是也。

《爾雅》云「荼，苦菜」，郭註云：「《詩》曰『誰謂荼苦』，苦菜可食。」鄭註云：「生山谷，味苦，今人呼苦益。」邢《疏》云：「此味苦可食之菜，一名荼，一名苦菜。《本草》：『一名荼草，一名選，一名游冬。』案《易緯通卦驗》：『《玄圖》云：苦草生于寒秋，經冬歷春乃成。』《月令》孟夏『苦菜秀』是也。葉似苦苣而細，斷之有白汁。花黄似菊，堪食，但苦耳。」

《博雅》云：「游冬，苦菜也。」《埤雅》云：「荼，苦菜。此草淩冬不彫，故一名游冬。」《時訓解》云：「小滿之日，苦菜秀。苦菜不秀〔一〕，賢人潛伏。」《儀禮》云：「鉶芼羊苦。」《蜀本圖經》云：「春花夏實，至秋復生花而不實，經冬不彫。」《衍義》云：「苦菜四

〔一〕「苦菜不秀」上，據《逸周書·時訓解》，應補「小暑至」三字。

方皆有，在北道則冬方凋敝，在南方則冬夏常青。葉如苦苣更狹，其緑色差淡，味苦。花與野菊似，春夏秋皆旋開花。」

《詩緝》云：「經有三荼，一曰苦菜，二曰委葉，三曰英荼。此詩『誰謂荼苦』及《唐・采苓》云『采苦采苦』、《緜》『堇荼如飴』之『荼』，皆苦菜也。《良耜》『以薅荼蓼』之『荼』，委葉也。《鄭・出其東門》『有女如荼』，英荼也。《鴟鴞》『予所捋荼』，《傳》云『萑苕』，《疏》云『亂之秀穗』，亦英荼之類。」

按：朱《傳》云「蓼屬」，謂此荼與《良耜》「以薅荼蓼」之「荼」同，似不可從。嚴華谷辨之甚詳，但以「捋荼」爲英荼之類，恐未必然。

匏有苦葉（《邶風・匏有苦葉》）

匏葉，少時可爲羹，又可淹鬻，極美，揚州人恒食之。至八月葉即苦，故曰「匏有苦葉」〔一〕。

《郊特牲》曰：「器用陶匏，以象天地之性。」陶匏蓋取其質。《説文》曰：「匏，瓠

〔一〕「匏有」二字，趙佑以爲不當有，是。

也。从包从夸。聲包，取其可包藏物也。」《博雅》：「匏，瓠也。」《埤雅》：「長而瘦上曰瓠，短頸大腹曰匏〔一〕。《傳》曰『匏謂之瓠』，誤矣。蓋匏苦瓠甘，復有長短之殊，定非一物也。」《鶡冠子》曰：「中流失舡，一壺千金。」壺即匏也，其性浮，得之可以免沉溺，故當失船之時，其直千金也，此亦如天竺涉水帶浮囊之類。

《爾雅翼》：「『河汾之寶，有曲沃之懸匏焉』〔二〕，良工取以爲笙。崔豹《古今註》曰：『匏，瓠也。壺盧，匏之無柄者也。瓠有柄曰懸瓠，可爲笙，曲沃者尤善。秋乃可用，用則漆其裏。』匏在八音之一。《通典》曰：『今之笙竽，以木代匏，而漆殊愈于匏。荆梁之南尚存古制。』南蠻笙則是匏，其聲甚劣。〔三〕則後世笙竽不復用匏矣。匏既爲樂器，又以爲飲器，《詩》『酌之用匏』。孔子稱『繫而不食』者，良以待其堅而爲用故也。近世洪氏説，以爲天之匏瓜星，《天官星占》曰『匏瓜一名天雞，在河鼓東。匏瓜繫而不食，猶南箕不可以簸揚，北斗不可以挹酒漿也。』按《楚辭》王褒《九懷》稱『援爬瓜兮接糧』，曹植

〔一〕「頸」，原本作「頭」，據《埤雅》卷十六「匏」條改。
〔二〕「河汾」句爲晉潘岳《笙賦》中句。
〔三〕此注原本誤爲正文，據《通志·樂略》改。

《洛神賦》曰『歎匏瓜之無匹兮〔一〕，詠牽牛之獨處』，阮瑀《止慾賦》曰『傷匏瓜之無偶，悲織女之獨勤』，則古稱匏瓜皆謂星爾。」

《詩緝》云：「匏經霜，其葉枯落，然後乾之，腰以渡水。」

《名物疏》云：「按《廣雅》、《説文》、《古今註》通云『匏，瓠也』，惟陸農師云『長而瘦上曰瓠，短頸大腹曰匏』，其兩形之別，出于農師創見。考諸書，惟瓠甘匏苦爲可明耳。然《本草》有苦瓠，《唐本註》謂之苦瓠瓠，復非瓠中之苦者。瓠中之苦者疑是匏矣。陸《疏》似以甘瓠爲匏，非也。蓋瓠爲總名，甘者可食，《嘉魚》稱『甘瓠纍之』是也。苦者佩以渡水，此詩『匏有苦葉』是也。入藥者名苦瓠瓠，夏末始實，秋中方熟，取以爲器，經霜乃堪。無柄者名壺盧，《七月》稱『八月斷壺』是也。有柄者懸瓠，潘岳云『河汾之寶』是也。小者名瓢，食之勝瓠，陶貞白所言是也。細腰者名蒲盧，《淮南子》云『百人抗浮』是也。」

邛有旨苕（《陳風·防有鵲巢》）

苕，苕饒也，幽州人謂之翹饒。蔓生，莖如勞豆而細，葉似蒺藜而青，其莖葉緑色，可

〔一〕「匹」，原本作「正」，據《爾雅翼》卷八「匏」條改。

生食，如小豆藿也。

《正義》曰：「『苕之華』《傳》云『苕，陵苕』，此直云『苕，草』。彼陵苕之草，好生下溼，此則生于高丘，與彼異也。」

《詩緝》云：「此旨苕，苕饒也，非《小雅·苕之華》所謂陵苕也。」

按：孔氏以爲「好生下溼」，亦因陸《疏》誤認鼠尾爲陵苕矣，不知陵苕乃凌霄，亦好生高阜者。但二種俱不可食，與此旨苕異耳。

言采其莫（《魏風·汾沮洳》）

莫，莖大如箸，赤節，節一葉，似柳葉厚而長，有毛刺。今人繅以取繭緒。其味酢而滑，始生可以爲羹，又可生食。五方通謂之酸迷，冀州人謂之乾絳，河汾之間謂之莫。

陸佃云：「河汾之間謂之莫。其子如楮實而紅，冀人謂之乾絳，蓋以此也。今吴越之俗，呼爲茂子。《汾沮洳》之詩，一章曰『言采其莫』，二章曰『言采其桑』，言其君儉以能勤，始于侵繅事而采莫，終于侵蠶事而采桑也。」

莫莫葛藟（《大雅·旱麓》）

藟，一名巨苽。似燕薁，亦延蔓生。葉如艾，白色。其子赤，可食，酢而不美。幽州謂之推藟。

《爾雅》云「諸慮，山欙」，郭註云：「今江東呼欙爲藤，似葛而麤大。」鄭註云：「諸慮，山藤也。《詩》稱『葛藟』，《本草》千歲欙，欙皆謂藤。」

《本草》云：「千歲欙，一名虆蕪。」陶隱居云：「樹如葡萄，葉如鬼桃。」陳藏器云：「似葛蔓，葉小白，子赤。條中有白汁。」《圖經》云：「虆生泰山川谷，作藤蔓延木上，葉如葡萄而小。四月摘其莖，汁白而甘。五月開花，七月結實。八月採子，青黑微赤，冬惟凋葉。此即《詩》云『葛虆』者也。蘇恭謂是蘡薁藤，深爲謬妄。」《左傳》云：「葛虆猶能庇其本根。」

按：經中藟必與葛同詠，如「葛藟纍之」、「緜緜葛藟」諸什是也。疑是草屬，《爾雅》入《釋木》，後人多以木類解之。但《葛覃》、《采葛》、《葛生》詠葛者甚多，陸氏《疏》不載，因附補遺于卷末。

視爾如荍（《陳風·東門之枌》）

荍，一名芘芣，一名荆葵。似蕪菁，華紫緑色，可食，微苦。

《爾雅》云「荍，蚍衃」，郭註云：「今荆葵也，似葵，紫色。」謝氏云：「小草，多華少葉，葉又翹起。」舍人云：「葭，一名虻虾。」

《陳風》云「視爾如荍」，毛《傳》云：「芘芣也。」鄭註云：「荍，蜀葵也。」

《爾雅翼》：「荍，荆葵也，蓋戎葵之類。比戎葵葉俱小，故謝氏曰『荍，小草，多花少葉，葉又翹起』也。花似五銖錢大，色粉紅，有紫紋縷之，一名錦葵，大抵似蘆菔華，故陸氏云『似蕪菁，花紫緑色，可食，微苦』是也。亦其文采相錯，故《陳風》男子悦女，比之曰『視爾如荍』，言如戎葵之花，小而可愛也。此與戎葵異類，故《釋草》云『菺，戎葵』，郭氏曰『今蜀葵也，似葵，華如木槿』。又曰『荍，芘芣』，郭氏曰『今荆葵也，似葵，紫色』，則戎葵與蜀葵，荍與荆葵，其所來各不同。《本草》蜀葵中云『小花者名錦葵，一名戎葵，功用更强』，則是以此雜之蜀葵中，而又反得戎葵之名矣。崔豹《古今註》又云：『荆葵一名戎葵，一名芘芣，似木槿而光色奪目，有紅有紫有青有白有黄，莖葉不殊，但色有異耳。一曰蜀葵。』其説戎葵、蜀葵之狀可也，混荆葵、芘芣之名于内者非也。然今人亦通呼此爲錦蜀葵，則從其類比附之爾。又今有一種葉纖長而多缺如鋸，花如錦葵而極紅，每以夜半開，至午則連房脱落，謂之川蜀葵，亦云朝開暮落花。」濮氏曰：「芘芣，紫荆。春時開花，葉未生，花紫色，自根及榦而上，連接甚密，有類蟣窠。故《爾雅》名虻虾，俗曰火蟣。」

按：莪爲荆葵，荍爲蜀葵，郭景純别之甚明。鄭漁仲註莪亦曰蜀葵，誤矣。濮氏直以爲紫荆，不知何見。

北山有萊（《小雅·南山有臺》）

萊，草名。其葉可食，今兖州人蒸以爲茹，謂之萊蒸。

《説文》云：「萊，蔓華也。从艸。來聲，洛哀切。」黄直翁云：「《詩》『北山有萊』，通作『釐』。《爾雅》『釐草』與『萊』同韻。」吴才老云：「萊，夫須也。陸璣《草木疏》云『萊，藜也』，《爾雅》作『釐』。」郭璞《遊仙詩》云：「朱門何足榮，未若托蓬萊。臨源挹清波，陵岡掇丹荑。」

按：《爾雅》云「釐，蔓華」，《説文》云「萊，蔓華」，則萊即釐無疑矣。《韵補》、《韵會》諸書俱云萊、釐同韵，范石湖《吴郡志》云來、釐吴音並用，《小雅·南山章》與臺、田飴反。基、期同叶，則二字同音，又無疑矣。但諸韵書俱引《草木疏》云「萊，藜也」，今《疏》本文不載，可見陸《疏》逸去者甚多。如夫蘋即《南山有臺》之臺草，不知才老何以云然。又藜草似蓬，一名洛帚，大可爲杖，杜子美云「清風獨杖藜」，疑與萊異種。據景純、漁仲註，釐一名蒙華，未詳其狀何似。

取蕭祭脂（《大雅・生民》）

蕭，荻，今人所謂荻蒿者是也〔一〕。或云牛尾蒿。似白蒿，白葉莖麤，科一作「斜」，非。生，多者數十莖。可作燭，有香氣，故祭祀以脂爇之爲香。許慎以爲艾蒿，非也。《郊特牲》云「既奠，然後爇蕭合馨香」是也〔二〕。

《爾雅》云「蕭，荻」，郭註云：「即蒿。」鄭註云：「蕭，萩，音秋。即青蒿也。或云牛尾蒿。今藥家謂之青箱子。」

《埤雅》：「蕭可以祭，故其字从肅，亦秋風之過蕭，意象肅然。《詩》曰『取蕭祭脂』，凡祭，灌鬯求諸陰，焫蕭求諸陽，奏樂求諸陰陽之間。故《禮》曰『聲音之號，所以詔告于天地之間也』〔三〕，又曰『見以蕭光，以報氣也；加以鬱鬯，以報魄也』。凡祭，周人先求諸陰，故先灌鬯，焫蕭在後。商人先求諸陽，故先焫蕭，灌鬯在後也。《詩》曰『冽彼下泉，浸彼苞蕭』，民者，上之所恃以事宗廟社稷，蕭之象也。又曰『蓼彼蕭斯，零露湑

〔一〕趙佑引丁云：「蕭荻」、「荻蒿」二「荻」字均當作「萩」，今本《爾雅》之誤也。
〔二〕「爇」，《禮記》原文作「焫」。
〔三〕「詔告」，原本誤倒，據《禮記・郊特牲》改。

兮』，蕭，微物也，而其香能上達，故《詩》亦以況四海之諸侯。」

《爾雅翼》：「蕭，今人所謂荻蕭者是也。《生民》詩云『取蕭祭脂』，后稷之祭也。蓋宗廟之祭，薦熟之時，堂上事尸竟，延入户内，更從熟始〔一〕。于薦熟時，祝先酌，奠于鉶羹之南〔二〕訖，尸未入，乃取蕭染以牲腸間脂，合黍稷燒之于宫中。后稷之祀乃郊，雖非宗廟，然將郊爲軷道之祭，其用亦同。爇之于行神之位，故曰『取羝以軷』。祭脂者，即此羝之脂也。蓋自后稷之時已如此，故周宗廟用之。昔有虞氏尚氣，血腥爓祭用氣。商人尚聲，以聲音之號詔告天地之間。周人尚臭，以鬱合鬯，灌以圭璋，而使臭陰達于淵泉。既奠，然後焫蕭，合黍稷羶薌爇之，而使臭陽達于墻屋。臭陰以水而報魄，臭陽以火而報氣。古人以神之道微，不可搏執，故求萬物之理，以爲同聲相應，同氣相求，水流溼，火就燥，故用百物之英華，庶幾麗而留之。此蕭之氣達于墻屋，則牆内乃爇蕭之地，故孔子曰：『吾恐季孫之憂，不在顓臾〔三〕，而在蕭牆之内也。』其蕭蓋甸師所

〔一〕「熟」，原本作「孰」，據《爾雅翼》卷四「蕭」條改。
〔二〕「南」，原本作「内」，據《爾雅翼》卷四「蕭」條改。
〔三〕「臾」，原本作「史」，據《論語·季氏》改。

供，《周禮·甸師》「祭祀共蕭茅」。先鄭以爲蕭或作莤[一]，但作縮茅解之，杜子春始讀爲蕭。」

《詩緝》云：「蒿者，總名。蕭，蒿之香者也。」

白茅包之（《召南·野有死麕》）

「白茅包之」，茅之白者，古用包裹禮物，以充祭祀縮酒用。

《爾雅》云「藗，牡茅」，郭、鄭俱云「白茅屬」，藗，音速。邢云「茅之不實者也」。一名藗，一名牡茅。

《周易》云「拔茅茹，以其彙，征吉」，陸佃云：「茅之爲物，拔其根而牽茹者，君子以類出處之象。」又云「藉用白茅，无咎」，《象》曰：「藉用白茅，柔在下也。」孔子曰：「茅之爲物，薄而用可重也。」

《禹貢》云：荆州厥貢「苞匭菁茅」。《吴録·地理志》曰：「桂陽郴縣有青茅，可染。零陵泉陵有香茅，古貢之縮酒。」《合璧事類》云：「茅叢生荒野間，野人刈以覆屋。

[一]「作莤」，原本作「用莤」，按《周禮注疏》卷四注云：「鄭大夫云：蕭字或爲莤。」據改。

江淮間生者一莖三脊，曰菁茅。」

可以漚紵（《陳風·東門之池》）

紵，亦麻也。科生，數十莖宿根在地中，至春自生，不歲種也。荆揚之間，一歲三收。一作「刈」。今官園種之，歲再割。割便生剥之，以鐵若竹刮其表，厚皮自脱，但得其裏韌如筋者，鬻之用緝，謂之徽紵。今南越紵布皆用此麻。

《周禮·典枲》「掌布絲縷紵之麻艸之物」，陸德明曰：「『紵』字又作『苧』。」張揖云：「苧三稜也。」《説文》云：「草也，可以爲繩。」

邛有旨鷊（《陳風·防有鵲巢》）

鷊，五色，作綬文，故曰綬草。

《爾雅》云「虉，綬」，郭註云：「小草，有雜色，似綬。」虉，音逆。邢《疏》云：「虉者，雜色，如綬文之草也。」鄭漁仲云：「疑即赤孫施草也。」

《埤雅》：「小草，五色似綬，故名綬草。《詩》曰『邛有旨鷊』，言欲有文采具備以成條理之臣，如鷊者，不戕賊之而後得焉。或曰，虉，綬鳥也，故虉有雜色，似綬，其字从鷊。綬鳥大如鸜鵒，頭頰似雉，有時吐物長數寸。食必蓄嗉，臆前大如斗。《古今註》云：『吐綬鳥，一名功曹。』今俗謂之錦囊。」

一名辟株，行必遠草木，慮觸其嗉。劉公瑾云：「鷊本鳥名，亦名綬鳥，咽下有囊如小綬，具五色。鷊草之名，豈因其似鷊鳥而取義乎？」

南山有臺（《小雅・南山有臺》）

臺，夫須。舊説夫須，莎草也，可爲蓑笠。《都人士》云「臺笠緇撮」，或云臺草有皮堅細滑緻，可爲簦笠以禦雨是也。南山多有。

《爾雅》云「臺，夫須」，郭景純曰：「鄭《箋》云：『臺可以爲禦雨笠。』」舍人云：「臺一名夫須。」

《詩・小雅》云「南山有臺」。《都人士》云「臺笠緇撮」，《箋》云：「都人之士，以臺皮爲笠也。」鄭漁仲云：「臺即雲臺菜，舊説以爲莎草。」

《埤雅》：「『臺，夫須。』夫須，莎草也。可以爲笠，又可以爲蓑，疏而無温，故莎从沙，與《内司服》所謂『素沙』同意〔一一〕。」

《爾雅翼》：「臺者，沙草，可爲衣以禦雨，今人謂之蓑衣。毛氏云：『臺所以禦暑，笠所以禦雨。』《箋》云：『臺，夫須也。以臺皮爲笠。』毛氏知臺、笠爲二物，但獨言笠禦雨，未當。鄭氏則言『臺皮爲笠』。夫臺但可以爲衣，不可以爲笠。古稱臺笠、蓑笠，自謂臺與笠爾，不必以『臺笠緇撮』之語，必欲合爲一物也。《齊語》曰：今夫農『時雨既至，脱衣就功，首戴茅蒲，身衣襏襫』，韋昭曰：『茅蒲，簦笠也。茅或作萌。萌，竹萌之皮，所以爲笠。』則笠不用臺爲可知。又曰『襏襫，蓑薜衣也』，則襏襫以沙草爲之。今人作笠，亦多編筍皮及箬葉爲之，其臺爲衣，編之若甲，毿毿而垂，故雨順注而下，然或藉而卧，則不能隔雨。《山海經》曰『三危之山，有獸，其豪如被蓑』，郭氏亦云『蓑，被雨草衣』，則蓑但可爲衣，不可爲笠，明矣。臺一名曰夫須，蓋匹夫所須。」

《纂文》曰：「臺，一名山莎。《本草》香附子即莎草根，生田野，二月、八月採。」《圖經》云：「香附子，交州者大如棗，近道者如杏仁。苗、莖、葉都似三稜，根若附子，周匝

〔一一〕「素沙」，原本作「同沙」，《四庫》本改爲「素沙」。按《周禮·天官》内司服掌王后之六服，其一曰「素沙」。從《四庫》本改。

多毛。今近道生者苗葉如薤而瘦，根如箸頭大。」

茹藘在阪（《鄭風·東門之墠》）

茹藘，茅蒐，蒨草也。一名地血。齊人謂之茜，徐州人謂之牛蔓。今圃人或作畦種蒔，故《貨殖傳》云：「巵茜千石，亦比千乘之家。」

《爾雅》云「茹藘，茅蒐」，郭、鄭俱云：「今之蒨也，可以染絳。」《本草》：「茜根可以染絳。一名地血，一名茅蒐，一名蒨。」《蜀本圖經》云：「染緋草，葉似棗葉，頭尖下闊。莖、葉俱澁。四五葉對生節間。蔓延草木上。根紫赤色。今所在有。八月採根。」陳藏器云：「《周禮·庶氏》『掌除蠱毒，以嘉草攻之』，嘉草，蘘荷與茜主蠱爲最。」

《爾雅翼》云：「《説文》曰：『茹藘，人血所生。』故一名地血。又曰〔一〕『茅蒐染韋，一入爲韎』，《詩》曰『韎韐有奭』，《左傳》『韎韋之跗注』是也。其女子之染，則毛氏云『茹藘，茅蒐之染女服也』，鄭《箋》云『茅蒐，染巾也』，則縞衣茹藘爲婦人服矣。齊人謂

〔一〕「又曰」二字，原本闕，按《爾雅翼》卷四「茹藘」條原文爲「《説文》曰『茅蒐染韋，一入爲韎』」，據補。

之蒨，蒨或作茜，《漢書》『千畝卮茜，其人與千户侯等』是也。今人染蒨者，乃假蘇方木，非古所用。」

白華菅兮（《小雅·白華》）

菅，似茅而滑澤無毛。根下五寸中有白粉者柔韌，宜爲索，漚乃尤善矣。

《爾雅》云「白華，野菅」，舍人云：「白華一名野菅。」邢《疏》〔一〕：「郭云『茅屬』，此白華亦是茅之類也。漚之柔韌，異其名謂之爲菅，因謂在野未漚者爲野菅耳，《詩·小雅》云『白華菅兮』是也。」鄭氏云：「今亦謂之菅，似茅而高大。」孔《疏》曰：「鄭《箋》云：『人刈白華于野，已漚之，名之爲菅。』然則菅者已漚之名，未漚則但名爲茅也。」

陸農師云：「《爾雅》曰『白華，野菅』，《傳》曰『已漚爲菅』，未霑人功，故謂之野菅。菅，茅屬也，而其華白，故一曰白華。《詩序》曰〔二〕：『《白華》，孝子之潔白也。』『《南

〔一〕「邢疏」二字，原本闕，本篇按語云「邢氏云未漚爲野菅」，即指此一段引文，據補。按：邢《疏》所云實本自《毛詩》孔《疏》，見《毛詩正義》卷二十二。

〔二〕「詩序」，原作「詩不」，據《埤雅》卷十八「白華」條改。

陔》，孝子相戒以養也。』陔，戒也，故曰相戒以養。《逸詩》曰：『雖有姬姜，無棄憔悴。雖有絲枲，無棄菅蒯。』菅蒯，猶所謂糟糠也。」

范氏曰：「菅以爲屨。」濮氏曰：「《左傳》云：『雖有絲麻，無棄菅蒯。』蒯與菅皆謂苕也。黄花者俗名黄芒，即蒯也。白華者俗名白芒，即菅也。」《異物志》云：「香菅似茅，而葉長大于茅，不生洿下之地。凡所烝享，必得此菅包裹，助調五味。」

按：郭景純云「菅，茅屬」，而陸《疏》、鄭註、朱《傳》俱云似茅，確是二物。下章云「露彼菅茅」，猶《逸詩》云「無棄菅蒯」也。茅乃散材，菅爲女作，纖微所不棄者，故《東門之池》與麻紵同詠也。孔氏以爲「已漚爲菅，未漚爲茅」，恐未必然。惟邢氏云「未漚爲野菅」，斯得耳。濮氏以爲苕，想誤認爲蓨蓧之醜矣。若《異物志》所載香菅，又是一種，想成王時會人獻以菅，即此類也。

蘞蔓于野（《唐風·葛生》）

蘞似栝樓，葉盛而細，其子正黑如燕薁，不可食也。幽州人謂之烏服〔一〕。其莖葉鬻以

〔一〕「州」，原本闕，據趙佑校補。

哺牛，除熱。

按：《本草》蘞有赤、白、黑三種，疑此是黑蘞也。《圖經》云：「蔓生，莖端五葉，花青白色，俗呼爲五葉莓。葉有五椏，子黑。一名烏蘞草，即烏蘞莓是也。」又云：「二月生苗，多在林中作蔓。」《蜀本註》云：「或生人家籬墻間，俗呼爲籠草。」

匪莪伊蔚（《小雅·蓼莪》）

蔚，牡蒿也。三月始生，七月華，華似胡麻華而紫赤。八月爲角，角似小豆角，銳而長。一名馬薪蒿。

《爾雅》云「蔚，牡菣」，郭、鄭註俱云「蔚即蒿之雄無子者，故云牡菣」。《本草》云：「馬先蒿，生南陽川澤。葉如益母草，花紅白，八九月有實。俗謂之虎麻〔一〕，亦名馬新蒿，《詩》所謂『匪莪伊蔚』是也。」但郭註云「牡菣無子」者，而陸云「有子」，二說小異，今當用有子者爲正。陶隱居云：「一名爛石草。」

〔一〕「麻」，原本作「林」。《證類本草》卷十九之一「白蒿」條引《圖經》、《本草綱目》卷十五「馬先蒿」條俱作「虎麻」，據改。

《爾雅翼》：「蔚〔一〕。『蒿，菣』，郭氏曰：『今人呼青蒿，香中炙啖者爲菣。』又曰『蔚，牡菣』，郭曰：『無子者。』《詩》曰『蓼蓼者莪，匪莪伊蒿。哀哀父母，生我劬勞』，又曰『蓼蓼者莪，匪莪伊蔚。哀哀父母，生我勞瘁』。蒿生子以喻母，牡蒿以喻父。凡人之情，念其父母，則因物而感。一説曰：『匪莪伊蒿』，蒿猶有子者；『匪莪伊蔚』，蔚則無子，以見父母得我之難也，今皆無報矣，則有我之不如無也。且蔚又治無子，亦寓其意焉。」

隰有萇楚（《檜風·隰有萇楚》）

萇楚，今羊桃是也。葉長而狹，華紫赤色。其枝莖弱，過一尺引蔓于草上。今人以爲汲灌，重而善没，不如楊柳也。近下根，刀切其皮，著熱灰中脱之，可韜筆管。

《爾雅》云「萇楚，銚芅」，郭云：「今羊桃也，或曰鬼桃。葉似桃，華白，子如小麥，亦似桃。」鄭亦云：「長楚，羊桃也。藤生，子赤，狀如鼠糞，故亦名鼠矢，兒童食之。」

《本草》：「羊桃，一名羊腸，一名御弋。生山林川谷及田野。」陶隱居云：「山野多

〔一〕此「蔚」字係《爾雅翼》小題名，誤竄入正文，當删。

有，甚似家桃，又非山桃。子細小，苦不堪噉。花甚赤。」《蜀本圖經》云：「葉花似桃，子細如棗核，苗長弱，即蔓生，不能爲樹。多生溪澗。今人呼爲細子。根似牡丹。」鄭《箋》云：「銚弋之性，始生正直，及其長大，則其枝猗儺而柔順，不妄尋蔓草木。」

陸佃云：「長楚，今羊桃也。白華，子如小麥。其葉與實皆似桃，故有桃之號也。一曰有兩羊桃，一種華實皆連理，故詩以刺淫恣。」

按：長楚莖弱，不能爲樹，牽弱于草木，又何揀擇，康成乃云「不妄尋蔓」耶？或曲體毛《序》疾恣之説而取興耳。但《草木疏》云「花紫赤色」，《圖經》亦云「花甚赤」，景純、農師俱云「花白」，則矛盾矣。

芄蘭之支（《衛風・芄蘭》）

芄蘭，一名蘿摩，幽州人謂之雀瓢。蔓生，葉青緑色而厚，斷之有白汁，鬻爲茹，滑美。其子長數寸，似瓠子。

《爾雅》云「雚，芄蘭」，邢氏云：「雚，一名是芄蘭。」郭云：「雚芄，蔓生，斷之有白汁，可啖。」案如此註，則以「雚芄」一名「蘭」，或傳寫誤「芄」衍字。《詩・衛風》云「芄蘭之支」，鄭氏云：「即蘿摩菜，蔓生，斷之有白汁，可啖。」《箋》云：「芄蘭柔弱，恒蔓于地，有所依緣則起。」沈括曰：「『芄蘭之支』〔一〕，支，莢也。芄蘭生莢，支出于葉間，垂之如觿狀，其葉如佩韘之狀。」

按：《説文》、《説苑》、《石經》俱作「芄蘭之枝」，許慎云：「枝，木別生枝條也。」

浸彼苞稂（《曹風·下泉》）

稂，童粱。禾秀爲穗而不成，崱嶷然，謂之童粱，今人謂之宿田翁，或謂守田也。《甫田》云「不稂不莠」，《外傳》曰「馬不過稂莠」〔二〕，皆是也。

《爾雅》云「稂，童粱」，郭云：「莠類也。」鄭註云：「稂，童粱，守田也。俗呼鬼稻，云米之所産，一穗之間得一二穀而已。」《傳》云「稂非溉草得水而病也」，《箋》云：「稂當作涼。涼草，蕭、蓍之屬。」孔氏《疏》〔三〕：「鄭以苞稂則是童粱，爲禾中別物，作者當言浸禾，不應獨舉浸稂。且下章蕭、蓍皆是野草，此不宜獨爲禾中之草，故易傳以爲『稂當作涼。涼草，蕭、蓍之屬』。《釋草》不見草名涼者，未知鄭何所據。」

〔一〕沈括《夢溪筆談》卷三原文「芄蘭之支」下有「童子佩觿」。今引文兼解「支」與「觿」，不應删去「童子佩觿」句。

〔二〕趙佑以爲「馬」下應有「餼」字，是。

〔三〕「氏」，原本作「子」，據文意改。

《爾雅翼》：「稂，惡草也，與禾相雜，故詩人惡之。古者以飼馬，魯仲孫它『馬餼不過稂莠』，謂此也。《釋草》『稂，童粱』，郭璞以爲『莠類』。《説文》云：『禾粟之生而不成者，謂之蕫蓈。蓈或从禾作稂。』〔一〕而陸璣亦云〔二〕『禾粟爲穗而不成則嶷然，謂之童粱，今人謂之宿田翁，或謂之守田也』。按《詩》稱稼之茂美，繼之以『不稂不莠，去其螟螣，及其蟊賊』，則稂莠以下皆是害稼者。孔氏《正義》云：「稂莠苗既似禾，實亦類粟，鋤禾除非類。」〔三〕莠既別是一物，則稂亦當是一物，故郭璞云『莠類』，蓋未能的知其物，故稱其類耳。而許叔重、陸璣以爲禾之不成者，則是亦禾而已，何至與莠並稱乎？按《本草》有狼尾草，子作黍食之，令人不饑，似茅作穗，生澤地。《廣志》曰『可作黍』，引《爾雅》『孟，狼尾』，今人呼爲狼茅子。然則此物似是稂爾。稂既有實如黍，故能亂苗。又莠，今謂之狗尾草，稂名狼尾，則亦相類。《爾雅疏》解『孟，狼尾』，亦云『草似茅者』，今人亦以覆屋。」〔四〕

〔一〕「禾粟之生」以下一段，原本作「禾粟爲穗而不成則嶷然，謂之童粱，今人謂之宿田翁，或謂之守田也」，顯係誤把陸《疏》竄入，而《説文》一段原本則另刻於本條之末。今據《爾雅翼》卷八「稂」條，將篇末一段替改。

〔二〕「而陸璣亦云」五字，據《爾雅翼》卷八「稂」條補。

〔三〕此小注原本誤爲正文，據《爾雅翼》卷八「稂」條改爲小字。

〔四〕此下原本有「《説文》云：『禾粟之生而不成者，謂之蕫蓈。蓈或从禾作稂』」一段，已經移入前文。

言采其蓫（《小雅·我行其野》）

蓫，牛蘈，揚州人謂之羊蹄。似蘆服而莖赤，可瀹爲茹，滑而美也，多啖令人下氣。幽州人謂之蓫。

《爾雅》云「藬，牛蘈」，邢氏云：「藬，一名牛蘈。《詩·小雅》云『言采其蓫』，鄭《箋》云：『蓫，牛蘈。』郭云：『今江東呼草爲牛蘈者，高尺餘許，方莖，葉長而鋭，有穗，穗間有華，華紫縹色，可淋以爲飲者。』」《字林》云：「縹，青白色。淋，以水沃也。」鄭樵註云：「藬即羊蹄菜。」張揖云：「堇，羊蹏也。」

《本草》云：「羊蹄，一名東方宿，一名連蟲陸，一名鬼目，一名蓄。」陶隱居云：「今人呼禿菜，即是蓄音之誤。《詩》云『言采其蓄』。」《圖經》云：「羊蹄，禿菜也，生下溼地。春生苗，高三四尺，葉狹長，頗似萵苣而色深。莖節間紫赤，花青白，成穗。子三稜，有若茺蔚，夏中即枯。根似牛蒡而堅實。《詩·小雅》云『言采其蓫』，或作『蓄』。又有一種極相類，而葉黄味酢，名酸摸，《爾雅》所謂『須，蕵蕪』，郭璞云『似羊蹄，葉細，味酢可食，一名蓨』是也。」《衍義》云：「葉如菜中菠薐，但無岐而色差青白，葉厚，花與子亦相似。」

按：《傳》云「蓫，惡菜」，與《本草》「羊蹄」俗呼「禿菜」者相似，陸元恪又稱「其美可多啖」，何也？郭璞註《爾雅》「牛蘈」，未嘗明指爲蓫，宜乎孔穎達云「《釋草》無文」矣，僅見邢《疏》引《詩》句以鄭《箋》「蓫，牛蘈」爲證，亦無確見。至《圖經》雖亦引《詩》句，其形色與陸《疏》不甚合〔一〕。又見《釋草》有云「蓫」者，《圖經》又相類，因附載以備參考。

《爾雅》云「蓫薚，馬尾」，邢氏云：「藥草蔏陸也，一名蓫薚，一名馬尾。郭註云：『《廣雅》曰：馬尾，蔏陸。《本草》云別名薚。今關西呼爲薚，江東爲當陸。』按《本草》蔏陸一名葛根，一名夜呼，不同者，所見本異也，今註云『一名白昌，一名當陸』是也。」鄭註亦云「即商陸」。《廣雅》云：「常蓼，馬尾，商陸也。」《圖經》云：「商陸，俗名章柳根，生咸陽山谷，今處處有之，多生于人家園圃中。春生苗高三四尺，葉青如牛舌而長，莖青赤，至柔脆。夏秋間紅紫花作朵。根如蘆菔而長，如人形者有神。《爾雅》謂之『蓫』，《廣雅》謂之『馬尾』，《易》謂之『莧陸』，皆謂此商陸也。然有赤、白二種，花赤者根赤，花白者根白。」「《易》曰『莧陸夬夬』，莧與陸皆陰類也。或曰此一物即名章陸，今俗名

〔一〕「甚」，原本作「堪」，據《四庫》本改。

章柳根，又一名夜呼，莫知其義。據《荆楚歲時記》，三月三日，杜鵑初鳴，田家候之，此鳥鳴晝夜口赤〔一〕，上天乞恩，至章陸子熟乃止。然則章陸子未熟以前，爲杜鵑鳴之候，故稱夜呼。」〔二〕

〔一〕「晝」，原本作「盡」，據《爾雅翼》改。
〔二〕自「易曰」以下至此，皆引自《爾雅翼》卷七「蓫」條。

毛詩草木鳥獸蟲魚疏廣要卷上之下

唐吴郡陸璣元恪撰
明海隅毛晉子晉補

釋　木

梓椅梧桐〔一〕（《鄘風·定之方中》）

梓者，楸之疎理白色而生子者爲梓，梓實桐皮曰椅，今人云梧桐也，則大類同而小別也。桐有青桐、白桐、赤桐，宜琴瑟〔二〕。今雲南牂柯人績以爲布，似毛布。

【梓椅】《爾雅》云「椅，梓」，郭云：「即楸。」鄭云：「今亦謂之梓木，良材也。」

〔一〕趙佑曰：「此題當依《詩》本文作『椅桐梓漆』。」
〔二〕趙佑以爲，桐不皆宜琴瑟，「宜」字之上應有「白桐」二字。

《埤雅》云：「舊説椅即是梓，梓即是楸。蓋楸之踈理而白色者爲梓，梓實桐皮曰椅。其實兩木大類同而小别也。今呼牡丹爲花王，梓爲木王，蓋木莫良于梓，故《書》以『梓材』名篇，《禮》以『梓人』名匠也。」

《爾雅翼》云：「郭氏解『椅，梓』云『即楸』，又解『楸，榎』云『大而散，楸；小而散，榎』。《説文》亦曰『椅，梓也』，『梓，楸也』，『楸，梓也』，『檟，楸也』，然則椅、梓、楸、檟一物而四名。《定之方中》既言椅，又言梓，故《疏》曰『楸之踈理白色而生子爲梓，梓實桐皮曰椅』。而《齊民要術》稱『白色有角者爲梓，或名角楸，又名子楸。黄色無子者爲柳楸，世呼荆黄楸』云，然則是數者又以有子爲辨耳。梓爲百木長，室屋之間，有此木則餘材皆不復震。其莢細如箸，其長僅尺，冬後葉落，而莢猶在樹總總然。其實一名豫章，《古今註》云：『楝實曰棗，梓實曰豫章，桑實曰椹，柘實曰佳。』昔者伯禽、康叔見周公，三見而三笞。遂見商子，商子使觀于南山之陽，見橋木高而仰。又使之觀乎北山之陰，見梓焉，晉然實而俯。商子曰：『橋者父道也，梓者子道也。』于是二子再見乎周公，入門而趨，登堂而跪。周公拂其首，勞而食之，則以能子道焉耳。《雜五行書》曰：『舍西種梓楸五，令子孫順孝。』蓋亦此義。」

《日華子》云：「椅樹皮有數般，惟楸梓佳。」蕭炳云：「梓似桐而葉小花紫。」《禮斗威儀》云：「君乘火而王，其政和平，楸梓爲長生。」《通志略》云：「梓與楸相似，《爾雅》以爲一物，誤矣。《齊民要術》云『白色有角者爲梓，無子爲楸』，是皆不辨楸、梓也。梓與楸自異，生子不生角。」

【梧桐】《爾雅》云「櫬，梧」，郭云：「今梧桐。」鄭云：「以其可爲棺櫬，故曰櫬。」又云「榮，桐木」，郭、鄭俱云「即梧桐」。

《埤雅》云：「梧，一名櫬，即梧桐也。今以其皮青，號曰青桐。華淨妍雅，極爲可愛，故齋閣多種之。橐鄂皆五焉，其子似乳綴其橐，多或五六，少或二三，故飛鳥喜巢其中，《莊子》所謂『空閱來風，桐乳致巢』是也。」又云：「白桐，華而不實，冬結似子者，乃是明年之花房，《爾雅》云『榮，桐木』是也，謂之華桐。」陶氏云：「『桐有四種。青桐，葉皮青，似梧而無子。梧桐，色白，葉似青桐而有子。白桐，與岡梧無異〔一〕，唯有華、子爾。岡桐，無子，材中琴瑟者。』皆不足據。按青桐即今梧桐，白桐又與岡梧全異，白桐無子，材中琴瑟，岡桐子大有油，與陶氏之説正反。」

〔一〕「桐」，原本作「梧」，據《埤雅》卷十四「桐」條改。

《爾雅翼》云：「桐，植物之多陰，最可玩者，青皮而白骨，其生莢如箕，子相對綴箕上。成材之後，可得實一石，食之，味如芡。此木易生，鳥銜墜者輒隨生，歲可高一丈。蓋有青、赤、白，而青桐又有有實、無實之辨。」

《本草衍義》云：「桐有四種。白桐可斲琴者，葉三杈，開白花，不結子。荏桐早春先開淡紅花，狀如鼓子花，成筒子，子作桐油。梧桐四月開淡黄小花，一如棗花，枝頭出絲，墮地成油，霑漬衣履。五六月結子，今人取炒爲果，此是《月令》清明之日『桐始華』者。岡桐無花，不中作琴，體重。」《圖經》云：「桐生桐柏山谷，今處處有之。其類有四種，青桐、梧桐、白桐、岡桐是也。白桐一名椅桐，又名黄桐。岡桐似白桐，惟無子，或云今南人作油者，此桐亦有子，頗大于梧子耳。」

《通志》云：「桐之類亦多。陶隱居云白桐、岡桐俱堪作琴瑟。據此説，則白桐者梧桐也，其材最大，可爲棺槨。《左傳》云『桐棺三寸』，《爾雅》云『櫬』是也。註疏家不能别，椅是岡桐，桐是梧桐，梓似楸，别是一物。《爾雅》謂之『椅，梓』，誤矣。又有一種頳桐，夏月繁花，其紅如火。又有紫桐，花如百合。又有刺桐，其花側敷如掌，枝幹有刺，花色深紅。又有一種實如罌子，粟可作油，陳藏器所謂『罌子桐』也。」賈思勰曰：「桐有三輩，青、白之外復有岡桐，即油桐也，生于高岡。蓋梧性便溼，不生于岡，故此桐有岡

之號。」〔一〕

《遁甲》〔二〕曰：「梧桐不生，則九州異。」名之曰桐，似本于此。舊説梧桐以知日月正閏，生十二葉，一邊有六葉，從下數一葉爲一月，有閏則生十三葉，視葉小者，則知閏何月。《論衡》云：「楓桐速長，故其皮肌不能堅。」《桐譜》云：「桐體溼則愈重，乾則愈輕。生時以斧斫之甚易，乾乃軟而拒斧。」《花木考》云：「凡木本實而末虚，惟桐反之。試取小枝，削皆實堅，其本皆中虚。世所以貴孫枝者，貴其實也。實，故絲中有木聲也。」

嚴坦叔云：「陸璣言有青桐、白桐、赤桐。此中琴瑟者，白桐也。『椅桐梓漆』之桐爲白桐，『梧桐生矣』之桐爲青桐。」羅願云：「桐之中有數種。有其子可以取油者，蓋即《詩》所謂『其桐其椅，其實離離』者也。有華而不實、堪作琴瑟者，若生石間，其聲則鳴，《書》『嶧陽孤桐』是也。雲南牂柯人績以爲布，其葉飼豕，肥大三倍，至秋後亦用以飼魚，鄉人養魚者每春以草養之，頓能肥大，秋後食以葉，以封魚腹，則不復食，亦不復瘦，

〔一〕賈思勰無此語。此語引自《埤雅》卷十四「桐」，因前有「賈思勰曰桐葉華而不實」云云，毛氏誤把後文牽連爲賈語。

〔二〕此指《遁甲開山圖》。

以待春復食也。」

《齊地記》曰：「城北十五里有桐臺，即梧宫。」賈誼《新書》：「懸弧之禮，東方之弧以梧，梧者東方之草，春木也。南方之弧以柳，柳者南方之草，夏木也。中央之弧以桑，桑者中央之木也。西方之弧以棘，棘者西方之草，秋木也。北方之弧以棗，棗者北方之草，冬木也。」《周書》曰：「清明之日，桐始華。桐不華，歲有大寒。」晉武帝時嘗得一石鼓，擊之無聲。張華取蜀桐材刻魚形，叩之，音聞數里。董仲舒請雨，以桐魚九枚，莫曉其義。王逸子曰：「木有扶桑、梧桐、松柏，皆受氣淳矣，異于群類者。松柏冬茂，陰木也。梧桐春榮，陽木也。扶桑日所出，陰陽之中也。」漢西域鄯善國有胡桐，亦似桐，蟲食其木則沫出，其下流者俗名爲胡桐淚，言如目中淚也，可以汗金銀。俗語訛呼「淚」爲「律」。

按：椅、桐、梓確是三種，所謂大同而小别也。但梧、桐是一物，《爾雅》雖兩釋，實無異也。蓋謂種類太多，如青桐、白桐、赤桐、岡桐、頳桐、紫桐、茌桐、刺桐、胡桐、蜀桐、罌子桐之類，不可枚舉。其實各各不同，諸家紛紛致辨，轉轉惑人。至若陶氏謂白桐是岡桐，鄭氏謂岡桐是椅桐，益可笑矣。

有條有梅（《秦風·終南》）

條，槄也，今山楸也，亦如下田楸耳。皮葉白色，亦白材理好，宜爲車板，能溼〔一〕，又可爲棺木。宜陽共北山多有之。梅樹皮葉似豫章，豫章葉大如牛耳，一頭尖，赤心，花赤黄，子青不可食。枏葉大，可三四葉一藂，木理細緻于豫章。子赤者材堅，子白者材脆。荆州人曰梅。終南及新城、上庸皆多樟枏〔二〕，終南與上庸、新城通，故亦有枏也。

【條】《爾雅》云「槄，山榎」，李巡曰：「山榎一名槄。」郭云：「今之山楸。《秦風》云『終南何有，有條有梅』是也。」鄭云：「山楸也，其材有文緻，中車板、樂器、盤合用。」《爾雅》又云「柚，條」，郭註云：「似橙，實酢，生江南。」邢《疏》云：「《禹貢》揚州云『厥苞橘柚』，孔安國云：『小曰橘，大曰柚。』《吕氏春秋》云：『果之美者有雲夢之柚。』《本草唐本註》云：『柚皮厚，味甘，不如橘皮味辛而苦。其肉亦如橘，有甘有酸。酸者名胡甘。今俗人或謂橙爲柚，非也。』」鄭註云：「條，今謂之柚，似橘而大，皮瓤厚。」

〔一〕趙佑曰：「能」讀「耐」。
〔二〕「終南」，趙佑據《毛詩疏》，以爲當作「江南」，是。趙佑以爲「上庸」下缺「蜀」字。

《埤雅》云：「柚似橙而大于橘。一名條，《秦風》所謂『有條』者是也。碧幹丹實，出于江南。《列子》曰：『吴楚之國，有大木焉，其名爲櫾。食其皮汁，已憤厥之疾。度淮而北，化爲枳焉。』故曰橘柚凋于北徙，若榴鬱于東移也。」

【梅】《爾雅》云「梅，枏」，郭云：「似杏，實酢。」孫炎云：「荆州曰梅，揚州曰枏。《詩·秦風》云『有條有梅』是也。」

《埤雅》云：「梅至北方多變而成杏，故人有不識梅者，地氣使然也。《詩》曰：『終南何有，有條有梅。君子至止，錦衣狐裘。』條，柚也。蓋柚渡淮而爲枳，梅變而成杏。今終南之所生，有條有梅，而材實成焉，以譬人君之道化也。」

《爾雅翼》云：「枏，大木也，可以爲舟，又可以爲棺，故古稱『楩楠豫樟』，以爲良木之類。任昉云『黄金山有枏木，一年東邊榮，西邊枯，一年西邊榮，東邊枯』，張華云『交讓木』，宋子京云『讓木』，即枏也。其木直上，柯葉不相妨，蜀人號讓木。」

《名物疏》云：「按陸璣所釋梅，自是枏木似豫樟者。豫章大樹，所謂生七年而可知，可以爲棺舟者也。陳文帝嘗出枏材造戰艦，即此枏也。若今之所謂梅，乃古和羹之梅，籩實之乾藤，郭璞云『似杏實酢』者也。若《爾雅》之『梅，枏』，乃陸云『似豫章』者，景純不當以『似杏實酢』解之。草木同名異種者甚多，如山榎名條，柚亦名條，豈可以上文之條爲柚耶？朱《傳》于『摽有梅』既具釋，此章不復云，似合二梅爲一矣。」

按：條是榣，梅是柟，《爾雅》與陸《疏》甚合。此篇乃秦人誇美其君之詞，借巨材以起興。若陸農師指條爲柚[一]，指梅爲杏，取渡淮變化之義，益無謂矣。今併録之，以見其誤。釋梅一條已詳「摽有梅」篇中。

北山有楰（《小雅·南山有臺》）

楰，楸屬。其枝葉[二]、木理如楸，山楸之異者，今人謂之苦楸。溼時脆，燥時堅。今永昌又謂鼠梓，漢人謂之楰。

《爾雅》云「楰，鼠梓」，郭云：「楸屬也，今江東有虎梓。」鄭云：「苦楸也。」《圖經》云：「鼠梓一名楰，亦楸之屬也。《詩·小雅》云『北山有楰』是也。鼠李一名鼠梓，或云即此也。然鼠梓花實都不相類，恐別一物而名同也。」曹氏云：「宫室之良材。」《通志略》云：「鼠李，曰牛李，曰鼠梓，曰椑，曰山李，曰楰，曰苦楸，即烏巢子也。」

[一]「陸農師」，原本作「陸師農」，據上下文乙正。按陸佃字農師。

[二]「枝葉」，原本作「樹葉」，據《圖經》引陸《疏》改。

常棣〔一〕（《小雅·常棣》）

常棣，許慎曰：「白棣樹也。」如李而小，如櫻桃正白，今官園種之。又有赤棣樹，亦似白棣，葉如刺榆葉而微圓，子正赤，如郁李而小，五月始熟。自關西、天水、隴西多有之。

《爾雅》云「常棣，棣」，郭註：「今關西有棣樹，子如櫻桃，可食。」鄭註：「郁李也。」《埤雅》：「常棣如李而小，子如櫻桃，正白，華蕚上承下覆，甚相親爾，《采薇》所謂『彼爾維何，維常之華』是也。唐棣之華，反而後合，《詩》以譬權，則此華上承下覆甚相親爾者，常而已矣，故曰『常棣』也。移从移，棣从隶，隶言華蕚相承、輝榮相隶也。隶，仁也，移，義也，兄弟尚親，親親，仁也，故《常棣》以燕兄弟。《傳》曰：『聞《常棣》之言，爲今也。』聞《常棣》之言爲今，則管、蔡之所以失道者，以不聞乎此而已。故《序》曰『閔管、蔡之失道，故作《常棣》焉』。《左傳》曰：『周公弔二叔之不咸，糾合宗族于成周，而作詩曰《常棣》。』蓁子曰：『作人當如常棣，灼然光發。』」程子曰：「今玉李也，華蕚相承甚力。」

〔一〕「常棣」，趙佑曰：「當依《詩》本文補『之華』二字。」《四庫》本即作「常棣之華」。

爰有樹檀〔一〕（《小雅·鶴鳴》）

檀，木皮正青滑澤，與繫迷相似。又似駁馬。駁馬，梓楰，其樹皮青白駁犖，遥視似馬〔二〕，故謂之駁馬。故里語曰：「斫檀不諦，得繫迷〔三〕。繫迷尚可，得駁馬。」繫迷一名挈榼，故齊人諺曰：「上山斫檀，挈榼先殫。」下章云「山有枹棣，隰有樹檖」，皆山隰之木相配，不宜謂獸。

《傳》曰：「檀，彊韌之木。」《論衡》曰：「楓、桐之樹，生而速長，故其皮肌不能堅剛。樹檀以五月生葉，後彼春榮之木，其材强勁，車以爲軸。」《淮南子》「十月檀」，檀，陰木也。《爾雅》云「魄，榽橀」，郭註：「魄，大木，細葉似檀，今河東多有之。齊人諺曰：『上山斫檀，榽橀音系醯。先殫。』」鄭註：「按此俗呼朴樹，其木如檀，子大如梧桐子而黄。」

〔一〕丁晏以爲小題應補「隰有六駁」四字，因《疏》内兼言駁馬也。
〔二〕「馬」，趙佑曰：「《詩疏》作『駁馬』。」
〔三〕「繫」，趙佑曰：「《毛詩疏》作「檕」，下从木。下同。」

按：朱註檀木已詳盡矣，陸《疏》特辨其似而非者耳，今併載《爾雅》郭、鄭二家註，以備「隰有六駁」參考。但「挈榼」，《爾雅》作「榽榼」。

柞棫拔矣（《大雅·綿》）

柞棫，《三蒼說》〔一〕：「棫，即柞也。」其材理全白無赤心者，爲白桵，直理易破，可爲櫝車軸，一作「櫝車輻」。又可爲矛戟鎩。一作「矜」。〔二〕

《爾雅》云「棫，白桵」，郭註：「小木，叢生有刺，實如耳璫，紫赤可啖。」鄭註：「即山柘也。」

《爾雅翼》：「柞生南方，葉細而密，今人爲梳用之。《詩·雅》道『柞』爲尤多。方周之興，大姒夢商之庭產棘，小子發取周庭之梓，植之于闕間，梓化爲松柏柞棫。覺驚以告文王，文王曰『勿言。冬日之陽，夏日之陰，不召而物自來』，以爲宗周興王之兆。故《詩》曰『帝省其山，柞棫斯拔，松柏斯兑。帝作邦作對，自太伯、王季』，未必不謂此

〔一〕「三」，原本作「王」，據《四庫》本改。

〔二〕趙佑校本據《詩疏》、《爾雅疏》所引，此下補「今人謂之白梂，或曰白柘」十字。

也。又述文王之事曰『柞棫拔矣，山木多矣』，而獨言柞棫，蓋柞民之所燎，且至于聳拔，則其餘可知也。《齊民要術》稱柞『斫去尋生，料理還復』，蓋良木之易成者。然亦非人力料理有不可復，此以見太王之勤也。又言『柞宜種于山阜之曲，十年中椽，二十年中屋欂〔一〕，柴在外』，然則爲利亦博矣。」

《通志》：「柞木曰棫，曰栩，曰杼。《爾雅》云『栩，杼』，《詩》『析其柞薪』，又曰『柞棫斯拔』。陸璣云『《三蒼》云「棫即柞也」』。其葉繁茂，其木堅韌有刺，今人以爲梳，亦可以爲車軸』。」嚴粲云：「柞，櫟也，即《唐風·鴇羽》所謂栩也。」

據陸氏釋「柞棫」與《唐風》「集于苞栩」之栩，《秦風》「山有苞櫟」之櫟，一物也。秦人謂柞爲櫟，徐州人謂櫟爲栩，不過方言或異耳。嚴華谷亦云然。但鄭漁仲謂栩、杼爲柞，謂櫟爲槲，別是一種。《本草》又以槲、櫟稍有差別。朱子解柞云「枝長葉盛，叢生有刺」，却與櫟葉如栗葉者不同。況柞十年中椽，二十年中屋，而朱子解棫云「小木叢生有刺」，何相去之遠耶？可見棫是小木，所謂「無赤心，實如耳璫」者是也。柞、栩、櫟是大木，所謂「栗屬，樹大蔽牛」者是也。但鄭氏認棫是山栭，恐未必然。

〔一〕「欂」，原本作「樽」，據《齊民要術》卷五改。

隰有杞桋（《小雅・四月》）

桋葉如柞，皮厚而白，其木理赤者爲赤楝，一名桋，白者爲楝。其木皆堅韌，今人以爲車轂。

《爾雅》云「桋，赤楝，白者楝」，郭云：「樹葉細而岐銳，皮理錯戾，好叢生山中，中爲車輞。白楝葉圓而岐，爲大木。」邢云：「楝，赤者名桋，白者即名楝。某氏曰：其色雖異，爲名即同。」鄭云：「『桋，赤楝，白者楝。』俗呼斥木，叢生，可作藩籬，大者任車輞。」楝，山厄反。江河間楝可作鞍。

隰有杻舊刻「山有杻」，非。（《唐風・山有樞》）

杻，檍也。葉似杏而尖，白色，皮正赤。爲木多曲少直，枝葉茂好。二月中葉疏，花如楝而細，蕊正白，蓋樹。今官園種之，正名曰萬歲，既取名于億萬，其葉又好，故種之。共汲山下人或謂之牛筋，或謂之檍，材可爲弓弩幹也。

《爾雅》云「杻，檍」，郭氏註云：「似棣，細葉。葉新生可飼牛。材中車輞。關西呼杻子，一名土橿。」鄭氏註云：「俗呼牛筋木，其材堅韌，中車輞及弓弩。」

其灌其栵（《大雅·皇矣》）

栵，栭。葉如榆也，木理堅韌而赤，可爲車轅。

《爾雅》云「栵，栭」，郭註：「樹似槲樕而庳小。子如細栗，一作「粟」。可食。今江東亦呼爲栭栗。」一作「粟」。鄭註：「『栵，栭』，音例而。茅栗也。」《内則》云「芝栭蔆椇」，鄭氏云：「人君燕食所加庶羞也。」《通志》云：「橡實之類極多，有似棗而小者，大小有三四種，《爾雅》所謂『栵，栭』是也，註云『子如細棗，江東人亦呼爲栭棗』。今俗謂之爲茅棗，猴棗、柯棗皆其類也。」

按：栭亦栗屬，故可作人君庶羞，必當以漁仲之説爲正。向坊刻《爾雅》云「子如細粟，江東呼爲栭粟」，俱从米不从木，誤矣。

其檉其椐（《大雅·皇矣》）

檉，河柳，生水旁。皮正赤如絳。一名雨師。枝葉似松。椐，樻，節中腫，可作杖以扶

老，今靈壽是也〔一〕。今人以爲馬鞭及杖。弘農共北山甚有之。

【檉】《爾雅》云「檉，河柳」，郭註：「今河旁赤莖小楊。」鄭註：「殷檉也，生水畔。其葉經冬變紅。」

《爾雅翼》：「檉葉細如絲，婀娜可愛。天之將雨，檉先起氣以應之，故一名雨師，而字從聖。《字説》曰：『知雨而應，與于天道。木性雖仁聖矣，猶未離夫木也。小木既聖矣，仁不足以名之。音赬，則赤之貞也，神降而爲赤云。檉非獨能知雨，亦能負霜雪，大寒不彫，有異餘柳。』《詩·皇矣》云『作之屏之，其菑其翳。修之平之，其灌其栵。啓之辟之，其檉其椐。攘之剔之，其檿其柘』，蓋文王之養材于山林，日就繁茂，故其始而屏除之也。始于已死之菑翳，而及于龐雜之灌栵，又及于檉椐之小材，又不得已而及于檿柘之良木，以明草木逾茂則始之所愛者不能並育，以漸去焉，故其卒至于『柞棫斯拔，松柏斯兑』也，然則檉亦良木矣。《漢書》：『鄯善國多檉柳。』段成式云：『赤白檉出凉州，大者爲炭，復入灰汁，可以煑銅。』《南都賦》註：『檉似柏而香。』今檉中有脂，號檉乳。」

〔一〕趙佑校本「今」前有「即」字。

《本草衍義》云：「人謂三春柳，以其一年三秀也。花肉紅色，成細穗。河西者戎人取滑枝爲鞭。」《通志》云：「檉曰河柳，曰雨師，曰春柳，《本草》謂之赤檉木，以其材赤故也。大槩松杉之類，而意態似柳，故謂之檉柳。其材可卷爲盤合。又曰『樓落』，郭云『可以爲栝器素』，此赤檉也。又有一種名赤楊，又名水楊，與此相似而植之水邊。其葉經秋盡紅，人多植于門巷，杜詩『赬檉曉夜希』，即此也。」

【椐】《爾雅》云「椐，樻」，郭註：「腫節，可以爲杖。」鄭註：「按此木似藤，節目相對，今人以爲杖，甚奇。」

《爾雅翼》云：「椐，欓也。《草木疏》云：『節腫似扶老，即今靈壽是也。今人以爲馬鞭。』《漢書·孔光傳》『賜靈壽杖』，孟康曰：『扶老杖。』師古曰：『木似竹，有枝節，長不過八九尺，圍三四寸，自然有合杖制，不須削治也。』」

《山海經》云：「廣都之野，靈壽實華。」王粲頌云：「寄榦堅正，不待矯揉。」陳藏器云：「生劍南山谷，圓長皮紫，作杖令人延年益壽。」

山有樞（《唐風·山有樞》）

樞，其鍼刺如柘。其葉如榆，瀹爲茹，美滑于白榆。榆之類有十種，葉皆相似，皮及木

理異爾。

《爾雅》云「蘦，荎」，蘦，音歐。荎，大結反。邢《疏》云：「別二名也。郭云：『今之刺榆。』《詩·唐風》云『山有樞』是也。」鄭註云：「刺榆也，有鍼刺如柘。其葉如榆，汋爲蔬，美滑于白榆。」

《爾雅翼》：「《詩》『山有樞，隰有榆』，樞，荎，蓋榆之類，今之刺榆也。《爾雅疏》『榆之類有十種，葉皆相似，皮及木理異耳。而刺榆有鍼刺如柘。其葉如榆，瀹爲蔬，美滑于白榆。』《内則》曰：『堇、荁、枌、榆、免、薧、滫、瀡以滑之。』蓋榆之類皆滑。免，讀若問。孫愐《唐韻》「菟新生草」〔一〕，則薧乃是久者。以上四物新舊之名，皆滑利之名也。嵇康謂榆令人瞑。《齊民要術》稱『梜榆、刺榆〔二〕，凡榆三種色，別種之，勿雜』，以爲『梜榆莢葉味苦。凡榆莢味甘，甘者春時將煑賣，是以須別也』。《廣志》曰：『有姑榆，有郎榆。郎榆無莢。』《管子》：『五粟五沃之土，其榆條直以長。』按陳藏器云：『江南有刺榆，無大榆。』蓋大榆北方有之。秦漢故塞，其地皆榆，塞榆，北方之木也。《淮南子》曰『槐、榆與橘、柚合而

〔一〕「唐韻」，原本作「唐類」。據《爾雅翼》卷十一「樞」條改。
〔二〕「刺榆」二字，原本闕，據《爾雅翼》卷十一「樞」條補。

爲兄弟，有苗與三危通而爲一家』，言槐、榆北方，橘、柚南方也。是以江南無榆，但言樞耳。若《晉風》則山隰兼有之，然而有材不能用，則不如其亡也。《氾勝之書》曰：『三月榆莢雨時〔一〕，高地皆强土〔二〕，可種木。』漢鑄莢錢，如榆莢也。又豐有枌榆社。崔寔《四民月令》曰：『榆莢成者收乾，以爲旨蓄。色變白將落，收爲醬。河平元年旱，傷麥，民食榆皮。』《萬畢術》曰：『八月榆檽，令人不飢。』」

《廣雅》云：「柘榆，梗榆也。」陳藏器云：「江南有刺榆，無大榆。刺榆秋實。」

山有栲（《唐風·山有樞》）

栲，葉似櫟木，皮厚數寸，可爲車輻，或謂之栲櫟。許慎正以栲讀爲糗，今人言栲，失其聲耳。

《爾雅》云「栲，山樗」，邢《疏》云：「舍人曰：『栲名山樗。』郭云：『栲似樗，色小白，生山中，因名云。亦類漆樹。』俗語曰：『櫄樗栲漆，相似如一。』《詩·唐風》云『山

〔一〕「雨」，原本作「南」，據《爾雅翼》卷十一「樞」條改。

〔二〕「地」，原本闕，據《爾雅翼》卷十一「樞」條補。

有櫄』，陸璣《疏》語云：『山櫄與下田櫄略無異，葉似差狹耳。吴人以其葉爲茗。』方俗無名此爲栲者，誤也，今所云爲栲者，葉如櫟木，皮厚數寸，可爲車輻，謂之栲櫟。許慎正以栲讀爲糗，今人言栲，失其聲矣。」鄭註云：「山櫄似櫄而葉差狹，櫄木葉似椿，江東呼爲虎目，葉脱處有痕如櫄蒲子，又如眼目。」

按：《疏》云「許慎讀栲爲糗」，應作「糗」，讀丘，上聲，故與「杻」叶，《南山有臺》亦與「杻」叶。

集于苞栩（《唐風·鴇羽》）

栩，今柞櫟也。徐州人謂櫟爲杼，或謂之爲栩。其子爲皁，或言皁斗。其殻爲汁，可以染皁。今京洛及河内多言杼斗，或云橡斗。謂櫟爲杼，五方通語也。

《爾雅》云「栩，杼」，郭註：「柞樹。」鄭註：「栩，柞木，今人以爲梳。」

《本草》云：「橡實堪染用，一名杼斗。槲、櫟皆有斗，以櫟爲勝。所在山谷中皆有。」《圖經》云：「木高二三丈，三四月開黄花，八九月結實。柞櫟也，杼也，栩也，皆橡櫟之通名。」《枕中記》曰：「橡子非果非穀，最益人服食，無氣而受氣，無味而受味，消食止痢，令人强健。」《本草衍義》云：「櫟葉如栗葉，堅而不堪充材。」《風土記》云：「吴越之間名柞爲櫪。」《古今註》云：「杼實曰橡〔一〕。」「東海及徐州謂之木蓮。其葉始生，食之味辛。其材子八月中成，搏以爲燭，明如胡麻燭，研以爲羹，肥如胡麻羹。」〔二〕

無浸樓薪舊刻「穫」，非。（《小雅·大東》）

樓，今椰榆也，其葉如榆。其皮堅韌，剥之長數尺，可爲絙索，又可爲甑帶。其材可爲杯器。

《爾雅》云「樓，落」，邢《疏》云：「樓，一名落。某氏曰：『可作杯圈，皮韌，繞物不解。』郭云：『可以爲杯器素。』素，謂樸也。《小雅·大東》云『無浸樓薪』，鄭《箋》云：『樓，木名。』」鄭註云：「郭云『可以爲杯器』，據此，則今樫杉。」

按：鄭漁仲《通志略》曰：「樓，郭云『可以爲杯器素』，此赤樫也。」但樫是柳屬，樓是榆屬，恐非一類。

又按：《大東篇》「樓」字从禾，與「八月其穫」穫字同。故毛、朱《傳》及吕、嚴諸家

〔一〕「杼實曰橡」，見《埤雅》卷十四「柘」條引崔豹《古今注》。今本《古今注》作「杼實爲橡」。
〔二〕自「東海及徐州」以下引文見《詩緝》卷十二「山有苞櫟」條。

俱云「刈也」。今《爾雅》、陸《疏》俱釋木名，从木，確與本章無涉。

無折我樹杞舊刻「集于苞杞」，非。（《鄭風·將仲子》）

杞，柳屬也，生水傍。樹如柳，葉麤而白色，木理微赤，故今人以爲車轂〔一〕。今共北淇水傍，魯國泰山汶水邊，純杞也。

《爾雅》云「旄，澤柳」，邢《疏》：「柳生澤中者，别名旄。」鄭註：「杞，柳也。生澤中如蘆荻，可編爲棬箱。」《通志略》云：「杞柳亦曰澤柳，可爲桮棬者。」《本草圖經》云：「今人取其細條，火逼令柔韌，屈作箱篋。河朔猶多。」

其下維穀（《小雅·鶴鳴》）

穀，幽州人謂之穀桑，或曰楮桑，荆、揚、交、廣謂之穀，中州人謂之楮。殷中宗時「桑穀共生」是也。今江南人績其皮以爲布，又擣以爲紙，謂之穀皮紙，長數丈，潔白光輝，其裹甚好。其葉初生，可以爲茹。

〔一〕趙佑曰：「『故』字衍，但《詩疏》亦有之。」

《博雅》云：「穀，楮也。」《埤雅》〔一〕：「穀，惡木也，而取名于穀者，穀，善也。惡木謂之穀，則甘草謂之大苦之類也。《本草》曰『楮，一名穀』，陶氏云『即今構木』，誤矣。先賢以爲皮斑者是楮，皮白者是穀，有瓣者曰楮，無瓣者曰構。按此非一種，《物類相感志》云『其膠可以團丹砂』，語曰『構膠爲金石之漆』是也。《列子》曰：『宋人有爲其君以玉爲楮葉者，三年而成，亂之楮葉中，不可別也，遂以巧食宋國。列子聞之，曰：使天地之生物，三年而成一葉，則物之有葉者寡矣。故聖人恃道化而不恃知巧。』」

《爾雅翼》：「穀，易生之物。一説穀田久廢則生穀。其實正赤，如楊梅而無核。伊陟相太戊，亳有祥，桑、穀共生于朝。《傳》曰：『俱生于朝，七日而大拱，伊陟戒以修德而木枯。』劉向以爲『桑，喪也，穀，猶生也，殺生之柄失而在下』，則是以桑、穀爲二物也。而陸璣以爲『穀，幽州人謂之穀桑，或曰楮桑』，然則蓋一物也。《廣州記》曰：『蠻夷取穀皮，熟搥爲揭裏布〔二〕，鋪以擬氈。』《南山經》曰：『招搖之山有木焉，其狀如穀而

〔一〕「埤」，原本作「稗」，據引文出處改。
〔二〕「裏」，原本作「裹」，據《爾雅翼》卷九「穀」條改。

黑理〔一〕，其華四照，其名曰迷穀，佩之不迷。』」

《本草圖經》云：「楮有二種。一種皮有斑花文，謂之斑穀，今人用爲冠。一種皮無花，但葉似葡萄，作瓣而有子者爲佳。其實初夏生，如彈丸，青緑色，至六七月漸深紅色，乃成熟，八月九月採。」《抱朴子》云：「柠實赤者，餌之一年，老者還少。」《通志》云：「楮，亦謂之穀，其實入藥，其皮造紙，濟世之用也。桑、穀共生者即此。」

榛楛濟濟（《大雅・旱麓》）

楛，其形一作「莖」。似荆，而赤莖一作「葉」。似蓍。上黨人織一作「蔑」。以爲斗筥箱器，又揉一作「屈」。以爲釵，故上黨人調問婦人：「欲買赭否？」曰：「竈下自有黄土。」問：「買釵否？」曰：「山中自有楛。」

《禹貢》云「荆州貢楛」，註云：「中矢幹，出雲夢之澤。」

《爾雅翼》：「楛堪爲矢，其莖似荆而赤，其葉如蓍。古者楛矢，則石爲之砮〔二〕。」

〔一〕「理」，原本作「裏」，據《山海經・南山經》改。

〔二〕「砮」，原本作「弩」，據《爾雅翼》卷九「楛」條改。下三「砮」字同。

「説者以榛可爲贄，爲文事，楛可爲矢，爲武事。是蓋不然，夫榛、楛皆用之武事。《説文》『榛，木也，一曰菆也』，菆蓋矢之善者，《春秋傳》所謂『致師者左射以菆』是也。若楛則爲矢，甚明。周世修后稷、公劉之業，而申以百福干禄，皆文事也。然不可無武備，故『瑟彼玉瓚』以下述文治之美，而首章言武備也。《周語》曰：『夫旱麓之榛楛殖，故君子得以易樂干禄焉。若夫山林匱竭，林鹿散亡，藪澤肆竭，民力凋盡，田疇荒蕪，資用乏匱，君子將險，哀之不暇，而何易樂之有？』是先有險哀之備，而後可以及易樂也。」〔一〕顏監曰：『楛木堪爲箭笴，今豳以北皆用之，土俗呼其木爲楛子。』有隼集于陳庭而死，楛矢貫之，石砮其長尺有咫，問諸仲尼。仲尼曰：『隼來遠矣，此肅慎氏之矢也。昔武王伐商，封異姓以遠方之職貢，使無忘服，故以楛矢封陳。』使求諸故府〔二〕，果得之。《夏書》荆州之貢，『礪砥砮丹，惟箘簬楛』，則夫楛矢、石砮者，中州職貢之常也。今仲尼獨以遠方之貢爲驗，豈三代之際職貢不同，或者不妨中國自有之，特其長有咫者爲肅慎之物歟？」〔三〕

〔一〕以上所引見《爾雅翼》卷九「榛」條。
〔二〕「使」，原本作「矢」，據《爾雅翼》卷九「楛」條改。
〔三〕以上所引見《爾雅翼》卷九「楛」條。

揚之水不流束蒲（《王風·揚之水》）

蒲柳有兩種。皮正青者曰小楊，其一種皮紅正白者曰大楊。其葉皆長廣似柳葉，皆可以爲箭幹，故《春秋傳》曰「董澤之蒲，可勝既乎」。今人又以爲箕鑵之楊也。

《爾雅》云「楊，蒲柳」，邢《疏》：「楊一名蒲柳，生澤中，可爲箭笴。《左傳》所謂『董澤之蒲』者，杜註云：『董澤之蒲，河東聞喜縣東北有董池〔一〕。』」鄭註：「楊，蒲柳，水楊也。可爲箭幹。葉圓闊，樹與柳相似，故名楊柳。《采薇》所謂『楊柳依依』，《左傳》所謂『董澤之蒲』，即此也。」

《埤雅》：「蒲柳，今有黄、白、青、赤四種。白楊葉圓，青楊葉長，赤楊霜降則葉赤，材理亦赤，黄楊木性堅緻，難長，俗云歲長一寸，閏年倒長一寸。重黄楊，以其無火。或曰以水試之，沉則無火〔二〕。取此木必于陰晦夜，無一星，則伐之，爲枕不裂。楊之孚甲，早于衆木，昏姻失時，則曾木之不如也。故《詩》曰『東門之楊，其葉牂牂』，牂牂，

〔一〕「聞喜縣」，原本闕「喜」字，據《左傳》卷二十三宣十二年杜注補。

〔二〕「沉」，原本闕，據《埤雅》卷十三「楊」條補。

盛也;『東門之楊,其葉肺肺』,肺肺,衰也,以言嫁娶之莫如此。《莊子》曰『大聲不入于里耳,《折楊》、《皇華》則嗑然而笑。』《折楊》,逸《詩》;《皇華》,即《詩》所謂『皇皇者華』是也。《易》曰『枯楊生華』、『枯楊生稊』,蓋楊性堅勁,雖生,棟不撓。《齊民要術》曰:『白楊性勁直,堪爲屋材,寧折終不曲撓。榆性儒軟,久無不曲,比之白楊,不如遠矣。』」

毛《傳》云:「蒲,草也。」《本草圖經》云:「蒲柳,其枝勁韌,可爲箭笴,又謂之萑蒲,即水楊也。」《本草註》云:「水楊,葉圓闊而赤,枝條短硬,多生水傍。」《古今註》云:「蒲柳生水邊,葉似青楊,一名蒲柳。枝勁細,任矢用。」《國策》云:「夫楊樹之則生,倒樹之亦生,折而樹之又生。」《世說》顧悦云:「蒲柳之姿,望秋而落。」《詩緝》云:「楊可爲舟,又可爲屋材。」

「《詩》曰『揚之水,不流束蒲』,言激揚之水〔一〕,宜能浮泛,而蒲又輕揚善泛,今反不流,如此則以水力更微而不勝故也。《列子》曰『虚則夢揚,實則夢溺』,揚,溺之反也〔二〕。

〔一〕「揚」,原本闕,據《埤雅》卷十八「蒲」條補。
〔二〕「揚溺」,原本闕,據《埤雅》卷十八「蒲」條補。

説者以爲上章言『薪』、言『楚』，則蒲亦木名，不宜爲草，誤矣。夫芻亦草也，而《綢繆》之詩乃曰『束薪』、『束芻』、『束楚』，則豈以言木故妨草哉？」〔一〕

蔽芾其樗（《小雅·我行其野》）

山樗，與下田樗略無異，葉似差狹耳。吴人以其葉爲茗。

李氏曰：「樗者不材之木也。」《莊子》云：「吾有大樹，人謂之樗，其大枝擁腫，不中繩墨，其小枝卷曲，不中規矩。」

按：樗似栲似椿，陸《疏》辨之甚明。樗又有山樗、下田樗稍別。此章與「采荼薪樗」皆下田一種，所謂不中繩墨規矩者也。詳見《七月》篇。

椒聊之實（《唐風·椒聊》）

椒聊，聊，語助也。椒樹似茱萸，有鍼刺，莖葉堅而滑澤〔二〕。蜀人作茶，吴人作茗，皆

〔一〕以上引文采自《埤雅》卷十八「蒲」條，作者失標出處。

〔二〕趙佑曰：「《詩》、《爾雅》疏皆無『莖』字。」

合蔎其葉以爲香。今成臯諸山間有椒，謂之竹葉椒。其樹亦如蜀椒，少毒熱，不中合藥也，可著飲食中，又用蒸雞豚，最佳香。一作「者」。東海諸島上亦有椒樹，枝葉皆相似，子長而不圓，甚一作「其」。香，其味似橘皮。島上麞鹿食此椒葉，其肉自然作椒橘香也。

《爾雅》云「椴，大椒」，邢《疏》云：「椴者，大椒之别也。郭云：『今椒樹叢生實大者名爲椴。』《詩·唐風》云『椒聊且』。」鄭註云：「椴，大椒，秦椒也。與蜀椒相似，稍大而香氣減焉，俗呼樛子。」《爾雅》又云「椒榝醜，莍」，《疏》云：「椒榝之類，實皆有莍彙自裹。李巡曰：『椒、茱萸皆有房，故曰莍。莍，實也。』郭云：『莍，萸子聚生成房貌。今江東亦呼莍。椒似茱萸而小，赤色。』」鄭云：「此類結子成毬朵。」

《埤雅》：「椒似茱萸而小，赤色，内含黑子如點，今謂椒目。木有鍼刺，葉堅而滑澤。《爾雅》曰『椒榝醜，莍』，『桃李醜，核』，言桃李屬皆内核，椒榝屬皆外莍也。《酉陽雜俎》曰：『椒可以來水銀。茱萸氣好上，椒氣好下。』蓋椒氣性不上達，故《詩》以譬沃也，言沃盛强，能修其政，然其馨香下達而已。《詩》曰『椒聊之實，蕃衍盈升』，『椒聊之實，蕃衍盈匊』，沃以支子受邑，其後遂將盛大，則猶之椒也，其實蕃衍而至於盈升盈匊也。《莊子》曰『韋以哀椒，雖踰絺綌，然久則臭』，故天下之理有初雖若佳，後更爲害，不可不察也。」

《爾雅翼》：「椒實多而香，故《唐詩》以椒聊喻曲沃之蕃衍盛大。聊，語助也。《陳詩》『貽我握椒』，《周頌》『有椒其馨』，《離騷》云『雜申椒與菌桂』，『懷椒糈而要之』，《九歌》云『奠桂酒兮椒漿』，『播芳椒兮成堂』。漢世皇后稱椒房，取其實蔓延盈升，以椒塗屋，亦取其温暖，故長樂宫有椒房殿。其後董賢女弟爲昭儀，居舍與后相擬，號曰椒風〔一〕。及晉世石崇、王愷之徒相矜以富，於是崇以椒爲泥泥其屋，而愷以赤石脂泥其壁云。荆楚之俗，正月一日，長幼悉正衣冠，以次拜賀，進椒酒。崔寔《月令》云『過臘一日，謂之小歲，拜賀君親，進椒酒，從小起』，成公綏《椒花銘》云『肇惟歲首，月正元日』，是知小歲則用之漢朝，元正則行之後世。率以正月一日以盤進椒，飲酒則撮寘酒中，號椒盤焉。然椒亦能殺人，故漢李咸欲爭竇后配桓帝〔二〕，擣椒自隨。而齊建武中，欲併誅高、武子孫，令太醫煮二斛椒，熟則一時賜死，此其事。《春秋運斗樞》曰『玉衡星散爲椒』，《山海經》曰『琴鼓之山，其木多椒』，《孝經援神契》曰『椒薑禦溼，昌蒲益聰』，《蜀都賦》『丹椒』。《爾雅》以椵爲大椒，謂叢生實大者，又曰『椒椴醜，莍』，莍，萸子聚生成

〔一〕「號曰椒」三字，原本闕，據《爾雅翼》卷十一「椒」條補。

〔二〕「桓」，原本作「成」，據《爾雅翼》卷十一「椒」條改。按：李咸事見《後漢書·陳球傳》。

房貌，今江東亦呼菉云。樹有鍼刺，葉堅而滑澤，每葉中亦有刺。蜀人作茶，吴人作茗，皆煮其葉以爲香。又東海諸島上有椒子，長而不圓，其味如橘皮，島上麞鹿食此葉者，其肉自然作椒橘香。《范子計然》曰：『蜀椒出武都，赤色者善。秦椒出天水、隴西，細者善。』」《通志》：「椒，曰蔨蓛，曰陸檖，曰南椒，生于漢中者曰漢椒，蜀中者曰蜀椒，巴中者曰巴椒。」

按：《爾雅》云「朻者聊」，郭氏、鄭氏雖俱云未詳。然聊爲木無疑矣，或者木之糾曲者名聊，烏知「椒聊」之聊非即「朻者聊」耶？但向來諸家俱作助語辭，不敢妄解。

山有苞櫟（《秦風·晨風》）

苞櫟，秦人謂柞爲櫟[一]，河内人謂木蓼爲櫟，椒、樧之屬也。其子房生爲梂，木蓼子亦房生。

《爾雅》云「櫟，其實梂」，郭云：「有梂彙自裹。」《疏》云：「櫟，似樗之木也。梂，盛實之房也。孫炎曰：『櫟實橡也。』璣《疏》云：『秦人謂柞爲櫟。故説者或曰柞櫟，或

〔一〕趙佑曰：「《詩》、《爾雅》疏『柞』下多一『櫟』字。」

曰木蓼。璣以爲此秦詩也，宜從其方土之言，柞櫟是也。』」鄭註亦謂之「橡，一名皂斗，其實作梂，似栗實而小」。

《爾雅翼》：「《管子》：『五粟之土，其柘其櫟，條直以長。』《淮南・時則訓》十二月之木：正月，其木楊。楊，蒲柳也，楊木春先〔一〕。二月，其木杏。有竅在中，象陰布散在上。三月，其木李。李亦有核，李後杏熟，故主三月。四月，其木桃。說與杏同。桃後李熟，故主四月。五月，其木榆。六月，其木梓。說未聞。七月，其木楝。楝實鳳凰所食，今雒城旁有樹，楝實秋熟。八月，其木柘。未聞。九月，其木槐。槐，懷也，可以懷來遠人。十月，其木檀。檀，陰木也。十一月，其木棗。取其赤心也。十二月，其木櫟。櫟可以爲車轂，木不出火，唯櫟爲然，亦應陰氣也。《莊子》：匠石見櫟社樹，其大蔽牛，絜之百圍。《上林賦》註：應劭曰『櫟，采木也』，顏師古以爲『木蓼，葉辛，初生可食』。」

《通志》：「櫟曰橡，亦曰栩，其實作梂，曰皂斗，曰橡斗。然有二種，南土多栩，北土多櫟。《爾雅・釋木》云『櫟，其實梂』，《詩・秦風》云『山有苞櫟』，並此也。其《釋木》云『栩，杼』，與《唐風》云『集于苞栩』並是柞木，而陸璣誤謂是此耳。橡實之類極多，大

〔一〕《時則訓》僅記某月某木，其餘均非《淮南子》文，故改爲小字注文。下同。

體皆棗屬也，可食，有似栗而圓者，大小有三四種，《周禮・籩人》所謂『榛實』是也。二三實作一梂，正似棗而小者，大小有三四種，《爾雅》所謂『栵，栭』是也。註云『子如細棗，江東人亦呼爲栭棗』，今俗謂之爲苧棗、猴棗、柯棗，皆其類也。或曰槲之實似櫟而小，不可食。」

六月食鬱及薁

舊刻缺「六月」二字。（《豳風・七月》）

鬱，其樹高五六尺，其實大如李，色正赤，食之甘。

毛《傳》云〔一〕：「鬱，棣屬。薁，蘡薁也。」孔《疏》云：「鬱是唐棣之類。劉楨《毛詩義問》云：『其樹高五六尺，其實大如李，正赤，食之甜。與棣相類，故云棣屬。薁蘡者，亦是鬱類而小別耳。《晉宮閣銘》云華林園中有車下李三百一十四株，薁李一株。車下李即鬱，薁李即薁，二者相類而同時熟，故言鬱薁也。』」

《本草圖經》云：「郁李，木高五六尺，枝條葉花皆若李，惟子小若櫻桃，赤色而味甘酸，核隨子熟。六月採根并實，取核中人用。」

〔一〕「毛傳」，原本作「毛詩」，據引文改。

《名物疏》云：「薁一名郁李，一名薁李，一名蘡李，一名燕薁，一名棣，一名爵李，一名車下李。《廣雅》謂之蘡舌，與鬱俱棣屬也，故同得車下李之名。陸璣以唐棣爲薁李，非也；而以爲實大如李，則得之。《本草圖經》謂郁李子如櫻桃，則似説常棣，非郁李也。郁李雖棣屬，然非《爾雅》所謂唐棣、常棣也。古之説者惟不知唐棣爲扶栘木，而以爲薁，又不知薁别是一種，而以爲常棣，故《本草注》及《詩緝》諸説俱誤。今由陸璣、崔豹、鄭樵及《本草》諸説參詳之，始知其别如此。《魏王花木志》云：『燕薁實如龍眼，黑色，《説文》謂之蘡薁，《詩疏》一名車鞅藤，《豳詩》「六月食薁」者此也。』《廣志》曰：『燕薁似梨，早熟。』據此又非郁李，而二説亦相矛盾，殆不足取證。《韓詩》『薁』字又作『藿』，是《爾雅》所謂『藿山韭』者，非《毛詩》之『薁』。《爾雅翼》云『山韭形性與韭相類，但根白，葉如燈心苗』。」

按：陸《疏》題列二物止釋一物者，如「榛楛濟濟」止釋楛、「六月食鬱及薁」止釋鬱之類是也，豈以薁即是唐棣，故存而不論耶？其實常棣與唐棣、與鬱、與薁原是四種。毛氏云「鬱，棣屬」，則非棣可知。孔氏云「薁，鬱類」，則非鬱可知。馮嗣宗辨之甚詳。但燕薁、蘡舌是草，大槩與下文葵相似，恐不應與木類相混。

樹之榛栗（《鄘風・定之方中》）

榛，栗屬，有兩種。其一種之皮葉皆如栗，其子小，形似杼子，味亦如栗，所謂「樹之榛栗」者也。其一種枝葉如木蓼，生高丈餘，作胡桃味，遼東、上黨皆饒。「山有榛」之榛，枝葉似栗，樹子似橡子，味似栗，枝莖可以爲燭。五方皆有栗，周、秦、吳、揚特饒，吳越被城表裏皆栗。唯漁陽、范陽栗甜美長味，一作「味長」。他方者悉不及也。倭、韓國諸島上栗大如鷄子，亦短味不美。桂陽有莘栗，藂生，大如杼一作「杏」。子，中仁、一作「人」。皮子形色與栗無異也，但差小耳。又有奥栗，皆與栗同，子圓而細，或云即莘也。今此一本多「色」字。惟江湖有之。又有茅栗、佳栗，其實更小，而木與栗不殊，但春生、夏花、秋實、冬枯爲異耳。

【榛】《周禮・籩人》云：「饋食之籩，其實榛。」《説文》云：「亲，果實如小栗。」「榛，木也。」《曲禮》云：「婦人之摯，椇、榛、脯、修、棗、栗。」

《埤雅》：「榛似梓，實如小栗，栗屬也。先王以爲女摯，賦云『榛栗鏬發』。江南有小栗，謂之茅栗，讀芧爲茅，誤也。《莊子》曰：『狙公賦芧，朝三而暮四，衆狙皆怒。』芧，小栗也。」

《爾雅翼》：「榛，枝莖如木蓼，葉如牛李色，高丈餘。子如小栗，其核中悉如李，生則胡桃味，膏燭又美，亦可食啖。漁陽、遼、代、上黨皆饒。鄭注《禮》曰：『榛似栗而小，關中鄜坊甚多。』然則其字從秦，蓋此意也。《左傳》曰『女贄不過榛、栗、棗、修，以告虔也』，稱『告虔』者，榛有臻至之義，栗有戰栗之義，棗有早作之義，修有修飭之義，皆以其名告己之虔恭也。又一種大小枝葉皆如栗，其子形如杼子，味亦如栗，所謂『樹之榛栗』者。其下云『爰伐琴瑟』，是大木，非榛楛之榛。至女贄則宜，兩者皆可用。」《通志》：「榛有三四種，㮚類也，似㮚而小，正圓。」

【栗】《大戴禮》云：「八月栗零。零也者，降也。零而後取之，故不言剝也。」《周禮・天官》云：「饋食之籩，其實栗。」《禮記・内則》云「栗曰撰之」，《疏》云：「栗，蟲好食，數數布陳，撰省視之。」

《本草註》云：「栗作粉，勝於菱芡。」《蜀本》云：「樹高二三丈，葉似櫟，花青黃色，似胡桃。」《圖經》云：「兗州、宣州者最勝。實有房，彙若拳，中子三五，小者若桃李，中子惟一二，將熟則罅拆子出。凡栗之類甚多。《詩》云『樹之莘栗』。莘音臻。栗房當心一子，謂之栗楔，治血尤效。」陳士良云：「栗有數種，其性一類。三顆一毬，其中者栗榍也，理筋骨風痛。」《衍義》曰：「湖北路有一種栗，頂圓末尖，謂之旋栗。」《西京雜記》：

「上林苑有侯栗、瑰栗、魁栗、榛栗、嶧陽栗。」嶧陽都尉曹龍所獻，大如拳〔一〕。

《埤雅》云：「栗味鹹，北方之果也，有莍蝟自裹。《東觀書》曰：『栗駭蓬轉』，蓋今栗房秋熟罅發，其實驚躍如暴，去根榦甚遠，所謂栗駭也。《相法》曰：『白如截肪，黄如烝栗。』今黄玉謂之栗玉，義蓋取此。」

《爾雅翼》：「栗，其實下垂，故從卤。卤者，草木實垂卤卤然，蓋象形也。古文㮚从西，从二卤。徐巡説：『木至西方戰㮚。』言木則凡木皆然，而栗至罅發之時，將墜不墜，尤有戰㮚之象。故天子五社，西社植栗，而宰我對栗社之義，亦以爲使民戰栗也。栗之生極謹密，三顆爲房，其房爲蝟毛，其中顆褊者號爲栗楔，尤益人。大率栗味鹹，性温，而宜於腎。有患足弱者，坐栗木下多食之，至能起行。其質縝密，故稱玉質縝密以栗。《秦風》『阪有漆，隰有栗』，『燕秦千樹栗』，是其出處也。秦饑，應侯請發五苑之果蔬橡、棗、栗以活民，昭王不許。《范子計然》曰『栗出三輔』。《詩》又云『山有嘉卉，侯栗侯梅』，侯，助辭也。《西京雜記》稱漢上林苑中有侯栗，又有侯梅，此吴均之語，不可取信。」

〔一〕此句原本爲正文，據《西京雜記》改爲小注。

《廣要》云：有石栗，其樹與栗同，俱生於山石罅中。花開三年方結實，其殼厚而肉少，其味似胡桃。熟時或爲群鸚鵡所啄，故彼人極珍貴之，出日南。又頻婆子者，其實紅色，大如肥皂，核如栗，煨熟食之，味與栗無異。

按：許慎以亲爲榛，張揖又云「辛，㮴也」，《圖經》、陸《疏》又以莘爲栗之一種，可見草木形狀相似者，其名亦易相亂，但「亲」字從辛從木，責辛切，音臻，而《廣雅》作「辛」，失木字。《本草》及元恪諸家作「莘」，從艸字。至于陸佃云「似梓」，直認爲「梓」字。點畫間毫釐千里，誤人不小，何六書之學累代莫問耶？

摽有梅（《召南·摽有梅》）

梅，杏類也，樹及葉皆如杏而黑耳。曝乾爲腊，置羹臛齏中，又可含以香口。

《夏小正》云：「正月，梅、杏、杝桃則華。五月，煑梅爲豆實。」郭璞云：「似杏，實酢。」

陸佃云：「梅在果子華中尤香。俗云『梅花優于香，桃花優于色』，故天下之美有不得而兼者多矣。女失婚姻之時，則感己之不如，故詩人以『摽有梅』興焉。又《詩》曰『墓門有梅，有鴞萃止』，言墓門之隧，既非梅之所宜生，而鴞食葚而甘，非梅之所能養，猶之陳佗無良師傅養成其質〔一〕，以至于不義也。今江、湘、二浙，四五月之間，梅欲黄落，則水潤土溽，礎壁皆汗，蒸鬱成雨，其霏如霧，謂之梅雨，沾衣服皆敗黦。故自江以南，三月雨謂之迎梅，五月雨謂之送梅。傳曰：五月有落梅風，江淮以爲信風，亦花信風之類。賈思勰曰：『梅花早而白，杏花晚而紅。梅實小而酸，杏實大而甜。梅可以調鼎，杏則不任此用。世人或不能辨，言梅、杏爲一物。』此則北人不識梅也。《書》曰：『若作和羹，爾惟鹽梅。』《七命》云『燀以秋橙，酤以春梅』，正言春梅者實尚青〔二〕，味酢故也。舊説大庾嶺上梅南枝已落，北枝始花。」

羅願云：「梅先春而花，其實亦早。古者以梅實荐饋食之籩，所謂『乾蘛』是也。《蜀志》曰：『蜀名梅爲蘛，大如雁子。』《禮記疏》〔三〕云：『蘛爲乾梅。』」《説苑》曰：「越使諸發執一枝梅遺梁王。」魏武帝與軍士失道〔四〕，大渴而無水，遂

〔一〕「佗」，原本作「陀」，據《埤雅》卷十三「梅」條改。

〔二〕「言」，原本作「以」，據《埤雅》卷十三「梅」條改。

〔三〕「禮記疏」，據引文出自《爾雅翼》卷十「梅」條，上言「鄭氏解《内則》」，下言「疏者從而廣之」，似指《禮記疏》，而「蘛爲乾梅」句實在賈公彦《周禮疏》中。

〔四〕「武」，原本作「文」，此曹操事也，事見《世説新語·假譎》。又「失道」應作「失汲道」。

下令曰：「前有梅林，結子甘酸，可以止渴。」《西京雜記》云：「漢初，修上林苑，群臣各獻名果，有朱梅、紫花梅、紫蔕梅、同心梅、麗枝梅、燕梅、侯梅。」范石湖云：「梅，天下尤物，無問智賢愚不肖，莫敢有異議。」

按：《爾雅》凡三釋梅，俱非吴下佳品。一云「梅，柟」，蓋交讓木也。一云「時，英梅」，蓋雀梅，似梅而小者也。一云「杭，繫梅」，蓋杭樹狀如梅子，似小柰者也。銕脚道人和雪嚥之，寒香沁入肺腑者，迺是「摽有梅」之梅，《爾雅》獨未有釋文，真一欠事。范文穆公《譜》中所列種類甚多，不能具載，但緑萼梅、紅梅、蠟梅不可不辨。至如梅龍、盤園之奇古，及重陽日，錢塘江上折梅花觴詠，有「横枝對菊開」之句，堪與廣平一賦並傳。

蔽芾甘棠（《召南·甘棠》）

甘棠，今棠梨，一名杜梨，赤棠也，與白棠同耳，但子有赤白美惡。子白色爲白棠，甘棠也，少酢滑美。赤棠子澁而酢，無味，俗語云「澀如杜」是也。赤棠木理韌，亦可以作弓幹。

《爾雅》云「杜，赤棠。白者，棠」，郭云：「棠色異，異其名。」樊光云：「赤者爲杜，白者爲棠。」《爾雅》又云「杜，甘棠」，邢《疏》曰：「郭云：『今之杜梨。』舍人曰：『杜，赤色，名赤棠。白者亦名棠。』然則其白者名棠，其赤者爲杜棠，爲甘棠。杜爲赤棠。《詩·召南》云『蔽芾甘棠』，《唐風》云『有杕之杜』，《傳》云『杜，赤棠』是也。」鄭註云：「北人謂之杜梨，南人謂之棠梨。」

《埤雅》云：「《字説》：『《詩》言「蔽芾甘棠」，以杜之美。言「有杕之杜」，以棠之惡。』孔子曰『吾于甘棠見宗廟之敬也』，劉歆《廟議》以爲『思其人尚愛其木，况宗其道而毁其廟乎』。」

《爾雅翼》云：「每梨有十餘子，唯一子生梨，餘者生杜。」孫楚云：「梨有用爲貴，杜無用爲賤。」《括地志》：「召伯廟在洛州壽安縣西北五里。召伯聽訟甘棠之下，周人思之，不伐其樹。後人懷其德，因立廟，有棠在九曲城東阜上。」《通志》云：「梨之類多。杜，甘棠，謂之棠梨，其花謂之海棠花，其實謂之海紅子。」

按：樊光云「白者爲棠，赤者爲杜」，陸氏以爲「白者甘，赤者澀」，則確乎棠美而杜惡矣。《字説》相反之極，豈因《爾雅》「杜，甘棠」之説誤之耶？或棠杜其總名，但以赤白爲美惡耳。

唐棣之華（《召南·何彼襛矣》）

唐棣，奥李也，一名雀梅，亦曰車下李。所在山中皆有，其花或白或赤，六月中熟，一作「成實」。**大如李子，可食。**

《爾雅》云「唐棣，栘」，郭註：「似白楊，江東呼夫栘」。栘音移。鄭註：「栘，楊也，亦名扶栘，似白楊。」

《埤雅》：「唐棣，一名栘，其華反而後合。《詩》曰『唐棣之華，偏其反而。豈不爾思，室是遠而』，子曰：『未之思也，夫何遠之有！』此《詩三百》所以無此篇歟？凡木之花，皆先合而後開，惟此花先開而後合。《詩》曰『山有苞棣，隰有樹檖』，苞棣以況可與權之臣，樹檖以況可與立之臣。可與權者在上，可與立者在下，穆公之業也。又曰『何彼襛矣，唐棣之華』，『何彼襛矣，華如桃李』，蓋棣華偏而後合，桃李則皆有華之盛者，故《詩》以況王姬下嫁，其衣之襛如此。」

《爾雅翼》云：「栘生江南山谷，其大十數圍，無風葉動，華反而後合，所謂『偏其反而』者也。又《何彼襛矣》之詩亦言『唐棣之華』，此詩以王姬車服不繫其夫，築館于外，亦有反而後合之道。至于執婦道以成肅雝，則若桃李之相輝蔽，不終反而已也。

崔豹《古今註》曰：『移楊，圓葉弱蔕，微風大摇。一名高飛，一名獨摇，又曰移楊。一曰移柳，亦曰蒲移。』而《齊民要術》以高飛、獨摇爲白楊之别名。又《本草》『白楊』註云『取葉圓大、蔕小、無風自動者』，故説者云『葉無風自動，此是移楊，非白楊也』。蓋『白楊多悲風』，又與此相類，故相雜耳。移皮焚爲灰，置酒中，令味正，經時不敗。」

《本草》云：「扶移木，皮味苦。」《名物疏》云：「唐棣、常棣是二種。《爾雅》云『唐棣，移』，《本草》謂之扶移木，一名高飛，一名獨摇。《爾雅》又云『常棣，棣』，《小雅》所謂『常棣之華』也。又《本草》郁李仁，一名棣，一名雀李，一名車下李，《七月》之所謂『薁』也。陸璣知唐棣、常棣各一種，却不當以名奥李、車下李五月成實者爲唐棣。故孔仲達《七月》疏俱不明了。《本草註》于『郁李仁』下既引陸氏釋『常棣』之文，《圖經》又引釋『唐棣』之文，而常、唐二字俱作棠，混之甚矣。唐棣自是楊類，雖得棣名，而實非棣也。惟鄭漁仲分析甚當。朱子《論語註》云『唐棣，郁李也』，亦陸璣誤之與？」

按：鄭漁仲云郁李曰壽李，曰車下李，曰棣。《常棣》詩云「常棣之花，鄂不韡韡」，據此説，則直認常棣爲唐棣矣，何云漁仲分析甚當？

隰有樹檖（《秦風·晨風》）

檖，一名赤羅，一作「蘿」。一名山梨，今人謂之楊檖。其實如梨，但實甘小異耳〔一〕。一名鹿梨，一名鼠梨。齊郡廣饒縣堯山、魯國河内共北山中有。今人亦種之，極有脃美者，亦如梨之美者。

《爾雅》云「檖，蘿」，郭註云：「今楊檖也。實似梨而小酢，可食。」鄭註云：「山梨也。」

《埤雅》云：「檖，一名羅，其文細密如羅，故曰羅也。又有白者。赤羅文棶，白羅文緩，雖皆所謂文木，然而赤羅爲上。《秦詩》初曰『晨風』，卒曰『樹檖』者，言人君所以用賢之道，始於能致之，終於能立之。棶謂之綾，杉謂之紗，檖謂之羅。羅亦有華者，俗謂之羅錦，羅錦猶言杉錦、棶綾也。羅錦明，杉錦暗。今虜人有棶綾器，其文如綾綺狀，又下於杉錦矣。」

〔一〕「但實甘小異耳」，趙佑校本據《詩》、《爾雅》疏，改爲「但小耳」。

南山有枸「南山」，舊刻「北山」。（《小雅・南山有臺》）

枸樹，山木，其狀如櫨，一名枸骨。高大如白楊，所在山中皆有。理白，可爲函板。枝柯不直。子著枝端，大如指，長數寸，噉之，甘美如飴。八九月熟，江南特美。今官園種之，謂之木蜜。古語云「枳枸來巢」，言其味甘，故飛鳥慕而巢之。本從南方來，能令酒味薄。若以爲屋柱，則一屋之酒皆薄。

宋玉賦曰「枳句來巢」〔一〕，謂枸木多枝而曲，所以來巢也。《本草》「枳椇，一名木蜜。以木爲屋，屋中酒則味薄」，註云：「昔有南人修舍，用此木，悮有一片落在酒甕中，其酒化爲水味。」《唐本註》云：「其樹徑尺，木名白石，葉如桑柘。其子作房，似珊瑚核在其端。」

《埤雅》云：「椇木高大似白楊，子依房生，著枝端，大如指，長數寸，噉之，甘味如飴，今俗謂之枅栱。《古今註》：『一名樹蜜，一名木餳。實形卷曲，核在實外。』」一名白石、白實、木石、木實。

〔一〕「句」，原本作「枸」，按《文選》宋玉《風賦》作「枳句來巢」，句，曲也，據改。

《爾雅翼》：「古者人君燕食，所加庶羞凡三十一物，椇其一也。又婦人之贄，椇、榛、棗、栗。荆楚之俗，亦鹽藏荷裹以爲冬儲。今不以爲重，賤者食之而已。《明堂位》四代之俎，『商以椇』，蓋俎足横木爲曲撓之形，如椇枳之枝也。今人謂之枅枸，又謂之蜜曲録。」

《荀子》：「枸木必待檃括、烝矯然後直。」《廣志》云：「葉似蒲柳，子十一月熟，樹乾者益美。或云果名，一名白石李。」《通志》：「枳椇，蜀人謂之枸。」《詩緝》云：「《疏》引宋玉賦『枳椇來巢』以證毛説，然《風賦》字作『枳句』，李善註云：『橘踰淮爲枳。句，曲也。』句音溝，非毛義也。」

顔如舜華（《鄭風·有女同車》）

舜，一名木槿，一名櫬，一名曰椴，齊魯之間謂之王蒸，今朝生莫落者是也〔一〕。五月始花，故《月令》仲夏「木槿榮」。

《爾雅·釋草》云「椴，木槿。櫬，木槿」，郭註云：「似李樹，華朝生夕隕，可食。或

〔一〕「生」，趙佑疑是「開」字之誤。

呼日及，一曰王蒸。」鄭註云：「即朝生莫落花也。今亦謂之木槿，一名椵，一名櫬，一名王蒸，一名舜華。」

《埤雅》云：「華如葵，朝生夕隕。一名舜，蓋瞬之義取諸此。《詩》曰『顏如舜華』，又曰『顏如舜英』，言不可與久也。蓋榮而不實者謂之英。《人物志》曰：『草之精秀者爲英，獸之將群者爲雄。張良是英，韓信是雄。』《篤論》曰：『日給之華似柰，柰實而日給虛，虛僞之與真實相似也。』」

《通志》云：「《爾雅》入草例者。樊光云：『其花朝生莫落，與草同气，故在草中。』今人謂之朝生莫落，人多植庭院間，唐人詩云『世事方看木槿榮』，言可愛易凋也。亦可作籬，故謂之槿籬。」傅玄云：「蕣花，麗木也，或謂之洽容，或謂之愛老。」成公綏云：「日及華甚鮮茂，榮于孟夏，訖于孟秋。」《廣雅》云：「一名朱槿，一名赤槿。」

《爾雅翼》云：「《抱朴子》曰：『夫木槿、楊柳，斷植之更生，倒之亦生，橫之亦生。生之易者，莫過斯木也。』仲夏應陰而榮，《月令》取之以爲候。其花朝開莫落，或呼爲日及。陸機賦云：『如日及之在條，常雖盡而不悟〔一〕。』潘尼云：『朝菌者，詩人以爲舜

〔一〕「常雖盡而不悟」，原本作「常雖及而不悮」。《爾雅翼》原文作「常雖及而不悟」，是原本誤「悟」爲「悮」。而《爾雅翼》「及」字亦爲「盡」字之誤，今據《文選·嘆逝賦》改正。按：《嘆逝賦》原文實作「恒雖盡而弗悟」。

華，莊生以爲朝菌。』《詩》曰『有女同車，顔如舜華』，又曰『顔如舜英』，舜蓋華之茂者。又枝葉相當，有同車之象，亦如舜朝開日莫落，少過時則後之矣。太子忽當有功于齊之時，可以取齊女，于是時而不取，則若日及之不可待矣。木槿作飲，令人得瞑，與榆同功。其花用作湯代茗，可以治風。然茗令人不睡，木槿令人睡，爲異爾。」

《本草衍義》云：「木槿如小葵，花淡紅色，五葉成一花，朝開莫斂，花與枝兩用。湖南北人家多植爲籬障。」傅咸賦云：「應青春而敷蘂，逮朱夏而誕英。布夭夭之纖枝，發灼灼之殊榮。紅葩紫蔕，翠葉素莖。含暉吐曜，爛若列星。」

采荼薪樗（《豳風・七月》）

樗樹及皮皆似漆，青色耳，其葉臭。

《本草》：「樗木根葉尤良。」《唐本註》云：「二樹形相似，樗木疎，椿木實，爲别也。」蕭炳云：「樗俗呼爲虎眼樹，《本經》椿木殊不相似。」《圖經》云：「椿、樗二木形榦大抵相類，但椿實而葉香可噉，樗木疎而氣臭，膳夫亦能熬去其氣。北人呼樗爲山椿，江東人呼爲鬼目，葉脱處有痕如樗蒲子，又如眼目，故得此名。其木最爲無用，《莊子》所謂『吾有大木，人謂之樗，其本擁腫，不中繩墨，小枝曲拳，不中規矩，立于途，匠者不顧』是也。俗語云：櫄、樗、栲、漆，相似如一。」《衍義》云：「世以無花不實，木身大，其榦端直者爲椿，椿用木、葉。其有花而莢，木身小，榦多迂曲者爲樗，樗用根、葉、莢。故曰未見椿上有莢者。又有『樗雞』，故知古人命名，曰不言椿雞而言樗雞者，以顯有雞者爲樗，無雞者爲椿。」

維筍及蒲（《大雅・韓奕》）

筍，竹萌也，皆四月生，唯巴竹筍八月、九月生。始出地長數寸，鬻以苦酒，豉汁浸之，可以就酒及食。

《爾雅》云「筍，竹萌」，邢《疏》云：「孫炎曰：『竹初萌生謂之筍。』凡草木初生謂之萌。筍則竹之初生者，可以爲菜殽，《詩・大雅・韓奕》云『其蔌維何，維筍及蒲』是也。」《爾雅》又云「簜，箭萌」，郭註云：「萌，筍屬也。」鄭註云：「箭，竹筍也。」《通志》云：「凡筍類，惟箭筍爲美，故會稽竹箭有聞焉。」《周禮・天官・醢人》云：「箈菹雁醢，筍菹魚醢。」《呂覽》云「和之美者，越酪之菌」，註：「越酪，山名。菌，竹筍也。」《筍譜》云：「竹初種，根食土而下求乎母也。及擢筍，冒土而上，愛乎子也。筍大約不過青綠色。《本草》：『木性，甲乙氣。』」

蘇子瞻云：「竹之始生，一寸之萌耳。」陸農師云：「其萌曰筍，筍从勹从日，勹之日爲筍，解之日爲竹。一曰从旬〔一〕，旬内爲筍，旬外爲竹。今俗呼竹爲妒母草，言筍旬有六日而齊母。」其自死筍謂之仙人杖。

【蒲】《箋》云：「深蒲也。」《傳》云：「蒲，蒻也。」《周禮·醢人》「深蒲醓醢」，鄭司農云：「深蒲，蒲蒻入水深。」鄭玄云：「深蒲，蒲始生水中子。」〔二〕

〔一〕「解之日」、「一曰从旬」，「日」「曰」原互誤，據《埤雅》卷十五「竹」條改。
〔二〕此下丁晏《校正》本補入二條，見附録。

毛詩草木鳥獸蟲魚疏廣要卷下之上

唐吴郡陸璣元恪撰
明海隅毛晉子晉補

釋　鳥

鳳皇于飛（《大雅·卷阿》）

鳳，雄曰鳳，雌曰皇，其雛爲鸑鷟。或曰鳳皇一名鶠。非梧桐不棲，非竹實不食，非醴泉不飲。

《大戴禮》云：「羽蟲三百六十，鳳皇爲之長。」《禽經》云：「鳳雄凰雌。亦曰瑞鶠，亦曰鸑鷟，羽族之君長也。」

《爾雅》云「鶠，鳳，其雌皇」，邢《疏》：「郭云：『瑞應鳥。雞頭，蛇頸，燕頷，龜背，魚尾，五彩色，高六尺許。』《説文》云：『神鳥也。字從鳥凡聲。鳳飛則群鳥從以萬數，故鳳古作朋字。』《山海經》曰：『丹穴之山有鳥焉，其狀如鶴，五彩而文，名曰鳳。首文曰德，翼文曰順，背文曰義，膺文曰仁，腹文曰信。飲食自歌自舞。』《京房易傳》曰：『鳳凰高丈二。』」

《廣雅》云：「鳳皇雄鳴曰即即，雌鳴曰足足。昏鳴曰固常，晨鳴曰發明，晝鳴曰保長。舉鳴曰上翔，集鳴曰歸昌。鷖鳥，鸞鳥，鸙鷞，鸑鷟，鴰音古活切。箭，音動。鵷鶵，廣昌〔一〕，鷦明，鳳皇屬也。」

《埤雅》云：「鳳，神鳥，俗呼鳥王。王文公曰：『鳳鳥有文，《河圖》有畫，非人爲也。』舊云鳳皇其翼若干，其聲若簫，不啄生蟲，不折生草，不群居，不旅行，不罹羅網。一說，乾皋斷舌則坐歌，孔雀拍尾則立舞，人勝之也。鸞入夜而歌，鳳入朝而舞，天勝之也。《爾雅》曰：『鶠，鳳，其雌皇。』鳳鳥之美者能君其類，雌則美而不大，故其雌皇。又龍乘雲，鳳乘風，故謂之鶠。鶠，偃也，衆鳥偃服焉。」

《爾雅翼》云：「《韓詩外傳》曰：『黃帝即位，宇內和平，惟思鳳象，召天老而問之。天老對曰：「夫鳳象鴻前而麐後，蛇頸而魚尾，鸛顙而鴛思，龍文而龜背，燕頷而雞啄，

〔一〕「廣」，原本闕，據《廣雅》卷十「釋鳥」補。

五彩具揚。出東方君子之國，翺翔四海之外，過崑崙，飲底柱，濯羽弱水，莫宿丹穴。見則天下大安寧。又有六象、九苞之説。鴻前者軒也，麐後者豐也，蛇頸者宛也，魚尾者岐也，鸛顙者椎也，鴛思者張也，龍文者緻也，龜背者隆也，燕頷者方也，雞喙者鈎也。六像：頭像天者圓也，目像日者明也，背像月者偃也，翼像風者舒也，足像地者方也，尾像緯者五色具也。九苞：口包命者不妄鳴也，心合度者進退精也，耳聽達者居高明也，舌詘伸者能變聲也，彩色光者文彩呈也，冠矩朱者南方行也，距鋭鈎者武可稱也，音激揚者聲遠聞也，腹文户者不妄納也。行鳴曰歸嬉，止鳴曰提扶，夜鳴曰善哉，晨鳴曰賀世，飛鳴曰郎都。知我者唯黄，持竹實來，譯其音而附之聲也。」黄帝使泠綸制十二簫聽鳳鳴，其雄鳴爲六，雌鳴亦六，比黄鍾之宫而皆可以生之，是爲律本。少皞氏以其鳴合十二律，故設鳳鳥氏之官，以爲歷正。及帝舜之世，作簫以象之，故簫韶九成，鳳凰來儀。』《禽經》曰：『翟以鳴鳴鳳，鳳以儀儀翟。』儀，匹也，如《衛詩》『實維我儀』是也。南思州北甘山，壁立千仞，有瀑水飛下，猿狖不能至。鳳皇巢其上，彼人呼爲鳳皇山。所食亦蟲魚，遇大風雨，或飄墮其雛，小者猶如鶴而足差短。南人截取其觜，謂之鳳皇杯。蔡衡對光武：『凡鳳有五，多赤色者乃鳳，多黄色者鵷雛，多青色者鸞，多紫色者鸑鷟，多白色者鵠。』《禽經》亦曰：『青鳳謂之鶡，赤鳳謂之鶉，黄鳳謂之鸞，白鳳謂之鷫，紫鳳謂之鷟。』《説文》亦曰：『五方神鳥，東方曰發明，南方曰焦明，西方曰鸕鷞，北方曰幽昌，中央曰鳳皇。』則此五者皆鳳類，使不足道，不至爲怪祥矣。而《樂協圖徵》説『五鳳皆五色，爲瑞者一，爲孽者四：鸕鷞疫之感，發明喪之感，焦明水之感，幽昌旱之感。』且既稱爲鳳首、翼、背、膺、腹文皆合五常，豈應爲孽？蓋漢儒既夸大其辭，推鳳爲希世之瑞，夸而無驗，極而必反，則又推之以爲孽，反覆無所據，皆不足取也。至若《漢書》云『凡五色大鳥似鳳者，多羽蟲之孽』，是則異鳥之不知名者也，遽可鳳之耶？《淮南子》曰：『三皇鳳至於庭，三代鳳至於澤。德彌澆，所至彌遠，德彌精，所至彌近。』」

《左傳》云「鳳鳥氏司曆」，杜預云：「鳳知時，故以名曆官。」《禮運》云：「鳳以爲畜，故鳥不獝。」《元命包》云：「火離爲鳳。」《運斗樞》云：「天樞得則鳳皇翔。」《斗威儀》曰：「君乘土而王，其政太平，鳳皇集于林苑。」《樂叶圖徵》云：「五音克諧，各得其倫，則鳳皇至。」《動聲儀》云：「鎮星不逆行，則鳳皇至。」《帝王世紀》云：「國安，其主好文，則鳳皇翔。」《莊子》云：「鳳帶聖擐仁，左智右賢。」《瑞應圖》云：「鳳皇仁鳥，王者不刳胎剖卵則至。」

鶴鳴于九皋（《小雅·鶴鳴》）

鶴，形狀大如鵝，長脚青黑〔一〕，高三尺餘，赤頂赤目，喙長四寸餘。多純白，亦有蒼色。蒼色者人謂之赤頰。常夜半鳴，《淮南子》亦云：「雞知將旦，鶴知夜半。」其鳴高亮，聞八九里，雌者聲差下。今吴人園囿中及士大夫家皆養之。雞鳴時亦鳴。

浮丘伯《相鶴經》云：「鶴者，陽鳥也，而遊於陰。因金氣、依火精以自養。金數九，火數七，故禀其純陽也。生二年，子毛落而黑毛易。三年頂赤，爲羽翮。其七年小變，而飛薄雲漢。復七年，聲應節，而晝夜十二時鳴，鳴則中律。百六十年大變而不食生物，故大毛落而茸毛生，乃潔白如雪，故泥水不能污。或即純黑而緇，盡成膏矣。復百六十年變止，而雌雄相視，目睛不轉，則有孕。千六百年形定，飲而不食，與鸞鳳同群，胎化而産，爲仙人之騏驥矣。夫聲聞于天，故頂赤；食於水，故喙長；軒於前，故後指短；棲於陸，故足高而尾凋；一作「周」。翔於雲，故毛豐而肉疎。且大喉以吐，故修頸以納新，故天壽不可量。所以體無青黄二色者，土木之氣内養，故不表於外也。是以行必

〔一〕「黑」，趙佑曰：「《詩疏》作『翼』。」按：《毛詩注疏》卷十八、《左傳注疏》閔二年引陸《疏》均作「翼」。

依洲嶼，止不集林木，蓋羽族之清崇者也。《玉策紀》〔一〕曰：『千載之鶴，隨時而鳴，能翔于霄漢。其未千載者，終不及于漢也〔二〕。』其相曰：瘦頭朱頂則沖霄，露眼黑睛則遠視，隆鼻短喙一作「啄」。則少瞑，⿰骨圭故解反，又音諧。頰⿰骨乇得宅反。耳則知時，長頸竦身則能鳴，鴻翅鴿膺則體輕，鳳翼雀尾則善飛，龜背鼈腹則伏産，軒前垂後則會舞，高脛麄節則足力，洪髀纖指則好翹。聖人在位，則與鳳皇翔于郊甸。」

《周易》曰：「鳴鶴在陰，其子和之。」《禽經》「鶴以聲交而孕」，張註：「雄鳴上風，雌承下風，則孕。」又云「露翥則露」，張華註云：「露禽，鶴也。《古今註》：『鶴千載變蒼，又千載變黑，所謂玄鶴也。』子野鼓琴，玄鶴來舞，露下則鶴鳴也。鶴之馴養于家庭者，飲露則飛去。」

《埤雅》：「鶴性警，至八月白露降，流于草上，點滴有聲，因即高鳴相警，移徙所宿處，慮有變害也。蓋鶴體潔白，舉則高至，鳴則遠聞，性又善警，行必依洲嶼，止不集林木〔三〕，故《詩》、《易》以爲君子言行之象。《禽經》曰：『鶴以怨望，鴟以貪顧，雞以嗔

〔一〕「玉」，原本作「王」，據《抱朴子·内篇·暢玄》引文改。
〔二〕《抱朴子》引《玉策記》原文爲「千歲之鶴，隨時而鳴，能登於木。其未千載者，終不集於樹上也」。
〔三〕「不」，原本作「必」，據《初學記》卷三十引《相鶴經》改。

睨，鴨以怒瞋，雀以猜瞿，燕以狂盱，視也。鷺以喜轉，烏以悲啼，鳶以飢鳴，鶴以潔唳，梟以凶叫，鴟以愁嘯，鳴也。』今鶴雌雄相隨，如道士步斗，履其跡而孕。内典曰：『鶴影生。』《禽經》曰：『鶴愛陰而惡陽，雁愛陽而惡陰。』」

《爾雅翼》云：「鶴一起千里，古謂之仙禽，以其於物爲壽。《淮南》曰：『鶴壽千歲，以極其遊。』《繁露》曰：『鶴知夜半。』鶴，水鳥也，夜半水位，感其生氣，則喜而鳴。所以壽者，無死氣於中也。性好在陰，故謂其羽爲陰羽。《周書》曰『陰羽鳧旌』，解者曰：『鶴鳧羽爲旌也。』《禽經》又曰：『鶴老則聲下而不能高，近而不能尞。』書又言：『鶴體無青黄二色者，木土之氣内養，故不表於外。』然《本草》云『鶴有玄有黄，有白有蒼』，玄則鶴之老者，百六十年則有純白純黑。若黄鶴，古人常言之。又多言鵠，鵠即是鶴音之轉，後人以鵠名頗著，謂鶴之外别有所謂鵠，故《埤雅》既釋『鶴』，又釋『鵠』。漢昭時，黄鵠下建章宫太液池而歌，則名黄鶴。《神異經》：『鶴國有海鵠。』衛懿公好鶴。齊王使獻鵠于楚。如『蕙帳空兮夜鶴怨』〔一〕，《楚辭》『黄鶴一舉』，及田饒説魯哀公言黄鵠，或爲鶴或爲鵠者甚多，以此知鶴之外無别有所謂鵠也。古以鶴爲祥，故立之華

〔一〕此句見孔稚珪《北山移文》。

表。《説文》："『桓，亭郵表也。』一説漢法亭部四角建大木，貫以方表，名曰桓表〔一〕。"又鶴之膝特隆，故吴矛骹大者名鶴膝。又作詩者以中字平爲『雀膝』。"《通卦驗》云："立夏，清風至而鶴鳴。"《玉策記》云："千歲之鶴，隨時而鳴，能登木，色純白，腦盡成骨。其未千歲者，終不集于林也。"《本草》云："《穆天子傳》曰：『天子至巨蒐，二氏獻白鶴之血，以飲天子。』血主益氣力。"

余遊焦山，遍訪《瘞鶴銘》，杳不可得，及過三詔洞之右，遇一僧，叩之，笑指岩下頑石曰："在江之涘，久爲雷神所擊，山中人但云霹靂石，誰識《瘞鶴銘》耶？"因與余猿臂而下。幸是時水落石出，得盤旋縱觀，亂石嵯峨，字句分裂，不可讀。張子厚所謂僅存百三十餘言者，今不能留其半矣。然其筆法之妙，華陽之名具在。擬紀其事以析千古之疑，而南村田叟先獲我心，因附録鶴疏之後，以備參考。

《瘞鶴銘》，華陽真逸譔，上皇山樵，鶴壽不知其紀也。壬辰歲得於華亭，甲午歲化於朱方，天其未遂吾翔廖廓耶，奚奪之遽也？迺裹以玄黄之幣，藏兹山之下。仙家無隱，我故立石旌事，篆銘不朽。詞曰："相此胎禽，浮丘著經。乃徵前事，我傳爾

〔一〕"桓表"，原本作"恒表"，據《爾雅翼》卷十三改。

銘。余欲無言，爾其藏靈。雷門去鼓，華表留形。義惟彷彿，事亦微冥。爾將何之，解化惟寧。後蕩洪流，前固重扃。右割荆門，歷下華亭。奚集真侶，瘞爾作銘。丹陽外仙尉，江陰真宰。」

右刻在鎮江焦山下頑石上，潮落方可模。相傳爲晉王右軍書，惟宋黄睿《東觀餘論》云爲陶隱居書，良是。其曰「今審定文格字法，殊類陶弘景。弘景自號華陽隱居，今號真逸者，豈其别號歟？又其著《真誥》，但云己卯歲而不著年名，其他書亦爾。今此銘「壬辰歲」「甲午歲」，亦不書年名，此又可證云。壬辰歲，梁天監十一年也。甲午者，十三年也。按隱居天監七年東游海嶽，權駐會稽、永嘉，十一年乙未歲始還茅山，其弟子周子良仙去，爲之作傳，即十一年、十三年正在華陽矣。後又有題「丹陽尉」「江陰宰」數字，當是效陶書，故題於石側也。王逸少以晉惠帝大安二年癸亥歲年五十九，至穆帝升平五年辛酉歲卒，則成帝咸和九年甲午歲，逸少方年三十三，至永和七年辛亥歲年三十八，始去會稽閒居，不應三十三歲已自稱真逸也。又未官于朝，及閒居時不在華陽，以是考之，決非王右軍書也審矣。歐陽文忠公以爲不類王右軍法而類顏魯公，又疑是顧況，云道號同，又疑王瓚，皆非。睿字長孺，號雲林子，邵武人。

又董逌《書跋》第六卷載南陽張舉子厚所記云：「《瘞鶴銘》今存于焦山，凡文章句讀之可識及點畫之僅存者百三十餘言，而所亡失幾五十字，計其完書蓋九行，行之全者二十五字，而首尾不預焉。熙寧三年春，余索其逸遺于焦山之陰，偶得十二字於亂石間。石甚迫隘，偃臥其下，然後可讀，故昔人未之見而世不傳。其後又有『丹陽外仙』『江陰真宰』八字，與『華陽真逸』『上皇山樵』爲侶〔一〕，似是真侶之號。今取其可考者次序之如此。」又董君自書其後云：「文忠《集古録》謂得六百字，今以石校之，爲行凡十八，爲字二十五，安得字至六百？疑書之誤也。余于崖上又得唐人詩，詩在貞觀中已列銘後，則銘之刻非顧況時可知，《集古録》豈又并詩繫之耶？」君字彦遠，號廣川，東平人。

又國朝鄭杓《衍極》第二卷論《瘞鶴銘》，而劉有定釋云：「《潤州圖經》以爲王羲之書。或曰，華陽真逸，顧況號也。蔡君謨曰：『《瘞鶴文》非逸少字。東漢末多善書，惟隸最盛，至於晉、魏之分，南北差異，鍾、王楷法爲世所尚。元魏間盡習隸法。自隋平陳，中國多以楷隸相參。《瘞鶴文》有隸筆，當是隋代書。』曹士冕曰：『焦山《瘞鶴銘》筆法之妙，爲書家冠冕。前輩慕其字而不知其人，最後雲林子以爲華陽隱居爲陶弘景，

〔一〕「侶」，原本闕，據《廣川書跋》卷六補。

及以句曲所刻隱居《朱陽館帖》參校，然後衆疑釋然，其鑒賞可謂精矣。』」

以余考之，一本「山樵」下有「書」字，「真宰」下有「立石」二字。一本「我傳爾銘」作「出於上真」，「爾其藏靈」作「紀爾歲辰」。張舉本作「丹陽外仙」，邵亢本作「丹陽仙尉」，又有作「丹陽外仙尉」者。且中間詞句亦多先後不同，尚俟拏舟過楊子，手自模印，以稽其得失之一二可也。

鸛鳴于垤（《豳風·東山》）

鸛，鸛雀也，似鴻而大，長頸赤喙，白身黑尾翅。樹上作巢，大如車輪。卵如三升杯。望見人，按其子令伏，徑舍去。一名負釜，一名黑尻，一名背竈，一名皁裙。又泥其巢一傍爲池，含水滿之，取魚置池中，稍稍以食其雛。若殺其子，則一村致旱災。

《禽經》云：「鸛仰鳴則晴，俯鳴則陰。」《廣雅》云：「背竈、皁帔，鸛雀也。」《韓詩章句》曰：「鸛，水鳥。巢居知風，穴處知雨。天將雨，而蟻出壅土，鸛鳥見之，長鳴而喜。」《本草衍義》云：「鸛頭無丹，項無烏帶，身如鶴者是。兼不善唳，但以喙相擊而鳴。多在樓殿上作窠。」《雜俎》云：「江淮謂群鸛旋飛爲鸛井。鸛亦好群飛。」陳藏器云：「人探巢，取其子，六十里旱。能群飛，薄霄激雲，雲散雨歇。其巢中以泥爲池，含水滿中，養魚及蛇，以哺其子。」《自然論》云：「鸛影接而懷卵。」《禽經》云「覆卵則鸛入水」，張註云：「鸛，水鳥也。伏卵時數入水，冷則不鵬，取礜石周卵以助暖氣，故方術家以鸛巢中礜石爲真物也。」

《埤雅》云：「鸛形狀略如鶴，每遇巨石，知其下有蛇，即於石前如術士禹步，其石阞然而轉。南方里人學其法者，伺其養雛，緣木以蔑絚縛其巢，鸛必作法解之，乃於木下鋪沙，印其足迹而倣學之。又泥其巢一傍爲池，以石宿水，今人謂之鸛石。飛則將之，取魚置池中，稍稍以飼其雛。俗説『鵲梁蔽形，鸛石歸酒』，又曰『礜石温，鸛石涼』，故能卵不㲉，水不臭腐也。《拾遺記》曰：『鸛能聚水巢上，故人多聚鸛鳥以攘却火災。』」

《爾雅翼》云：「鸛生三子，一爲鶴。鳩生三子，一爲鶚。言萬物之相變也。《易》之《中孚》九二『鳴鶴在陰』，上九『翰音登于天』，説者以爲鸛者别於鶴也。震爲鶴，陽鳥也；巽爲鸛，陰鳥也。鶴感於陽，故知夜半；鸛感於陰，故知風雨。鸛生鶴者，巽極成震，極陰生陽之謂也。今人通呼鸛爲鸛鶴。」

按：《詩攷·異字》云：「雚鳴于垤。」《説文》云：「小爵也。」想即《爾雅》所謂「鸛鷒，鶝鶔」也。郭《圖讃》云：「鸛鷒之鴇，一名䴈鸅。應弦銜鏑，矢不著地。逢蒙縮手，養由不睨。」此鳥捷勁異常，與本章意義不合，不知伯厚何據。

鴥彼晨風（《秦風・晨風》）

晨風，一名鸇，似鷂，青黃色〔一〕。燕含鉤喙〔二〕，嚮風摇翅，乃因風飛急，疾擊鳩鴿燕雀食之。

《爾雅》云「晨風，鸇」，邢《疏》云：「舍人曰：『晨風一名鸇，摯鳥也。』郭云：『鷂屬。』鄭云：『似鷂而小。』」《禽經》云「鷐曰鸇」，張註云：「晨風也，向風摇翅，其回迅疾。狀類雞，色青，搏燕雀食之。《左傳》云：『若鷹鸇之逐鳥雀。』」「《列子》曰：『鷂之爲鸇，鸇之爲布穀，布穀久復爲鷂也。』《孟子》所謂『爲叢敺爵者鸇』。《禽經》曰『鳳好風，鸍惡雨』，然則謂之晨風，可知也已。又曰：『鸇鸇之信不如雁，周周之智不如鴻。』今鸇亦去來有時，字从亶，又可知矣。」〔三〕

〔一〕「青黃色」，趙佑引丁曰：《詩釋文》作「青色」，是；《爾雅疏》作「黃色」，非。此兼用二字。

〔二〕「含」，趙佑校本作「頷」。

〔三〕自「列子曰」至此，全引自《埤雅》卷六「鸇」條。

鴥彼飛隼（《小雅・沔水》）

隼，鷂屬也。齊人謂之擊征，「擊」一作「鷙」。**或謂之題肩，**一作「眉」。**或謂之雀鷹，春化爲布穀者是也。此屬數種皆爲隼。**

《爾雅》云「鷹隼醜，其飛也翬」，郭註云：「鼓翅翬翬然疾。」鄭註云：「翬，猶揮也，謂鼓翅揮疾。」韋昭云：「隼，今之鶚。」李善云：「鷙擊之鳥，通呼曰隼。」《禽經》云：「鷹好峙，隼好翔，鳧好没，鷗好浮。」又云：「鳥之小而鷙者皆曰隼，大而鷙者皆曰鳩。」又云：「鷹以膺之，鶻以搰之，隼以尹之。」

《埤雅》云：「鷹之搏噬，不能無失，獨隼爲有準，故于文從水從隼。《司常》曰『鳥隼爲旟』，蓋鳥，鳳也，畫鳳以象其德，畫隼以象其威。《化書》曰：『鳥反哺，仁也。隼憫胎，義也。』蓋隼之擊物，遇懷胎者輒釋不戮也。」《考異郵》云「陰陽氣貪，故題肩擊」，宋均云：「題肩有爪，芒爲陰中陽，故擊殺之。」

按：《月令》仲春之節，鷹化爲鳩。仲秋之節，鳩復化爲鷹。《列子》云：「鷂之爲鸇，鸇之爲布穀，布穀久復爲鷂。」《淮南子》曰：「鶉化爲鸇，鸇化爲布穀，布穀復爲鷂。」據此疏又云「隼化爲布穀」，可見鷹、隼、鶉、鸇、鳩、鷂、布穀、晨風諸鳥，總順節令以變形，故《爾雅》曰「屬」曰「醜」。

有集維鷮（《小雅·車舝》）

鷮，微小于翟也，走而且鳴，曰鷮鷮。其尾長，肉甚美，故林慮山下人語曰「四足之美有麃，兩足之美有鷮」。麃者似鹿而小。

《爾雅》云「鷮，雉」，邢《疏》云：「鷮雉者，郭云：『即鷮雞也，長尾，走且鳴。』《説文》云：『長尾雉，走鳴，乘轝以尾爲防釳，著馬頭上。』《山海經》：『女几山，其鳥多白鷮。』」

《埤雅》云：「薛綜曰：『雉之健者爲鷮，尾長六尺。』《字説》曰：『從喬，尾長而走且鳴，則其首尾喬如也。』《禽經》云：『火爲鷮，亢爲鶴。』鄭漁仲云：『鷂雉，即鷮雉也，青質而有五采者。』」

按：雉之類甚多，故《爾雅》列舉其名，但首列「鷂雉」、「鷮雉」、「鳪雉」、「鷩雉」。郭景純認爲四物，鄭漁仲認爲二物，大相矛盾。陸農師從郭氏之説，亦釋鷂，又釋鷮。然味下文「秩秩海雉」、「鸐山雉」，似當以鄭説爲正。

又按：嚴氏《詩緝》引陸《疏》詳略不同，豈宋本與今本相傳之誤耶？因兩存以備參考。鷸是雉中之別名。陸璣曰：「微小於翟，走而且鳴，音鷸鷸然。其色如雌雉，尾如雉尾而長，其頭上有肉冠，冠上藂毛長數寸，如雄雉尾角也。其肉甚美，故林麓山下人語曰〔一〕：『四足之美有麃，兩足之美有鷸。』麃者似鹿而小也。」

關關雎鳩（《周南·關雎》）

雎鳩，大小如鳩，一作「鴟」，誤。**深目，目上骨露出。幽州人謂之鷲。**〔二〕

《禽經》云「王雎，雎鳩，魚鷹也。亦曰白鷖，亦曰白鷺」，張華註云：「《毛詩》〔三〕曰：『王雎，摯而有別。』多子。江表人呼以爲魚鷹。雌雄相愛，不同居處，《詩》之《國風》始《關雎》也。」

《爾雅》云「雎鳩，王雎」，郭璞註曰：「鶚類，今江東呼之爲鶚。好在江渚山邊食魚。」

〔一〕「林麓」，《四庫》本作「林慮」。
〔二〕趙佑校本此下有「而揚雄、許慎皆曰：白鷢似鷹，尾上白」十四字，乃據《詩疏》、《爾雅疏》補。
〔三〕「毛詩」應是「毛傳」之誤，《禽經》引毛《傳》多誤作「毛詩」。

《韓詩説》：「雎雄貞潔慎匹，以聲相求，隱蔽乎無人之處。」徐鉉《蟲魚圖》云：「雎鳩常在河洲之上，爲儔偶，更不移處。俗云，雎鳩交則雙翔，别則立而異處。」《朱子語録》：「狀如鳩，差小而長，常是雌雄兩兩，相隨不相失，然亦不曾相近，須隔丈來地。」《陰陽自然變化論》：「雎鳩不再匹。」《淮南子》：「《關雎》興于鳥，君子美之，爲其雌雄之不乖居也。《鹿鳴》興于獸，君子大之，取其見食而相呼也。」

《埤雅》云：「通習水，又善捕魚。」《風土記》云：「或説雎鳩爲白鷹。白鷹鶚屬，于義無取。蓋蒼鶚大如白鷹而色蒼，其鳴戛和順，又游于水而息于洲，常隻不雙。」鄭漁仲云：「雎鳩，王雎，梟類，多在水邊，尾有一點白，故揚雄云白鷹。舊説鵰類，誤矣。」

嚴華谷云：「《左傳》郯子『五鳩』，備見《詩經》。雎鳩氏司馬，此詩是也。祝鳩氏司徒，鵻鳩也，《四牡》、《嘉魚》之鵻是也。鳲鳩氏司空，布穀也，《曹風》之鳲鳩是也。爽鳩氏司寇，《大明》之鷹是也。鶻鳩氏司事，鷽鳩也，非斑鳩，《小宛》之鳴鳩與《氓》食桑葚之鳩是也。」

按：《爾雅·釋鳥》又云「揚鳥，白鷹」，是與雎鳩同類而異種者也。不知揚雄、許慎何皆曰白鷹。范、鄭諸家辨之甚詳。或謂王雎、雎鳩是二鳥，則與經傳相乖，余未敢遽信。

鳲鳩在桑（《曹風·鳲鳩》）

鳲鳩，鴶鵴。今梁宋之間謂布穀爲鴶鵴。一名擊穀，一名桑鳩。按鳲鳩有均一之德，飼其子，旦從上而下，莫從下而上，平均如一。

《禽經》云「鳲鳩，戴勝，布穀也。亦曰鴶鵴，亦曰穫穀，春耕候也」，張華註：「揚雄曰：『鳲鳩，戴勝，生樹穴中，不巢生。』《爾雅》曰：『鵖鴔，戴鵀』，鵀即首上勝也。頭上尾起，故曰戴勝。而農事方起，此鳥飛鳴于桑間，云五穀可布種也，故曰布穀。《月令》曰：『戴勝降于桑。』」一名桑鳩，仲春鷹所化也。此鳥鳴時，耕事方作，農人以爲候。」

《爾雅》云「鳲鳩，鴶鵴」，郭註云：「今之布穀也。江東呼爲穫穀。」邢《疏》云：「《左傳》『鳲鳩氏，司空也』，《詩·召南》『維鵲有巢，維鳩居之』，皆謂此也〔一〕。《埤蒼》云『鴶鵴』，《方言》云『戴勝』，謝氏云『布穀類也』。按戴勝自生穴中，不巢生，而《方言》云『戴勝』，非也。」鄭註云：「即布穀也。一名桑鳩，一名擊穀，江東呼爲穫穀，《禮記》謂之鳴鳩。」

〔一〕「謂」，原本作「爲」，據《爾雅》邢《疏》改。

《埤雅》云：「鳲鳩，秸鞠，一名搏黍，今之布穀，江東呼爲郭公。不自爲巢，居鵲之成巢。《周官·羅氏》『中春，獻鳩以養國老』者，鳩性不噎，食之且復助氣故也。《續禮儀志》曰：『仲秋，按户校年老者，授之以杖，其端刻鳩形。鳩者，不噎之鳥也。』《禽經》：『一鳥曰隹，二鳥曰雔，三鳥曰朋，四鳥曰乘，五鳥曰雇，六鳥曰鴅，七鳥曰鳦，八鳥曰鸞，九鳥曰鳩，十鳥曰鶉。』鳩字從九以此。馮衍《逐婦書》曰『口如布穀』，言其多聲也。」

《爾雅翼》云：「鳲鳩又呼撥穀，似鷂長尾，牝牡飛鳴，翼相摩拂，《月令》云『鳴鳩拂其羽』是也。取其骨佩之，宜夫婦。《夏小正》云『正月，鷹則爲鳩』，『五月，鳩爲鷹』。《月令》『仲春，鷹化爲鳩』，其目猶如鷹。許叔重曰：『鷹化爲鳩，喙正直，不鷙搏也。』一説：鳩蓋一巢而九鳥者，《詩》曰『鳲鳩在桑，其子七兮』。又曰：鷑鶋，布穀，好鳴之鳥，故謂之鳴鳩。《月令》所謂『鳴鳩拂羽』者，今布穀爲然。《小宛》之詩曰：『宛彼鳴鳩，翰飛戾天。』今鳩四時有子，鴿每月有子。」

按：《爾雅·釋鳥》又云「鵖鴔，戴鵀」，郭璞云「今亦呼爲戴勝」，李巡云「戴勝一名鵖鴔」，明乎戴勝非鳲鳩矣，不知《禽經》何無分別。邢昺辯之甚詳。但邢氏謂與鵲巢之鳩同，而歐陽氏又謂别是一種，豈更有所據耶？至李氏以爲鴝鵒，嚴氏以爲擊正，其謬甚矣。

宛彼鳴鳩（《小雅·小宛》）

鶻鳩，一名斑鳩，似鵓鳩而大。鵓鳩灰色，無繡項，陰則屏逐其匹，晴則呼之，語曰「天將雨，鳩逐婦」是也。斑鳩項有繡文斑然。今雲南鳥大如鳩而黄，啼鳴相呼，不同集，謂金鳥。或云，黄當爲鳩，聲轉故名移也。又云鳴鳩一名爽，又云是鸜。

《爾雅》云「鶌鳩，鶻鵃」，邢《疏》云：「《春秋左傳》云『鶻鳩氏司事也』，杜註云：『鶻鳩，鶻鵃也，春來秋去，故爲司事。』即此鶌鳩也。舍人曰：『鶌鳩，一名鶻鵃，今之斑鳩。』孫炎曰：『鶻鳩，一名鳴鳩。』《月令》云『鳴鳩拂其羽』，郭云：『似山鵲而小，短尾，青黑色，多聲。今江東亦呼爲鶻鵃。』按舊説及《廣雅》皆云斑鳩，非也。」鄭註云：「鶻鵃，音骨嘲，今謂之鸜鵒。《廣雅》謂爲斑鳩，誤矣。班鳩，鵓鳩也。」

孔《疏》[一]云：「毛《傳》『鳴鳩鶻雕』，陸德明曰：『鶻音骨。鵰，涉交反。《字林》作鵃，云骨鵃，小種鳩也。』《博雅》云：『鶻鵃，鵴鳩也。』《本草》：『鶻嘲，其鳥南北總

[一] 此「孔疏」乃指孔穎達《毛詩正義》一書。但下文所引僅爲毛氏傳及陸德明音義，與孔穎達《疏》無關，直言「孔疏」不當。

有。似鵲，尾短，黄色，在深林間，飛翔不遠，北人名鸖鶈。《爾雅》云『鳭鳩似鵲』，鶻鵃似鵲，尾短多聲。《東京賦》云『鶻嘲春鳴』，或呼爲骨鵰。」《周書·時訓》云：「穀雨又五日，鳴鳩拂其羽。鳴鳩不拂其羽，國不治兵。」

《埤雅》云：「鳴鳩，一名鸞鳩，《莊子》所謂『蜩與鸞鳩笑之』者是也。蓋此似山鵲而小。《釋鳥》曰『鸞，山鵲』也，故此一名鸞鳩。又其短尾，青黑色，多聲，故此一名鳴鳩也。許慎云：『鳴鳩奮迅其羽，直刺上飛數千丈，入雲中。』又鶻鳩，性食桑葚，然過則醉而傷其性，故詩云『于嗟鳩兮，無食桑葚』。陸璣云『鶻鳩一名斑鳩，蓋斑鳩似鵓鳩而大。鵓鳩灰色無繡項，陰則屏逐其匹，晴則呼之，語曰「天將雨，鳩逐婦」者是也。斑鳩項有繡文斑然，故曰斑鳩』，則與此鶻鳩全異，璣之言非。今此鳥喜朝鳴，故一曰鶻嘲也。凡鳥朝鳴曰嘲，夜鳴曰啾。《禽經》曰『林鳥以朝嘲，水鳥以夜啾』，今林棲多朝鳴，水宿多夜叫。」

《爾雅翼》云：「鶌鳩，春來冬去，備四時之事，故少皞以爲司事之官。」《詩緝》曰：「鳴鳩，鶻鵰也，即《氓》詩『食葚之鳩』，郯子所謂『鶻鳩氏司事』，《莊子》所謂『鸞鳩』也。」

按：陸《疏》「今雲南」以下文義支離不相屬，而《爾雅》、《禽經》諸書從未有名爽者。若云是鸇，則向風摇翅，搏逐鳥雀，絶非鳩類益明矣。

又按：鳩拙而安，鸜鵒剔舌而語，師曠辨之甚明，而村童牧豎皆能識之，何鄭氏、李氏認爲鸜鵒耶？

翩翩者鵻（《小雅·四牡》）

鵻，其今小鳩也。一名鵓鳩，幽州人或謂之鶻鵃，梁、宋之間謂之鵻，揚州人亦然。

《爾雅》云「隹其，鳺鴀」，邢《疏》云：「舍人曰：『鵻一名鳺鴀。』李巡曰：『今楚鳩也。』某氏引《春秋》云『祝鳩氏司徒』，祝鳩即鵻其，鳺鴀者故爲司徒也。郭云：『今鵓鳩。』《詩》曰『翩翩者鵻』，又毛《傳》云『鵻，夫不也，一宿之鳥』，鄭《箋》云：『一宿者，一意于所宿之木。』又云：『鳥之謹慤者，人皆愛之。』此是謹慤孝順之鳥也。」鄭註云：「亦曰祝鳩，今所謂鵓鳩也，謹愿之鳥。其，指之之辭。鳥之短尾者皆謂之隹。唯夫不專名焉，故指隹爲夫不也。」《廣雅》云：「鵖鶝，鳩也。鵴鳩，鶟鳩，辟鶝，瀥鳩，鶺鳩也。」

《埤雅》云：「鵻，今鳻鳩，一名荆鳩，一名楚鳩，一名鵓鳩，一名乳鳩，一名鶺鳩，一名鵴鳩，一名鶟鳩。《方言》曰：『鳩自關而西，秦、漢之間謂之鶺鳩，其大者謂之鳻鳩，其小者謂之鵴鳩。或謂之鶟鳩，或謂之鵓鳩。梁、宋之間謂之鵻鷹。』鳩性慈孝慤謹，故

《聽聲考詳篇》曰『雀聲慘毒，鳩聲慈念』。一曰祝鳩，或曰鵻與鳲鳩皆壹鳥也，故有尸祝之號。尸鳩性壹而慈，祝鳩性壹而孝，故一名尸，一名祝。今鵻類賦尾皆促，故其字從隹。《説文》曰：『隹，鳥之短尾總名也。』《禽經》曰：『拙者莫如鳩，巧者莫如鵲。』」《爾雅翼》云：「隹鳩孝鳥，故少皥氏以爲司徒。一名祝鳩，又名䳕鳩，似斑鳩而臆無繡采，又頭有贅。物之拙者，不能爲巢，纔架數枝，往往破卵。無巢不能居，天將雨，則逐其雌，霽則呼而反之。今人辨其聲以爲『無屋住』云。鵻既孝鳥，故養老之杖倣之。漢仲秋之月，縣道皆按户比民年始七十者，授之以玉杖，杖長尺，端以鳩鳥爲餙。王子年記少皥時事，稱『帝子與皇娥泛于海上，以桂枝爲表，結薰茅爲旌，刻玉爲鳩，置于表端』，則鳩杖之起亦遠矣〔一〕。《琴操》曰：『舜耕歷山，思慕父母，見鳩與母俱飛鳴相哺食，感思作歌。』今之《青鵻》。」《禽經》曰『鵻上無尋，鷚上無常』，言二鳥之起不過尋丈。《歲時記》稱四月有鳥如烏鴻，先雞而鳴，聲云『加格加格』，民候此鳥鳴則入田，以爲催人犂格也。亦一引《爾雅》『烏鵖即鵴鳩』，并摯虞〔二〕《槐賦》『春宿教農之鳩』。鳩與扈

〔一〕「杖」，原本作「枝」，據《爾雅翼》卷十四「隹鳩」條改。
〔二〕「摯」，原本作「鷙」，據《爾雅翼》卷十六「隼」條改。

異，又以爲春扈曰鳻鶥，主五土、宜種木者也〔一〕，則誤矣。《淮南》亦云『孟夏之日〔二〕，以熟穀禾，鵲鳩長鳴，爲帝候歲』，蓋亦謂此。許叔重以爲『鵲鳩布穀』，未知孰是。」

《詩緝》曰：「鵻，鶉鳩也。即郯子『祝鳩氏司徒』也。鵻一鳥而十四名，鵻也，隹其也，鶉鳩也，祝鳩也，鳺䳕也，鶏鳩也，䳼鳩也，鶌鳩也，楚鳩也，鳻鳩也，荆鳩也，鵴鳩也，鶏鳩也，鵓鳩也。」《左傳》杜預註曰：「祝鳩孝，故主於教民。」

按：鳩類甚多，其名亦紛紛不一，如鵴鳩、鶌鳩、鵧鷹、青鵧、鶻鵃、鷵鶻之類，不可枚舉，何嚴氏止云十四名耶？但張揖云「隹，鶉也」，惑人甚矣。若斑鳩，據張華《禽經註》云「班次序也。凡哺子，朝從上下，莫從下上，他鳥皆否」，其爲鳲鳩無疑矣。昔人但能辨鳲鳩非班鳩，不能辨班鳩是鳲鳩，皆泥「斑文」之斑而不知「班列」之班也。凡鳩皆好鳴，故馮衍《逐婦書》云「口如布穀」，羅氏遂混鳲鳩、鳴鳩爲一鳥，與陸氏分疏之意甚相矛盾。

脊令在原（《小雅·常棣》）

脊令，大如鷃雀，長脚長尾，尖喙，背上青灰色，腹下白，頸下黑，如連錢，故杜陽人謂

〔一〕「種木」，原本作「于水」，據《爾雅翼》卷十六「隼」條改。

〔二〕「孟夏」，原本作「夏孟」，據《爾雅翼》卷十六「隼」條乙正，《淮南子·天文訓》即作「孟夏」。

之連錢。

《禽經》曰「鶺鴒友悌」，張註：「雀屬也。《爾雅》曰：『鶺鴒，雝渠。』《毛詩》曰：『水鳥也，大雀高尺，尖尾長喙，頸黑青灰色，腹下正白。飛則鳴，行則揺。』又『鶺鴒在原，兄弟急難』，鶺鴒共母者，飛鳴不相離，詩人取以喻兄弟相友之道也。」《博雅》：「䳭鴒，鵬音形。也。」

《埤雅》云：「《義訓》曰：『鶺鴒錢母，其頸如錢文。』其鳴自呼。或曰，首尾相應，飛且鳴者，故謂之雝渠。渠之言勤也。《物類相感志》曰：『俗呼雪姑，其色蒼白似雪，鳴則天當大雪，極爲驗矣。』」

《爾雅翼》：「鶺鴒，水鳥。唐明皇時有鶺鴒數十，集麟德殿廷木，翔棲浹日。魏光乘作頌，以爲天子友悌之祥。」

《詩緝》云：「脊令飛則鳴，行則揺。『在原』者，是其行時也，非在原不見其行，故以在原言之。脊令行而在原，則揺其身，首尾相應，如兄弟急難相救也。世以手足喻兄弟，亦謂如左右手之相救，一體同氣，天性自然，至親至切之喻也。《小宛》取義在於飛則鳴，故曰『題彼脊令，載飛載鳴』。此詩取義在於行則揺，故曰『鶺鴒在原』，程子以爲『脊令首尾相應』是也。鄭氏以爲『水鳥宜在水中，在原則失其常處，故飛鳴以求其類』，非也。今雪姑非水中之鳥，若失其常處而飛鳴以求其類，凡鳥皆然，何獨脊令哉？」

按：《詩攷》作「䳭鴒在原」，惟《石經》作「脊令」。今江南洲渚間多有之，其狀小如雀，輕俊可愛。張茂先云「高尺」，恐誤。

黄鳥于飛（《周南・葛覃》）

黄鳥，黄鸝留也，或謂之黄栗留。幽州人謂之黄鸎。或謂之黄鳥，一名倉庚，一名商庚，一名鵹黄，一名楚雀。齊人謂之搏黍，關西謂之黄鳥，一作鸝黄。當葚熟時，來在桑間，故里語曰「黄栗留，看我麥黄葚熟不」，亦是應節趨時之鳥也。或謂之黄袍。

《爾雅》「皇，黄鳥」，又云「倉庚，商庚」，又云「鵹黄，楚雀」，又云「倉庚，鵹黄也」，郭註云：「俗呼黄離留，亦名搏黍。其色鵹黑而黄，因以名云。」鄭註云：「黄鸎也，一名倉庚，一名商庚，一名鵹黄，一名楚雀，一名搏黍，一名黄離留。陸璣云『常以葚熟時來，故里語曰「黄栗留，看我麥栗黄椹不」』，故又名黄栗留。」

《禽經》「倉鶊，黧黄，黄鳥也，亦曰楚雀，亦曰商庚，夏蠶候也」，張註：「今謂之黄鶯、黄鸝是也。野民曰『黄栗留』，語聲轉耳。其色黧黑而黄，故名黧黄。《詩》云『黄鳥』，以色呼也。北人呼爲楚雀。此鳥鳴時，蠶事方興，蠶婦以爲候。」《説文》：「離黄，倉庚也。鳴則蠶生。」《禮記》曰：「仲春之月，倉庚鳴。」《格物總論》云：「鸎，黑尾，嘴尖紅，脚青，遍身甘草黄色，羽及尾有黑毛相間。三四月鳴，聲音圓滑。」《埤雅》：「倉庚鳴于仲春，其羽之鮮明在夏。韓子曰：『以鳥鳴春，以蟲鳴秋。』以鳥鳴春，若黄鳥之類，其善鳴者也。」《爾雅翼》：「倉庚，黄鳥而黑章。齊人謂之摶黍，秦人謂之黄流離，幽冀謂之黄鳥。一名黄鸝留，或謂之黄栗流，一名黄鸎。二月而鳴，《夏小正》云：『二月，有鳴倉庚。』鵙者，績之候。倉庚者，蠶之候。《詩》『鳥鳴嚶嚶』，按《禽經》稱『鸎鳴嚶嚶』，則《詩》所言鳥殆謂此，故後人皆以鸎名之。此鳥之性好雙飛，故鸝字從麗。又曰：鸝必匹飛，鵙必單棲。出谷、遷喬之事，未見其驗。今荆州每至冬月，於田畝中得土堅圓如卵者，輒取以賣，破之，則鸎在其中，無復毛羽，蓋以土自裹伏，而土堅勁，候春始生羽，破土而出。然則出谷、遷喬之事恐當似此矣。」

鴟鴞鴟鴞（《豳風·鴟鴞》）

鴟鴞，似黄雀而小，其喙尖如錐。取茅莠爲巢，以麻紩之，如刺襪然〔一〕，縣著樹枝，或

〔一〕「襪」，趙佑以爲應从革作「韤」。下「襪」字同。

一房，或二房。幽州人謂之鷦鷯，或曰巧婦，或曰女匠。關東謂之工雀，或謂之過羸。關西謂之桑飛，或謂之韈雀，或曰巧女。

《爾雅》「鴟鴞，鸋鴂」，邢《疏》：「舍人曰：『鴟鴞，一名鸋鴂。』郭云：『鴟類。』《詩·豳風》云『鴟鴞』，毛《傳》云：『鴟鴞，鸋鴂。』先儒皆以爲今之巧婦。郭註此云『鴟類』，又註《方言》云『鸋鴂，鴟鴞，鴟屬』，非此小雀明矣，是與先儒意異也。今《爾雅》以郭氏爲宗，且依郭氏。」

《埤雅》：「先儒以爲鴟鴞即今巧婦，郭註《爾雅》獨云『鴟類』，則璞與先儒異意。以《詩》與《爾雅》考之，宜如璞義。蓋《爾雅》言『鴟鴞，鸋鴂』，繼云『狂，茅鴟，怪鴟，梟鴟』，則鴟鴞宜亦鴟類，賈誼所謂『鸞鳳伏竄，鴟鴞翱翔』是也。《詩》曰『鴟鴞鴟鴞，既取我子，無毀我室』，則其語似戒鴟鴞之詞，正如《黃鳥》之詩非鴟鴞自道也。昔賢云『鴟鴞惜功，愛子及室』，誤矣。其二章曰『迨天之未陰雨，徹彼桑土，綢繆牖户』，『迨天之未陰雨』，及其閒暇之譬也；『徹彼桑土，綢繆牖户』，明其政刑之譬也。孔子曰：『爲此詩者，其知道乎！及其國家閒暇，明其政刑，孰敢侮之？』爲是故也。」

東萊呂氏曰：「鸋鴂，鴟鴞之別名。郭景純、陸農師所解皆得之。《方言》云：『自關而東，謂桑飛曰鸋鴂。』此乃陸璣《疏》所謂巧婦似黃雀而小，其名偶與鴟鴞之別名同，與《爾雅》之所載實兩物也。毛、鄭誤指以解《詩》，歐陽氏雖知其失，乃併與《爾雅》非之，蓋未攷郭景純之註耳。」朱註云：「鴟鴞，鵂鶹，惡鳥，攫鳥子而食者也。」藍田吕氏曰：「惡聲之鷙鳥也，『有鴞萃止』，『翩彼飛鴞』，『爲梟爲鴟』，蓋梟之類也。」華谷嚴氏曰：「鴟鴞喜破鳥巢而食其子。」山陰陸氏曰：「鴟鵂一名隻狐，鴞服、鬼車之類。」

《爾雅》又云「鵅，鵋鶀」，註：「今江東呼爲鵂鶹，爲鵋鶀，亦謂之鴝鵒。」又云「怪鴟」，註：「即鴟鵂也。見《廣雅》。今江東通呼此屬爲怪鳥。」《莊子》云：「鵂鶹夜撮蚤，察毫末，晝出瞑目，不見丘山，言殊性也。」《博物志》云：「鵂鶹一名鵋鵂，晝日無見，夜則目至明。人截爪甲棄露地，此鳥夜至人家拾取爪，視之則知吉凶，輒便鳴，其家有殃。」《本草》云：「鉤鵅入城城空，入宅宅空，怪鳥也。又有鵂鶹，亦是其類，微小而黄，夜能食人手爪，知人吉凶。」《纂文》曰：「鵂鶹，夜能食蚤虱。蚤、爪音相近，俗人云拾人棄爪，相吉凶，妄説也。」《淮南萬畢術》曰：「鵋鵂致鳥。取鵋鵂，折其大羽，絆其兩足，以爲媒，張羅其傍，則鳥聚矣。」歐陽氏云：「今鴞多攫鳥子而食。」

《名物疏》云：「鴟鴞名鸋鴂，巧婦亦名鸋鴂，故先儒多誤以鴟鴞爲巧婦，其實鴟鴞是鴞類耳。《衛風》『流離之子』，此土梟也；《陳風》『有鴞萃止』，此《爾雅》之梟鴟也，並非此鴟鴞。朱《傳》以爲鵂鶹，則又誤。鵂鶹，《爾雅》謂之『鵅，鵋鶀』，又云『怪鴟』，不得爲鴟鴞也。若巧婦，乃《周頌》之『桃蟲』耳。據《本草》，則鴞鵩、鵂鶹又是二物。及鄭氏云『鵂鶹生題肩與鴞』，亦無所出，難以管見定其然否。《韓詩説》云：『鴟鴞，鸋鴂，鳥名也。鴟鴞所以愛養其子者，適以病之。愛憐養其子者，謂堅固其窠巢，病之者謂不知託於大樹茂枝，反敷之葦苕，風至苕折，有子則死，有卵則破，是其病也。』與《荀子》所説蒙鳩同。楊倞《荀子註》云：『蒙鳩，鷦鷯也。』是韓嬰亦以鴟鴞爲巧婦也。」

按：經云「既取我子，無毁我室」，雖云比擬之詞，其爲惡鳥無疑矣。嚴華谷云「喜破鳥巢而食其子」，朱晦菴云「攫鳥子而食」，極合風人之旨。陸元恪認爲巧婦，釋文全非。大凡説《詩》者，鳥獸草木之名固應詳覈，亦必得顧母法，方解人頤。若夫「流離之子」，顯然借惡鳥以斥衛人，朱子云「流離，漂散也」，謂之何哉？

交交桑扈（《小雅·桑扈》）

桑扈，青雀也，好竊人脯肉脂及筩中膏，故曰竊脂。

《爾雅》「桑鳸，竊脂」，邢《疏》：「桑鳸，一名竊脂。郭註云：『俗謂之青雀，觜曲，食肉，好盜脂膏，因名云。』鄭玄《詩箋》云：『竊脂肉食。』陸璣諸儒説竊脂皆謂盜脂膏，即如下云『竊玄』、『竊黄』者，豈復盜竊玄黄乎？按下篇《釋獸》云『虎竊毛謂之虦貓』，『魋如小熊竊毛而黄』，竊毛皆謂淺毛，竊即古之淺字，但此鳥其色不純，竊玄淺黑也，竊藍淺青也，竊黄淺黄也，竊丹淺赤也，四色皆具，則竊脂爲淺白也。而諸儒必謂盜竊脂膏者，以此經下别云『桑鳸』，與竊玄、竊黄等並列，則爲淺白者也，《春秋》『九鳸』是也。此是别一種青雀，好竊脂肉，目驗而然，《詩·小雅》『交交桑扈』是也。且鄭玄、郭璞、陸璣皆當世名儒，無容不知竊爲淺義，脂爲白色，而待後人駁正也。後人不達此旨，妄説異端，非也。」鄭註云：「按此鳥今謂之蠟觜，性甚慧，可教。色微緑，其觜似蠟，言淺有脂色，此所謂其觜之色也。」

《爾雅》又云「老鳸，鴳。春鳸鳻鶞，夏鳸竊玄，秋鳸竊藍，冬鳸竊黄，桑鳸竊脂，棘鳸竊丹，行鳸唶唶，宵鳸嘖嘖」，郭註云：「老鳸，今鴳雀。諸鳸皆因其毛色音聲以爲名。」邢《疏》：「李巡云：『諸鳸别春、夏、秋、冬四時之名。唶唶、嘖嘖，鳥聲也。』按昭十七年《左傳》云：『九鳸爲九農正。』以此八鳸并上『老鳸，鴳』爲九。賈逵註云：『春鳸鳻鶞，相五土之宜，趣民耕種者也。夏鳸竊玄，趣民耘苗者也。秋鳸竊藍，趣民收斂者也。冬鳸竊黄，趣民蓋藏者也。棘鳸竊丹，爲果驅鳥者也。行鳸唶唶，晝爲民驅鳥者也。宵鳸嘖嘖，夜爲農驅獸者也。桑鳸竊脂，爲蠶驅雀者也。老鳸鴳鴳，趣民收麥，令不得晏起者也。』舍人、樊光註《爾雅》，其言亦與賈同，其意皆謂以扈爲官，還令依此諸扈而動作也。然則趣民耕耘及收斂、蓋藏，其事可得召民使聚而總號令之，其爲果驅鳥，爲蠶驅雀，豈得多置官方，使之就果樹入蠶室爲民驅之哉？又晝驅鳥，夜驅獸，不可竟日通宵，常在田野，溥天之下，何以可周，且其言不經，難可據信也，故郭氏及杜預皆不從也。」

《埤雅》：「《淮南子》曰：『馬不食脂，桑扈不啄粟，非廉也。』桑扈蓋一名而二種。《釋鳥》云『桑扈，竊脂』，『鳭鷯，剖葦』，此桑扈之一種也。蓋對剖葦者言之，則竊脂者，所謂『青質，嘴曲，食肉，好盜脂膏』，以其性言也。對竊丹者言之，則竊脂者，所謂『素質，其翅與領皆鶯然而有文章』，以其色言也。《左傳》曰『九扈爲九農正』，賈逵、樊光云云，說者非之，以爲入林爲果驅鳥，入室爲蠶驅雀，晝驅鳥，夜驅獸，窮日通宵，常在田野，非先王所以建官之意，則亦以誤矣。蓋九扈，農桑候鳥，故先王名官，以主農桑之事，取其意云耳，非謂依此諸扈使之動作也。竊脂言淺白，固其理也，且《爾雅》主《詩》言之，而《小雅·桑扈》所取者有兩竊脂，故《爾雅》亦兩解也。猶之《無羊》云『九十其犉』，《良耜》云『殺時犉牡』，《爾雅》有『黑脣，犉』，又有『牛七尺爲犉』是也。」

《詩紀》：「歐陽氏曰：『彼桑扈食肉之鳥，今無肉以食，則相與群飛雜亂，循場而爭粟，有如國人失其常業而至於窮寡，乃相與爭訟而入于岸獄。』丘氏曰：『桑扈肉食者，今循人之穀場而食粟，喻肉食之貪也。』」

按：鳥獸異類而同名者甚多，拘儒泥而相駁，殊爲可笑。如夏扈曰竊玄，《禽經》云竊玄曰鵰，乃是搏擊之鳥，又《山海經》云「崌有鳥焉，如鴞，赤身白首，其名竊脂」，絶不相類。邢氏謂竊脂爲淺白，如竊玄、竊黄之例，頗快人意。但郭氏、陸氏俱云「青雀」，亦必因其毛色而名，得毋與竊藍之秋鳸相混耶？若鳭鷯一名剖葦，江東人呼爲蘆虎，農師亦認爲鳸類，誤矣。

肇允彼桃蟲（《周頌・小毖》）

桃蟲，今鷦鷯是也，微小于黄雀。其雛化而爲鵰，故俗語「鷦鷯生鵰」。

《爾雅》云「桃蟲，鷦，其雌鴱」，邢《疏》：「舍人曰：『桃蟲名鷦，其雌名鴱。』郭云：『鷦鷺，桃雀也，俗呼爲巧婦。』此鷦鷺小鳥而生鵰鶚者也。」《詩・周頌》云「肇允彼桃蟲」，鄭註云：「鴱一名鷦鷯，一名鷦鷺，一名桃雀，俗呼巧婦。」《禽經》云「鷦巧而危」，張註：「鷦鷺，桃雀也，狀類黄雀而小。燕人謂之巧婦，亦謂之女鴎，關東人呼曰巧雀，亦謂之巧女。喙尖，取茅莠爲巢，刺以縑麻，若紡績。爲巢或一房，或二房，懸於蒲葦之上。枝折巢敗，巧而不知所託。」

孔《疏》云：「毛《傳》：『桃蟲，鷦也，鳥之始小終大者。』《箋》又言：『鷦之所爲鳥，題肩，或曰鴞，皆惡聲之鳥。』定本、《集註》皆云『或曰鴟，惡鳥也』。按《月令·季冬》云『征鳥厲』，註云『征鳥題肩，齊人謂之擊征，或曰鷹』，然則題肩是鷹之别名，與鴞不類。鴞自惡聲之鳥，鷹非惡聲，不得云『皆惡聲之鳥』也。《說文》云『鷦鵬，桃蟲也』，郭璞云『桃蟲，巧婦也』，《方言》說巧婦之名，『自關而東謂之桑飛，或謂之工雀，或謂之過羸，或謂之女匠；自關而西謂之桑飛，或謂之韈雀』，郭璞註云『即鷦鵬是也』。諸儒皆以鷦爲巧婦，與題肩又不類也。今《箋》以鷦與題肩及鴞三者爲一，其義未詳。且言『鷦之爲鳥題肩』，事亦不知所出。」

《博雅》：「鷦鵬，鷯鳩，果羸，桑飛，女鴎，工雀也。」《埤雅》：「《說苑》曰：『鷦鷯巢於葦苕，繫之以髮。』」張華《鷦鷯賦》云：「翳薈蒙籠，是焉游集，飛不飄揚，翔不翕習，巢林不過一枝，每食不過數粒。」

按：陸《疏》「鴟鴞」一條與鷦鷯甚合，故先儒援引多及之。馮氏《名物疏》已詳辨矣。

值其鷺羽 坊刻「振鷺于飛」，誤。（《陳風・宛丘》）

鷺，水鳥也，好而潔白，故汶陽謂之白鳥[一]，齊、魯之間謂之春鉏，遼東、樂浪、吴、揚人皆謂之白鷺。大小如鴟，青脚，高尺七八寸。尾如鷹尾，喙長三寸。頭上有毛十數枚，長尺餘，毿毿然與衆毛異，甚好，將欲取魚時則弭之。今吴人亦養焉。好群飛鳴。楚威王時，有朱鷺合沓飛翔而來舞，則復有赤者，舊鼓吹《朱鷺曲》是也。然則鳥名白鷺，赤者少耳。此舞所持，持其白羽也。

《爾雅》「鷺，春鉏」，邢《疏》云：「鷺，一名春鉏。郭云：『白鷺也，頭翅背上皆有長翰毛，今江東人取以爲睫欐，名之曰白鷺縗。』」

《詩・陳風》云「值其鷺羽」，鄭註云：「亦曰鷺鶿。」《禽經》云「鷳鷺之潔」，又云「寀寮雝雝，鴻儀鷺序」，張註：「鷺，白鷺也。小不踰大，飛有次序，百官縉紳之象，《詩》以振鷺比百寮雍容，喻朝美。」

《埤雅》：「鷺步于淺水，好自低昂，故曰春鋤也。鷺色雪白，頂上有絲，毿毿然長尺

[一]「汶陽」，趙佑據《詩疏》、《爾雅疏》，以爲應無此二字，是。

餘，欲取魚則弭之〔一〕。《禽經》曰：『鷺啄則絲偃，鷹捕則角弭，藏殺機也。』青脚喜翹，高尺七八寸。善蹙捕魚。又其翔集必舞而後下，每至水面數尺，則必低曲少盤，其埶與飛之時徑起特異。蓋其天性舞而後下，故《詩》於『鷺于下』曰『醉言舞』，『鷺于飛』曰『醉言歸』也。《禽經》曰『鸐好霜，鷺好露』，字從露省以此。亦或謂之白露。今人畜之，極有馴擾者，每至白鷺降日，則定飛揚而去。俗説雄雌相盻則産。《陰陽自然變化論》曰：『鷺目成而受胎，鶴影接而懷卵，鴛鴦交頸，野鵲傳枝，物固有是哉。』鷺，白鳥也，故《詩》言『白鳥翯翯』，以美文王之德。

《爾雅翼》云：「鷺，水鳥，潔白而善爲容。江東人取毛爲接䍦，名白鷺縗，亦曰白鷺簑。或以紅鶴毛間之。《隋·樂志》云：『建鼓，商世所作，又棲翔鷺于其上，不知何代所加。或曰，鵠也，取其聲揚而遠聞；或曰，白鷺〔二〕，鼓精也；或曰，皆非也，「振振鷺，鷺于飛，鼓咽咽，醉言歸」，言古之君子悲周道之衰，頌聲之息，飾鼓以鷺，存其風流。未知孰是。』《隋志》之説云爾。考按梓人之職，『嬴者、羽者、鱗者，以爲筍簴』，蓋振古如

〔一〕「弭」，原本作「餌」，據《埤雅》卷七「鷺」條改。
〔二〕「白」，《隋志》無此字，《爾雅翼》誤衍。

此，則所謂建鼓之鷺，安知非商世所有？《陳風》亦曰：『坎其擊鼓，宛丘之下。無冬無夏，值其鷺羽。坎其擊缶，宛丘之道。無冬無夏，值其鷺翿。』翿或爲纛，羽與翿〔一〕，皆筍簴之所懸，則鼓之上有鷺，舊矣。説《詩》者乃以鷺爲舞者之翳，而訓值爲持，不知值者蓋植立之義。又曰『振鷺于飛，于彼西雝』，《大雅》論鐘、鼓，必於辟雝之地，《春秋傳》則云『西辟樂備』，是辟雝、西辟、西雝皆樂器之所在也。《大射儀》『建鼓在阼階西南』，《書》亦云『大貝鼖鼓在西房』〔二〕，則西雝振鷺之飛爲鼓上之鷺明矣。鼓常在西，振鷺在鼓之上，有飛之象耳。又説者以鷺爲鼓精，《古今樂録》云：吴王夫差時，有雙鷺飛出鼓中而入雲〔三〕，故有是名，猶會稽雷門之鼓，相傳有鶴飛入其中，鼓鳴聞洛陽，後破鼓，鶴遂飛去，亦其類也。後世有鼓吹曲，亦以《朱鷺》爲首。或言《朱鷺》是漢曲，説樂府者亦以爲因飾鼓以鷺而爲曲之名，此則非也。飾鼓以鷺而不朱，朱自因瑞耳。《禽經》曰：『朱鳶不攫肉，朱鷺不吞鯉。』」

按：鷺一名屬玉，屬玉乃是水鳥，漢武以之名觀，云可以厭火。恐亦非鷺，姑存疑

〔一〕「與」，原本作「爲」，據《爾雅翼》卷十七「鷺」條改。
〔二〕「房」，原本作「傍」，據《書·顧命》改。
〔三〕「入」，原本作「大」，據《爾雅翼》卷十七「鷺」條改。

以俟博識者。

維鵜在梁（《曹風·候人》）

鵜，水鳥〔一〕，形如鶚而極大。喙長尺餘，直而廣，口中正赤，頷下胡大如數升囊。好群飛，若小澤中有魚，便群共抒水，滿其胡而棄之，令水竭盡。魚在陸地，乃共食之，故曰淘河。

《爾雅》「鵜，鴮鸅」，郭註：「今之鵜鶘也。好群飛，沉水食魚，故名洿澤，俗呼之爲淘河。」《禽經》曰「淘河在岸則魚没，沸河在岸則魚出」，又云「鵜志在水，鴛志在木」，張註：「鵜鶘，水鳥也，似鶚而大。喙長尺餘，頷下有胡如大囊，受數升。湖中取水，以聚群魚，候其竭涸，奄取食之，一名淘河。《詩》曰『維鵜在梁』，志在水也。」

《本草》：「鵜鶘鳥如蒼鵝，頤下有皮袋，容一二升物，展縮由袋，中盛水以養魚，一名淘河。身是水沫，唯胸前有兩塊肉如拳，云昔爲人竊肉，入河化爲此鳥，今猶有肉，因名淘河。鄭云：『鵜鴣，味喙也，言愛其觜。』」

〔一〕丁晏曰：「《御覽》引《毛詩疏》：『許慎曰：鵜鶘也，一名汙澤，一名淘河。』今脱此文。」

《埤雅》：「《淮南子》云『鵜鶘飲水數斗而不足，鱣鮪入口，若露而死』，蓋魚生水中而口不納水也。《莊子》曰『魚不畏網而畏鵜鶘』，言鵜以智力取魚，故魚不畏網而畏之也。《詩》曰『維鵜在梁，不濡其翼』，『維鵜在梁，不濡其咮』，蓋鵜性群飛，沉水食魚，若遇小澤有魚，便各以胡去水，令水竭魚露，乃共食之，故號淘河。洿澤則濡其咮翼，宜矣，今反取飽于梁，不濡其翼，非特不濡其翼，且又不濡其咮，故《詩》以刺小人不食其力、無功而受禄也。」

《山海經》云：「憲期之山，多鵜鶘，如鴛鴦而人足，其鳴自呼。」《前漢志》：「鵜鶘集昌邑王殿下，劉向以爲水鳥色青，青祥也。」

鴻飛遵渚（《豳風·九罭》）

鴻鵠，羽毛光澤純白，似鶴而大，長頸，肉美如雁。又有小鴻，大小如鳬，色亦白，今人直謂鴻也。

《易》曰：「《漸》，初六『鴻漸于干』，六二『鴻漸于磐』，九三『鴻漸于陸』，六四『鴻漸于木』，九五『鴻漸于陵』，上九『鴻漸于陸』。」《禮》曰「前有車騎，則載飛鴻」，飛鴻則有行列故也，載謂合剥皮毛，舉之竿首，若所謂以鴻脰韜杠者。《禽經》「鴻儀鷺序」，張

註：「鴻，雁屬，大曰鴻，小曰雁。飛有行列也，聖人皆以鴻鷺之群擬官師也。」又云：「鴻雁愛力，遇風迅舉；孔雀愛毛，遇雨高止。」楊子云：「鴻飛冥冥，弋人何篡焉[一]。」《尸子》云：「鴻鵠之鷇，羽翼未合而有四海之心。」陳琳曰：「陸陷蘂犀，水截輕鴻。」輕鴻，鴻毛也，傳曰「輕于鴻毛」。今人試刀劍，令髮浮轉於水，以刃斷之，觀其銛鈍。「水截輕鴻」，殆類是也。《博物志》曰：「鴻毛爲囊，可以渡江不漏。」又云：「鴻鵠千歲者皆胎産。」鴻雁大略相類：以中秋來賓，一同也；鳴如家鵞，二同也；進有漸，飛有序，三同也。雁色蒼而鴻色白，一異也；雁多群而鴻寡侶，二異也。毛有粗細，形有大小。」

《埤雅》：「《詩》曰：『鴻飛遵渚，公歸無所，於女信處。鴻歸遵陸，公歸不復，於女信宿。』蓋鴻之爲物也，其進也有漸，其飛有序，又其羽可用爲儀，君子之道也，故此以況周公。《易》曰『漸之進也』，公歸東都，則之進也。然未至西都，故爲不復。《易》曰：『其羽可用爲儀，吉，不可亂也。』」鄭《箋》云：「鴻，大鳥也，不宜與鳧鷖之屬。飛而循渚，以喻周公。今與凡人處東都之邑，失其所也。」

按：鵠，小鳥也，射者設之以命中。鳥小而飛疾，故射難中，是以中之爲儁，似非鴻

[一]「篡」，原本作「纂」，據《法言·問明》改。

類。或云鵠即是鶴，意陸璣所見略同，但云鴻「肉美如雁」，似與雁非一物。

弋鳧與雁（《鄭風·女曰雞鳴》）

鳧，大小如鴨，青色，卑脚短喙，水鳥之謹愿者也。

【鳧】《爾雅》云「鸍，沈鳧」，郭註云：「似鴨而小，長尾，背上有文。今江東呼爲鸍。」鄭註云：「似鶩而小，尾白，俗呼水鴟。好没，故曰沈鳧。」《禽經》曰「鳧鶩之雜」，張註：「鳧鶩，鴨屬。色不純正，故曰雜矣。」

《埤雅》云：「鳧雁常以晨飛，故《雞鳴篇》云『弋鳧與雁』〔一〕，賦曰『晨鳧旦至』，此之謂也。《卜居》云『將泛泛若水中之鳧，與波上下，偷以全吾軀乎』，蓋沉鳧善没，而又容與與波上下，故昔之散人慕焉。」《莊子》曰：「『鳧脛雖短，續之則憂；鶴脛雖長，斷之則悲。』」《博雅》云：「鳧，鶩，鴄古鴨字。也。」

《爾雅翼》云：「唐陸龜蒙稱：『冬十月，視穫于甫田，夜間往往聞有聲，類暴雨而疾至者，一夕凡數四。明訊其甿，曰：鳧鷖也，其曹蔽天而來，蓋當田之禾，必竭其穗而後

〔一〕此《鄭風》之《女曰雞鳴》，非《齊風》之《雞鳴》。

去。江之南不能弋羅，常藥而得之。糠糲塗枝，叢植于陂，一中千萬，膠而不飛。』然則江東蓋未嘗弋也。然聞今江南大陂湖中〔一〕，其誘鳧者亦皆以網，植兩表於水，相去甚近，中網焉，以舟自前，驅而逐之，率一獲千百輩，則又與龜蒙説異矣。鳧所在必賊粱食，古之人亦養之。鄒穆公有令，食鳧雁必以粃，無得以粟，於是倉無粃而求易於民，二石粟而得一石粃。故郭氏解《方言》，稱『江東有小鳧，其多無數，俗謂之冠鳧，善飛』。王充《論衡》曰：『日月一日一夜行二萬六千里，與鳧飛相類，故王喬以上方所賜舄，假形于鳧，自葉朝京師焉。』《吴地志》曰：『石首魚至秋化爲冠鳧，鳧頭中有石也。』《方言》曰：『野鳧甚小，而好没水中者，南楚之外謂之鷿鷉。』《説苑》：『魏文侯嗜晨鳧。』《南越志》有松鳧，棲息松間。《周書·王會》『鳧羽爲旌』。漢佽飛在上苑中結繒繳，弋鳧雁歲萬頭。」

【雁】《夏小正》云「正月雁北鄉」，鄉者何也？鄉其居也。「九月遰鴻雁」，遰，往也，猶曰傳其驛舍云爾，非其居也。《禽經》云「雁，一名翁雞，一名鵝鶵，一名鷹」，又云「鳱以水言，自北而南；鳺以山言，自南而北」，張華註云：「鳱音雁，隨陽鳥也。冬適南方，

〔一〕「今」，原本作「合」，據《爾雅翼》卷十七「鳧」條改。

集于江干之上，故字從干。鳱亦音雁，中春寒盡，雁始北鄉，燕代尚寒，猶集于山陸岸谷之間，故字從厈〔一〕。」《博雅》云：「鴚音加，一音哥。鵝，倉鴚，鳫古「雁」字。也。」《方言》云：「自關而西謂之鴚鵝，南楚之外謂之鵝，或謂之鶬鴚。」

《埤雅》云：「《周禮》曰『雁宜麥』；又『六摯』，『大夫執雁』，以知保身，又欲有去就之義而不失其常，故執雁也。雁夜泊洲渚，令雁奴圍而警察，飛則銜蘆而翔，以避繒繳，有遠害之道，非特取其有去就之義而已。雁行斜步側身，故《莊子》謂『士成綺雁行避影，而問老子』。一名朱鳥，《法言》曰：『能來能往者，朱鳥之謂歟？』」

《本草唐本註》云：「雁爲陽鳥，冬則南翔，夏則北徂。時當春夏，則孳育于北。與燕相反，燕來則雁往，燕往則雁來。故《禮》云：秋候雁來〔二〕，春玄鳥至。」《衍義》曰：「雁，人多不食者，謂其知陰陽之升降，分長少之行序。世或謂之天厭，亦道家之一説爾。」《唐本註》〔三〕云：「雁爲陽鳥，其義未盡，兹蓋得中和之氣，熱則即北，寒則即南，以就和氣。所以爲禮幣者，一取其信，一取其和。」《昏禮》云「下達，納采，用雁」，「執雁，

〔一〕「厈」，原本作「斥」，據《禽經》改。上二「鳱」，原本亦誤作「鳫」。

〔二〕「候」，原本作「鴻」，據《證類本草》卷十九改。

〔三〕「本」，原本闕，據《證類本草》卷十九補。

請問名」，「納吉，用雁」，「請期，用雁」，又云「摯不用死」，故《詩》曰「噰噰鳴雁」，言用生者也。《古今註》云：「雁自河北渡江，瘦瘠能高飛，不畏繒繳。江南饒沃，每至還河北，體肥不能高飛，嘗銜蘆長數寸以防護。」《周書》曰：「白露之日，鴻雁來；鴻雁不來，遠人背畔〔一〕。小寒之日，雁北鄉；雁不北鄉，民不懷至。」《物類相感志》云：「大曰鴻，小曰雁。夜宿洲中，鴻在内，雁在外，遂更驚避，備狐與人之捕己。」《山海經》云：「雁門山，雁出其間，在高柳北。」舊説鴻雁南翔不過衡山，今衡山之旁有峰，曰回雁，蓋南地極燠，人罕識雪者，故雁望衡山而止。

《爾雅翼》：「雁，鴻雁，乃一物爾，初無其別。至《詩》註乃云『大曰鴻，小曰雁』，雁曷爲有小者？按《淮南鴻烈》云『雁乃兩來。仲秋鴻雁來，季秋候雁來』，候雁比于鴻雁而小，故説《詩》推雁爲鴻雁，而別以此爲雁也。今北方有白雁，似鴻而小，色白，秋深乃來，來則霜降。河北爲之霜信，蓋曰『霜降五日而鴻雁來，寒露五日而候雁來』。候雁之來在霜降前十日，所以謂之霜信也。古者執贄雖用鴻雁，然當亦通用此小者，故《春秋》曹伯陽好田弋，曹鄙人公孫疆獲白雁獻之。漢武帝太子昏，得白雁于上林，以爲贄，即

〔一〕「人」，原本作「行」，據《逸周書·時訓解》改。

此物也。今《月令》及《周書》乃不復有鴻雁、候雁之別。《月令》則云『八月鴻雁來，九月鴻雁來賓』，《周書》則曰『白露之日鴻雁來，寒露之日又來』，既是一種，何得前後不齊如此，似不應爾〔一〕。許叔重註二雁，則以爲仲秋時候之雁從北漢中來，過周雒，南去至彭蠡，季秋時候之雁從北漢中來，南之彭蠡；以爲八月來者其父母也，是月來者蓋其子也，羽翼稺弱，故在後耳。而『賓』字讀屬下句，謂之『賓雀』，不取來賓之義。今《淮南子》乃並作『候雁』，此當有所據。」

《詩緝》：「曹氏曰：鴻雁之趾連蹄，不能握木，故《易》以『鴻漸于木』爲失所不安之象，《書》以『彭蠡既豬，陽鳥攸居』爲得其所。」

《爾雅》云「鳧雁醜，其足蹼，其踵企」，邢《疏》云：「鳧，水鳥也。雁，陽鳥也。蹼，猶蹼屬相著之謂也。踵，脚跟也。鳧雁之類，脚指間有幕，蹼屬相著，飛則伸其脚跟企直也。」《埤雅》云：「弱弓微矢，乘風振之，曰弋。故楚人好以弱弓微矢加之歸雁之上。」

按：鴻、雁非二物，羅氏辯之甚悉，元恪豈亦以爲然，故前篇釋鴻，此篇止釋鳧，不

〔一〕「爾」，原本作「耳」，據《爾雅翼》卷十七「雁」條改。

又釋雁耶？但云純白似鶴，似別一種，意即所謂霜信，杜子美詩云「故國霜前白雁來」者是也。若据今白露南翔之雁，其色俱竊玄、竊黄，與鵝相似，從無白者。攷之諸儒傳疏頗合，因詳録以備考。

肅肅鴇羽（《唐風·鴇羽》）

鴇鳥，似雁而虎文。連蹄，性不樹止，樹止則爲苦，故以喻君子從征役爲危苦也。

《埤雅》：「郭璞曰：『鴇似雁，無後指。毛有豹文，一名獨豹。』《易林》曰『文山鴻豹，肥腯多脂』，蓋言此也。閩諺曰：『鴇無舌，兔無脾。』段氏云：『鴇鴨亦齝。』」《爾雅翼》：「鴇者，今之獨豹也。以鴇爲豹，聲之訛耳。鴇亦水鳥，似雁而無後指，《上林賦》曰『鴻鷫鵠鴇，駕鵞屬玉。交精旋目，煩鶩庸渠。箴疵鵁盧，群浮乎其上』是也。《鴇羽》之詩，言君子下從征役，不得養其父母，以喻鴇之集于『苞栩』、『苞棘』、『苞桑』，蓋水鳥而木棲，既失其常，又無後指，尤非托于木者，可謂不得其所矣。段成式云：『鴇遇鷙鳥，能激糞禦之。糞著毛悉脱。』今鵰之毛能落衆羽，然其鷙烈足以服羽族，此類之可推者。鴇乃水鳥，不以執稱，而鷙鳥爲之落羽，此類之不可推者。」

朱子曰：「鴇似雁而大，無後趾。」陳氏曰：「其羽急疾。」孔氏曰：「鴇羽連蹄，樹立則爲苦。」《禮》曰「雞肝雁腎，鴇奥鹿胃」，鄭玄云：「奥，脾也。」《説文》曰：「鴇，相次也，從匕從十。」蓋鴇性群居如雁，自然有行列，故從皁。《詩》故曰「鴇行」。

翩彼飛鴞[一]（《魯頌・泮水》）

鴞，大如斑鳩，緑色。惡聲之鳥也，入人家凶，賈誼所賦鵩鳥是也。其肉甚美，可爲羹臛，又可爲炙。漢供御物，各隨其時，唯鴞冬夏常施之，以其美故也。

《爾雅》「梟，鴟」，郭註：「土梟。」鄭註：「訓狐也，日瞑而夜作，賈誼所賦鵩鳥是也。其肉甚美，可爲羹臛，又可爲炙，漢供御物。《説文》云：『梟食母，不孝之鳥，故冬至捕梟磔之，字從鳥首在木上。』或説即今伯勞也，食母。」《酉陽雜俎》云：「訓胡，惡鳥也，鳴則後竅應之。」《禽經》「怪鵩塞耳」，張註：「一名休鶹。《廣雅》云：『江東呼爲怪鳥，聞之多禍，人惡之，掩塞耳矣。』」

《埤雅》：「鴞，大如斑鳩，緑色。所鳴其民有禍。《證俗》云：『鴞，禍鳥也。今謂之晝烏，蓋聲之誤也。』肉可爲炙，故《莊子》曰『見彈而求鴞炙也』。《詩》云『翩彼飛鴞，集於

[一] 丁晏曰：「此當以『有鴞萃止』標題。」

泮林。食我桑黮，懷我好音』，言鴞食桑黮則變，而美其色，好其音。《北山録》曰：『黄鸝亦食桑黮而音美。』」曹氏曰：「《傳》云〔一〕：『桑椹甘甜，鴟鴞革響。』」《廣志》曰：『鴞，楚鳩所生，如驢、巨虚，種類不孳乳也。』」舊説鶹生三子，一爲鴞。《博雅》：「鵩鳥，鴞也。」《爾雅翼》：「鵩，似鴞，不祥鳥，夜爲惡聲者也。賈誼之遷長沙，嘗集其舍，自以壽不長，作賦自廣，然終以不免。按《周官》硩蔟氏掌覆夭鳥之巢〔二〕，以方書十日、十有二辰、十有二月、十有二歲、二十有八星之號，縣其巢上，則去之。先儒以爲『夭鳥，惡名之鳥，若鴞鵩』。日謂從甲至癸，辰謂從子至亥，月謂陬至涂，歲謂從攝提格至赤奮若，星謂從角至軫。蓋梟鳴鳥噪，則嘻嘻出出，類皆驚動人，爲國怪祥，故設官驅之，不使惑聽。『書十日』以下則未曉其理，豈歲、月、日、星、辰五紀者，夭鳥所畏避耶？《荆州記》曰：『楚人謂之服。』」濮氏曰：「《漢書》云霍山家鴞數鳴。《楚辭註》鴟、鴞二物。又鴟似鴞。《本草》云：其實一耳。」孔氏曰：「鴞，一名梟，一名鴟。《瞻卬》云『爲梟爲鴟』。俗説以爲鴞即土鴞，非也。」

〔一〕此「傳」，指《晉書・張天錫傳》。下引「甘甜」，《晉書》原文作「甜甘」，而《世説新語・言語》作「甘香」。

〔二〕「蔟」，原本作「簇」，據《周禮》改。

《詩緝》：「鴞，怪鴟也，鵩也，鵂鶹也，即《瞻卬》之『爲鴟』也。《内則》云『鵠鴞胖』，古人尚之。胖音判，註云謂『脅側薄肉也』。」肅宗張皇后專權，每進酒，常寘鴟腦酒，鴟腦酒令人久醉健忘。《嶺表録異》云：「北方梟，人家以爲怪。南中晝夜飛鳴，與鳥鵲無異。桂林人羅取生鬻之，家家養使捕鼠，以爲勝貍。」《酉陽雜俎》云：「鴟不飲泉及井水，唯遇雨濡翮，方得水飲。」

《名物疏》云：「《爾雅》『梟，鴟』，即此惡聲之鳥也。梟、鴞音相近，故孔仲達云『鴞一名梟』。古書多稱梟鳴，指此，非土梟也。土梟，《爾雅》自稱之『鶹鷅』，郭註『梟，鴟』云土梟，誤矣。《本草》：『鴞目，吞之令人夜中見物。』《博物志》云：『鵂鶹一名鵋鵂，夜目至明。』今云吞鴞目而夜中見物，似説鴟鴞，非鴞矣。鴟鵂即《爾雅》之『怪鴟』，又云『鵅，鵋鵙』者也。《本草》又云：『賈誼云鵩似鴞，其實一物。』考之《異物志》，有鳥如小雉，體有文色，土俗因形名之曰服，不能遠飛，行不出域。賈公彦曰：『鴞之與鵩，二鳥，俱夜爲惡鳴者。』是二鳥不可合爲一也。」

流離之子（《邶風·旄丘》）

流離，梟也。自關而西謂梟，爲流離。其子適長大，還食其母，故張奂云「鶹鷅食母」，

許愼云「梟，不孝鳥」是也。

《爾雅》「鳥少美長醜爲鶹鷅」，邢《疏》：「鳥之少爲子者美，長食母而醜，其名爲鶹鷅。郭云：『鶹鷅，猶留離。』謂『之子』者，按《詩·邶風》云『瑣兮尾兮，流離之子』是也。流與鶹同。」《詩攷》亦作「留離之子」。鄭註云：「鶹鷅，猶流離也。」《禽經》「梟鴟害母」，張註：「梟在巢，母哺之，羽翼成，啄母自翔去也。」毛《傳》「流離，鳥也，少好長醜」，《正義》曰：「流與鶹，蓋古今之字。《爾雅》離或作栗。」

《埤雅》：「《北山録》曰『烏反哺，梟反噬』，蓋逆順之習也。《聽聲考詳篇》云：『鶴聲宜學仙，雉聲宜習武，烏聲宜習醫，雁聲宜習卜筮，鵲聲宜習工巧，梟聲宜習符呪。』西方之書曰：『如土梟等附塊爲兒，名之曰土梟，蓋取諸此。』傳曰：『甑瓦可以令梟寂。』又曰：『梟避星名，鵲違歲子。』」

《爾雅翼》〔一〕：「《劉子》曰：『炎州有鳥，其名曰梟，傴伏其子，百日而長，羽翼既成，食母而飛。』蓋稍長從母索食，母無以應，於是而死。古者天子常以春解祠，祠黄帝，用梟、破獍。梟，不孝之鳥。破獍，食父之獸。黄帝欲絶其類，使百吏祠皆用之。至漢

〔一〕「爾」字，原本闕，據《四庫》本補。

武時，亦令祠官領之，如其方。而漢使東郡送梟，五月五日，作梟羹以賜百官。《淮南子》『鼓造辟兵，壽盡五月之望』，許叔重曰『鼓造，蓋謂梟，一曰蝦蟆，今世人五月作梟羹，亦作蝦蟆羹』，是食梟之驗也。博之采有梟者，博兼行惡道，故以梟爲采。亦梟得之儁，故猛將謂之梟將也。土梟，穴土以居，故曰土梟。而《荆楚歲時記》稱鴝鵒爲土梟，説者乃因謂『鸜鵒來巢』者，又云鸜鵒穴居，誤矣。梟，今人養以致鳥，《後漢·五行志》稱：『衆鳥之性，見非常斑駁，好聚觀之，至於小爵希見梟者，暴見尤聚。』」

毛詩草木鳥獸蟲魚疏廣要卷下之下

唐吴郡陸璣元恪撰
明海隅毛晉子晉補

釋獸

麟之趾（《周南·麟之趾》）

麟，麕身，牛尾，馬足，黄色，圓蹄，一角，角端有肉。音中鍾吕〔一〕，行中規矩。遊必擇地，詳而後處。不履生蟲，不踐生草。不群居，不侣行。不入陷阱，不罹羅網。王者至仁則出。今并州界有麟，大小如鹿，非瑞應麟也。故司馬相如賦曰「射麋脚麟」，謂此麟也。

《爾雅》云「麐，麕身，牛尾，一角」，郭註云：「角頭有肉。」鄭註云：「瑞應獸也。」

〔一〕「鍾吕」，丁晏曰：「《初學記》作『黄鍾』。」

《大戴禮》曰：「毛蟲三百六十，而麟爲之長。」《禮記》云：「麟、鳳、龜、龍，謂之四靈。麟以爲畜，則獸不狘。」又云：「地不愛其寶，鳳皇、麒麟皆在郊棷。」《京房易傳》曰：「馬蹄有五彩，腹下黄，高丈二。」《徵祥記》云：「麒，仁獸也。牝曰麟，牡鳴曰遊聖，牝鳴曰歸和，夏鳴曰扶幼，秋鳴曰養綏。」《尚書中候握河紀》云：「帝軒題象，麒麟在囿。」《孝經援神契》曰：「德至鳥獸則麒麟臻。」《唐傳》云：「堯時麒麟在郊藪。」《春秋繁露》曰：「恩及羽蟲則麒麟至。」《鶡冠子》曰：「麟者玄枵之精，德能致之，其精必至。」蔡邕《月令》云：「天宫五獸，中有大角、軒轅、麒麟之信。麟生于火，遊于土，故修其母，致其子，五行之精也。」《春秋運斗樞》曰：「機星得則麒麟生，萬人壽。」《春秋保乾圖》云：「歲星散爲麟。」《感精符》云：「麟一角，明海内共一主也。王者不刳胎，不剖卵，則出于郊。」又云：「明王動則有義，静則有容，乃見。」《孔演圖》云「蒼之滅也，麟不榮也。麟，木精也」，宋均註：「麟，木精〔一〕，生水，故曰陰。水氣好土，土黄木青，故麟色青黄。不榮，謂見紲也。」《禮斗威儀》云：「君乘金而王，其政平，麒麟在郊。」《瑞應圖》云：「麟者，王者嘉祥。食嘉禾之食，飲珠玉之英。」王隱《晉書》曰：「太始元年，白麟

〔一〕「木精」，原本作「水精」，據《初學記》卷二十九改。

見，群獸皆從。」

《博雅》：「麐麔，狼題肉角，含仁懷義，音中鍾呂，步行中規，折旋中矩。遊必擇土，詳而後處。不履生蟲，不折生草。不群居，不旅行，不入陷阱，不羅罘罡，文章彬彬也。」《春秋》哀十四年「春，西狩獲麟」，《公羊傳》曰：「有以告者曰：『有麏而角者。』孔子曰：『孰爲來哉！孰爲來哉！』」《洪範》「五事」，一曰言，于五方屬金。孔子時周道衰，于是作《春秋》以見志，其言可從，故天應以金獸之瑞，是其義也。《説文》曰：「麒，仁獸也。麐，牝麒也。麟，大牝鹿也。」則字當作「麐」。

《埤雅》：「麐，土畜也。信而應禮，以足至者也。王者至仁則出，蓋太平之符也。不踐生草，不食生物，有愛吝之意，故麐從吝。牡麒，牝麐。陰主吝嗇，故牝曰麐也。或曰，麟肉角，鳳肉味，皆示有武而不用也。傳云：『麒似麟而無角。』按《爾雅》曰『驨，如馬，一角。不角者騏』，然則麒從騏省，不角故也。」

《爾雅翼》曰：「麟性能避患，不妄集，故其遊于郊藪也，則以爲萬物得其性，太平之驗。後世論麐者，始云馬足，黃色，圓蹄，五角，角端有肉，有翼能飛，紛紛不一。又善鬬。《釋獸》載之，蓋若麢、麡、麇、鹿之屬，無别之異也。叔孫氏之小子不涉于學，不能多識，故以爲不祥。《淮南子》曰：『麒麟鬬而日月蝕，蓋歲星散爲麟，歲失其序則麟鬬，麟鬬則日月蝕矣。』麒麟善走，故良馬因之亦名騏驎也。」

毛《傳》云「麟信而應禮，以足至者也」，《箋》云：「公子信厚，與禮相應，有似于麟。」申述傳文，亦以麟爲信獸。《駁異義》以爲西方毛蟲，更爲别説。《正義》曰：「傳解四靈多矣，獨以麟爲興，意以麟于五常屬信，爲瑞則應禮，故以喻公子信厚而與禮相應也，此直以麟比公子耳。《左傳》哀十四年服虔註曰：『視明禮修而麟至，思睿信立白虎擾，言從義成則神龜在沼，聽聰知止而名山出龍，貌恭體仁則鳳皇來儀。』」

嚴華谷曰：「有足者宜踶，唯麟之足可以踶而不踶，是其仁也。有額者宜抵，唯麟之額可以抵而不抵。有角宜觸，唯麟之角可以觸而不觸。」

于嗟乎騶虞（《召南·騶虞》）

騶虞，即白虎也，黑文，尾長于軀。不食生物，不履生草。君王有德則見，應德而至者也〔一〕。

毛《傳》云：「義獸也，白虎黑文，不食生物，有至信之德則應之。」《山海經》云：

〔一〕「德」，趙佑校本據《詩疏》改爲「信」。丁晏曰：「《釋文》引『騶虞，義獸也，有至信之德則至』。」

「林氏國有珍獸[一]，大若虎，五采畢具，尾長於身，名曰騶吾。乘之日行千里。」《封禪書》云「囿騶虞之珍群」，頌曰：「般般之獸，樂我君囿，白質黑章，其儀可喜。旼旼穆穆，君子之態。」晉郭璞贊曰：「怪獸五采，尾參於身。矯足千里，儵忽若神。是謂騶虞，《詩》歎其仁。」吴薛綜頌曰：「婉婉白虎，擾仁是崇。飢不侵暴，困不改容。斂威揚德，愷悌之風。」《中興徵祥説》云：「騶虞仁獸也，其尾參倍，狀如虎而白色，嘯則風興，皜身如雪而無雜者是也。」近代所謂白虎者，皆斑而虎文，《爾雅》所謂「甝，白虎」耳[二]。《瑞應圖》云：「白虎仁而不害，王者不暴虐，恩及行葦，則見。」《河圖括地象》云：「令甞野中有玉虎，晨鳴雷聲，聖人感期而興。」

《埤雅》：「騶虞尾參于身，白虎黑文，西方之獸也。王者有至信之德則應。不踐生草，食自死之肉。傳曰『白虎仁』，即此是也。夫其色見于白，其文見于黑。又義獸也，而名之曰虎，則宜正以殺爲事，今反不履生草，食自死之肉，蓋仁之至也。故序《詩》者曰：『仁如騶虞，則王道成也。』」

〔一〕「氏」，原本作「氐」，據《山海經·海内北經》改。
〔二〕「甝白虎」，原本作「彪虎」，據《爾雅·釋獸》改。

《爾雅翼》：「劉芳《詩義疏》曰：『虞或作吾。』然則騶吾即騶虞也。今《詩》之『騶虞』，解者類以爲此獸。歐陽公《詩本義》獨引賈生説，以爲『騶者文王之囿，虞其官也』，然騶虞從古以爲獸，史之説有得獸而莫知其名者，東方朔識之，曰：『此所謂騶牙者也。』則漢武時嘗有獸號騶牙者矣。古者音聲之假借，以牙爲吾，故朔所謂騶牙，則《詩》所謂騶虞者爾，豈可謂虞官也哉？然以《詩》爲直指此獸，又大謬，蓋此物獸之俊逸者，以其俊逸，故馬之健者比之。又《東京賦》云『囿林氏之騶虞〔一〕，擾澤馬與騰黄』，是亦以其似馬而稱之也。《淮南子》曰『屈商拘文王于羑里，散宜生乃以千金求天下之珍怪，得騶虞、雞斯之乘，以獻于紂』，則文王之馬有名騶虞，可見此是馬也，文王必常駕習之以從田，其智足以知御者之情，其才能左右赴趣之意，使其進退周旋莫不如欲。夫五御以逐禽爲難，今其馬能與人相應，使獲禽之多如此，蓋可歎矣，此所以申言之，曰『于嗟乎騶虞』也。夫騶虞之馬，工於逐禽如此，《詩》言其仁，何也？蓋一發而得五，則庶類蕃殖矣。當葭蓬茁之時，則蒐田以時矣，有以見文王於平時不妄殺如此。此其一時之義仁如此詩，則王道成矣，不必指騶虞二字求其説也。且《詩》之言『仁如騶虞』，猶《禮

〔一〕「東京賦」，原本作「西京賦」，據《四庫》本改。「囿林氏」，原本作「圍林氏」，據《東京賦》改。

記》言『好賢如《緇衣》，惡惡如《巷伯》』，皆取其一篇之義。後之學者不得其説，乃以騶虞不踐生草，又曰『義獸』。許叔重註《淮南子》，亦云『食自死之獸』。夫騶虞，虎也，搏殺援噬之類，又其修且碩如此，安能日得夫獸之自死者而食之？且《詩》方於『一發五豵』之敏，而顧嗟美禽獸爲能不食生物，是義安所指？此皆因《詩》之《序》，不知其爲馬而增爲之説也。許又云『白虎黑文，日行千里』，與『五彩畢具』者異，故并著之。雞斯，云神馬也。」

《詩攷》：「《魯詩傳》〔一〕曰：『古有梁騶，天子獵之田也。』《韓詩》曰：『騶虞，天子掌鳥獸官。』賈誼《新書》：『騶者，天子之囿也。虞者，囿之司獸者也。虞人翼五豝以待一發，所以復中也。』」又引《墨子》云：「成王因先王之樂，名曰騶虞。」

《詩緝》曰：「騶虞者，騶御及虞人也。作詩者呼騶虞之官而嗟歎之，言有盡而意無窮，蓋三歎國君之仁心，而知其爲文王之化也。《月令》季秋『天子乃教於田獵，命僕及七騶咸駕』，鄭氏云：『七騶，謂趣馬，主爲諸官駕説者也。』是騶爲騶虞也。《孟子》『齊景公田，則招虞人』，是虞爲虞人也。《禮記·射義》云『天子以騶虞爲節，樂官備也』，

〔一〕「魯詩傳」三字，原本作「詩」，據王應麟《詩考》改。

謂騶御、虞人皆不乏人，則官備可知。毛氏以騶虞爲義獸，白虎黑文，不食生物。陸璣、山陰陸氏皆和之。司馬《封禪》文云『囿騶虞於珍群』，且謂『般般之獸，白質黑章』，晉張華又謂『騶虞具五采，乘之日行千里』，皆祖毛氏也。今不從。漢武帝時，建章宮後有異物出焉，其狀如麋。東方朔云：『此騶牙也。』或附會此騶虞即騶牙也。《爾雅》無『騶虞』。」

《名物疏》辯云：「按《禮·射義》云『天子騶虞爲節，樂官備也』。《異義》：《韓詩說》云：『騶虞，天子掌鳥獸官。』《魯詩傳》云：『古有梁騶者，天子之田也。』賈誼《新書》曰：『騶者，天子之囿也。虞者，囿之司獸者也。』以騶爲囿名，及以梁騶爲田名，僅見於《魯詩》、《賈子》。《月令》『教田獵，命僕及七騶咸駕』，《左傳》『晉悼公使程鄭爲御，六騶屬焉』，則騶者馬御也。《舜典》『益作朕虞』，周有山虞、澤虞、大田、獵萊、山澤之野，則虞者，虞人也，《韓詩說》云掌鳥獸官，意蓋近之。《小序》云：『天下純被文王之化，庶類繁殖，蒐田以時，仁如騶虞。』焦弱侯云：『騶人不失馳驅之法，則物不過傷。虞人厲山澤之禁，故物性能遂。』因歎美歸功於二官。以此解《序》，未爲不可，而與《射義》所謂『樂官備者』亦可通矣。但《山海經》及緯候之書俱以爲『義獸』，說其形者，或以爲『五采畢具』，或以爲『白虎黑文』，或以爲『皜身無雜』，又各不同。羅願則據《淮南子》文王囚羑里，散宜生得騶虞、雞斯之乘以獻於紂，謂文王之馬有名騶虞者，以其如林氏騶虞之俊逸而名之[一]，文王必嘗駕以從田，能與人相應，致獲禽之多，故申而歎之，此又一説也。」

有熊有羆（《大雅·韓奕》）

熊，能攀緣上高樹，見人則顛倒自投地。而冬多入穴而蟄，始春而出。脂謂之熊白。羆有黄羆，有赤羆，大於熊。其脂如熊白而麄理，不如熊白美也。

【熊】《爾雅》「熊，虎醜。其子狗。絶有力，麙」，郭註：「律曰：捕虎一，購錢三千，其狗半之。」邢《疏》：「醜，類也。熊，虎之類。其子名狗。絶有力，名麙。郭云『捕虎一，購錢三千，其狗半之』，此當時之律也，引之以證虎子名狗之義也。祖冲之《述異記》曰：『東土呼熊爲子路。』劉敬叔《異苑》曰：『以物擊樹，云子路可起，於是便下。不呼則不動也。』《援神契》云：『赤熊見則姦宄自遠。』《淮南子》註云：『熊食鹽而死。』《抱朴子》云：『熊壽五百歲，能化爲狐狸。』《異苑》云：『熊藏山穴，穴裏不得見穢及傷殘，

[一]「林氏」，原本作「林氐」，據《六家詩名物疏》卷八「騶虞」條改。

見則舍穴自死。』」

《埤雅》：「熊似豕，堅中，山居，冬蟄。當心有白脂如玉，味甚美，俗呼熊白。其膽春在首，夏在腹，秋在左足，冬在右足。好舉木而引氣，謂之熊經，《莊子》所謂『熊經鳥伸』是也。冬蟄不食，飢則自舐其掌，故其美在掌，而《孟子》曰：『熊掌亦我所欲也。』《周官》『大射，諸侯則共熊侯、豹侯』，蓋諸侯服猛下王德一等，故其所射共熊豹之侯而已。又曰『田役則設熊席』，則以莅衆尚毅故也；亦以其温，傳曰『君居則狐裘，坐則熊席』。《考工記》曰：『龍旂九斿，以象大火也。鳥旟七斿，以象鶉火也。熊旗六斿，以象伐也。龜蛇四斿，以象營室也。』説者曰：『龍旂，東方也，故象蒼龍宿之數，其斿九。熊旗，西方也，故象白虎宿之數，其斿六。鳥旟，正南方之物也，故象朱鳥宿之數，其斿七。龜旐，正北方之物也，故象玄武宿之數，其斿四。』許慎曰：『熊旗五斿以象伐。』按熊旗五斿，則《考工》所記六斿誤矣。《鬼谷子》曰『分威法服熊』，説者以爲熊之擊搏，先伏而後動。《字説》曰：『熊强毅，有所堪能，而可以其物火之。羆亦熊類，而又强焉，然可罔也。』」

《爾雅翼》：「熊類犬，人足，黑色。春出冬蟄。輕捷好緣高木，見人，自投而下，亦以革厚而筋駑，用此自快。養熊者亦日捶之，以爲不捶則有病。獵者刺其革，不可得入，隨即有膏膜之，古稱熊白。此膏之在背也，寒月則有，暑月即無。《淮南子》曰：『無角者膏而無前，有角者脂而無後。』無角者犬豕之屬，肥從前起者也。有角者羶羊之屬，肥從後起者也。又方冬，唯自舐其掌，故其掌特美，烹之難熟。晉靈公殺宰夫之腝熊蹯不熟者，而楚成見圍，請食熊蹯而死，以其難熟，冀於外救也。古以熊配虎爲旗，又皆以王射之侯。又以皮爲冠，執罼者冠之，謂之旄頭，乘輿之出，則前旄頭而後豹尾。蓋乘輿黄麾内〔一〕，羽仗班弓前〔二〕，左罼右罕，執罼者冠熊皮冠，謂之旄頭。而豹尾者，則取象于豹之尾也。必取熊豹者，蓋熊于山中行數十里，悉有跧伏之所，必在山嵓枯木中，山民謂之熊館。唯虎出一百里之外，則迷所出道路。熊出而不迷，故開道者首熊以出焉。豹之爲物，往而能反，故曰『狐死首丘，豹死首山』。豹往而能反，故殿後者豹尾以入焉。《説文》：『能〔三〕，熊屬。足似鹿。能性堅中，故稱賢能。而强壯，稱能傑也。』

【羆】《爾雅》云「羆，如熊，黄白文」，郭註：「似熊而長頭高脚，猛憨多力，能拔樹木。關西呼曰貑羆。」

〔一〕「黄麾内」，原本作「黄旄肉」，據《爾雅翼》卷十九「熊」條改。
〔二〕「羽仗班」，原本作「羽伏斑」，據《爾雅翼》卷十九「熊」條改。
〔三〕「能」，原本作「然」，據《爾雅翼》卷十九「熊」條改。

《埤雅》云：「羆似熊而大，爲獸亦堅中，長首高脚，從目。能緣能立，遇人則擘而攫之，俗云『熊羆眼直，惡人横目』，《淮南子》曰『熊羆之動以攫搏，兕牛之動以觝觸』是也。其白生于心之下，肓之上，亦如熊白而麤。秋冬則有，春夏則亡。猛憨多力，能拔大木，故《書》曰『亦有熊羆之士〔一〕，不二心之臣』。熊羆之士，以力言也。俗説熊羆富脂，至春臕癢，即登高木自墜，謂之撲臕。舊説師子、虎見之而伏，豹見之而瞑，羆見之而躍。」

《爾雅翼》云：「羆乃熊類。古言熊者，率與羆連言之，如稱『如熊如羆』、『維熊維羆』、『非熊非羆』，趙襄子『射熊羆』是也。今獵者云熊有兩種〔二〕。猪熊，其形如猪；馬熊，其形如馬，各有牝牡。問以羆，則云熊是其雄，羆則熊之雌者。羆力尤猛。或曰羆大於熊，爲羆之雄而稱熊〔三〕，猶羖爲羭之牯而稱羖，兕爲犀之牸而稱兕也。蓋皆相類而爲牝牡，猶麋與鹿交，鮪與魚游。然其脂如熊白而麤理，不如熊白美也。柳宗元《羆説》稱『鹿畏貙，貙畏虎，虎畏羆，羆之狀被髮人立，絶有力而甚害人』，則羆之力非熊比矣。

〔一〕「亦」，原本作「以」，據《書·康王之誥》改。
〔二〕「云」，原本闕，據《爾雅翼》卷十九「熊」條補。
〔三〕「熊」，原本作「雄」，據《爾雅翼》卷十九「熊」條改。

《韓奕》稱韓土樂，稱『有熊有羆，有貓有虎』〔一〕，敘所多有者耳，而終章曰『獻其貔皮，赤豹黄羆』。又謂之白羆。又云羆有黄羆，有赤羆。《禹貢》『梁州貢熊、羆、狐、狸』，是中國常貢。北追貊之國，自以所有而獻，所謂各以其所貴寶爲贄〔二〕，如犬戎氏以白狼、白鹿獻穆王也。《王會篇》『東胡黄羆』〔三〕，成王時獻此獸〔四〕。《周禮》『穴氏掌攻蟄獸，各以其物火之』，謂熊羆之屬冬藏者，燒其所食之物於其穴外，以誘出之。」

《禹貢》之梁州，「厥貢熊、羆、狐、狸、織皮」。《山海經》云：「嶓冢之山，其獸多羆。」朱註：「羆似熊而長頭高脚，猛憨多力，能拔樹。」又云：「熊、羆陽物，在山强力壯毅，男子之祥也。」

按：熊、羆確是二物，若云熊是其雄，羆則熊之雌者，獵人不能辨，姑妄言之也。又《釋獸》云「魋如小熊，竊毛而黄」，郭註云：「今建平山中有此獸，狀如熊而小，毛麤淺，赤黄色，俗呼爲赤熊。」《酉陽雜俎》：「高宗時，伽毘葉國獻天鐵熊，擒白象、獅子。」此

〔一〕「貓」，原本作「鼦」，據《詩·韓奕》改。
〔二〕「貴」，原本作「貢」，據《爾雅翼》卷十九「羆」條改。
〔三〕「胡」，原本作「湖」，據《逸周書·王會》改。
〔四〕「時」，原本闕，據《爾雅翼》卷十九「羆」條補。

又能羆之異種也。

羔裘豹飾[一]（《鄭風·羔裘》）

豹，赤豹。毛赤而文黑，謂之赤豹。毛白而文黑，謂之白豹。

《易》云：「君子豹變，其文蔚也。」《本草圖經》云：「豹皮，人寢可以驅溼癘。今黔蜀中時有貘，象鼻犀目，牛尾虎足，土人鼎釜多爲所食。其齒以刀斧錐鍛，銕皆碎落，火亦不能燒。人得之，詐爲佛牙佛骨，以誑俚俗。」《衍義》云：「豹毛赤黄，其文黑，如錢而中空，比比相次。此獸猛捷過虎，故能安五臟，補絶傷，輕身。又有土豹，毛更無文，色亦不赤，其形小。此各有種，非能變爲虎也。」《王會篇》云：「屠州有黑豹。」

白豹别名貘，今出建寧郡，毛黑白臆，似熊而小，能食蛇，以舌舐銕[二]，可頓進數十斤，溺能消鐵爲水。《列女傳》陶荅子妻云[三]：「南山有玄豹，霧雨七日不下食者，何

[一] 丁晏曰：「當以『赤豹黄羆』標題。」
[二] 「舌」，原本作「食」，此段采自《爾雅翼》卷十八「貘」條，據改。
[三] 「荅」，原本作「谷」，據《列女傳》改。

也？欲以澤其衣毛而成其文章，故藏以遠害。」《洞冥記》：「青豹出浪坂之山，狀如虎，色如翠。」《禮書》云：「豹取其武而有文。」

《埤雅》：「豹花如錢，黑而小於虎文。晉人刺在位不恤其民，其詩一章曰『羔裘豹祛，自我人居居』，二章曰『羔裘豹褎，自我人究究』，言大夫體柔，以剛文之而已，今其用暴如此，則非所以稱其服也。居居以言不通，究究以言不恕。豹祛，下大夫也。豹褎，上大夫也。《詩》曰『羔裘豹飾』，又言國君體柔而文之以剛，其義上達也。《玉藻》曰『狐青裘豹褎，玄綃衣以裼之』，『羔裘豹飾，緇衣以裼之』，則豹飾明非褎矣。《毛詩傳》曰『飾爲緣以豹皮』，則緣蓋言領，人君之服也。《管子》曰『上大夫豹飾，列大夫豹幨』，此齊一時之數，非古也。古云虎豹之駒，未成文已有食牛之氣，及長退毛，然後疎朗渙散，蓋亦養而成之。傳曰『文豹隱霧，十日不食，欲以澤其衣毛，成其文彩』，殆謂是也。語曰『豹死留皮，人死留名』，故君子疾没世而名不稱焉。豹一名程，《莊子》曰『程生馬』〔一〕。古詩曰『餓狼食不足，飢豹食有餘』，言狼貪豹廉，有所程度而食。其字從勺，豹之勺猶虎之擬也。《字説》曰：『虎、豹、狸皆能勺物而取

〔一〕「莊」，原本作「列」，據《埤雅》卷三「豹」條改。

焉。』《博物志》云『豹死守窟』，言不忘本也。《淮南子》曰『蝟使，虎申，蛇令，豹止』，物各有所制也。」

《爾雅翼》：「豹似虎而圈文，有數種。有赤豹，《山海經》『春山多赤豹』，《詩》『赤豹黄羆』，陸璣《疏》云『尾赤而文黑，謂之赤豹』。有玄豹[一]，《山海經》云『幽都之山有玄虎，有玄豹』，《王會篇》云『屠州有黑豹』。有白豹，别名貘。《淮南》曰『軍正執虎豹皮以正其衆』。豹尾車，周制也，象君子豹變，以尾言者[二]，謙也。古者軍正建之。漢大駕屬車八十一乘，作三行，尚書御史乘之，最後一乘縣豹尾，豹尾以前皆爲省中。《周禮》云『射以皮餙侯』，《詩》云『羔裘豹餙』，《瑣語》云『范獻子獵，遺其豹冠』。」

《埤雅》[三]云：「貘獸似熊，象鼻犀目，師首豺髮，小頭庳脚，黑白駮。能舐食銅鐵及竹。鋭髻，骨實無髓。皮辟溼，以爲坐毯卧褥，則消膜外之氣。字從膜省，蓋以此也。《蜀都賦》云：『戟食鐵之獸』，即貘是也。《劉子》曰：『飛鼯甘烟，走貘美鐵。所居隔絶，嗜好不同，未足怪也。』舊云貘糞爲兵，可以切玉。」

[一]「山海經春山多赤豹」至「有玄豹」一段，原本缺，蓋因「山海經」三字重出而跳漏也，今據《爾雅翼》補足。

[二]「以尾言者」，原本作「以其尾言」，據《爾雅翼》卷十九「豹」條改。

[三]「埤雅」，原本作「爾雅」，據引文内容改。

按：箋傳諸家所載，豹有赤豹、白豹、黑豹、青豹、土豹、玄豹凡六種，未見黃色者。惟《本草衍義》云「毛赤黃」耳。《毛詩・韓奕篇》祇載赤豹，若豹飾、豹褎、豹袪之類，並未詳何色，或因裘色不同而裼之各異耶？《爾雅》所載「貘，白豹」，不過一種。

獻其貔皮（《大雅・韓奕》）

貔，似虎，或曰似熊。一名執夷，一名白狐，其子爲豰。遼東人謂之白羆。

《爾雅》云「貔，白狐。其子豰」，邢《疏》：「《字林》云：『貔，豹屬，一名白狐，其子名豰。』郭云：『一名執夷，虎豹之屬。』《詩・大雅》云：『獻其貔皮。』」

《爾雅翼》：「貔，豹屬，猛獸，出貉國。《曲禮》云『前有鷙獸，則載貔貅』，陸德明云：『貔本亦作豼，即白狐也。』《書》云：『如虎，如貔，于商郊。』《莊子》曰：『豐狐文羆，搏于山林，伏于巖穴，夜行晝居，求食江河之上。』」

狼跋其胡（《豳風・狼跋》）

狼，牡名獾，牝名狼，其子名獥。有力者名迅。其鳴能小能大，善爲小兒啼聲以誘人。去數十步止，其猛捷者人不能制，雖善用兵者亦不能免也。其膏可煎和，其皮可爲裘〔一〕。

《爾雅》「狼，牡貛牝狼，其子獥，絶有力，迅」，邢《疏》：「此辨狼之種類也。孫炎云：『迅，疾也。』《詩·齊風》云：『並驅從兩狼兮。』故《禮記》『狼臅膏』，又曰『君之右虎裘，厥左狼裘』是也。」朱註：「狼似犬，鋭頭白頰，高前廣後。」毛《傳》：「老狼有胡，進則躐其胡，退則跲其尾，進退有難，然而不失其猛。」

《博雅》云：「𤝞，狼也。」《酉陽雜俎》：「狼大如狗，蒼色，作聲諸竅皆沸。胜中筋大如鴨卵，有犯盜者熏之，當令手攣縮。或言狼筋如織絡，小囊蟲所作也。或言狼狽是兩物，狽前足絶短，每行，常駕於狼腿上，狽失狼則不能動，故世言事乖者稱狼狽。臨濟郡西有狼塚，近世曾有人獨行于野，遇狼數十頭，其人窘急，遂登草積上。有兩狼乃入穴中，負出一老狼，老狼至，以口拔數莖草。群狼遂竟拔之。積將崩，遇獵者救之而免。其人相率掘此塚，得狼百餘頭，殺之。疑老狼即狽也。」

《埤雅》：「狼青色，作聲諸竅皆沸。蓋今訓狐鳴，則亦後竅應之。豺祭狼卜，又善逐獸，皆獸之有才智者，故豺從才，狼從良也。里語曰『狼卜食』，狼將遠逐食，必先倒立

〔一〕趙佑校本此下據《詩疏》、《爾雅疏》補「故《禮記》『狼臅膏』，又曰『君之右，虎裘，厥左狼裘』是也」十九字。

以卜所向，故今獵師遇狼輒喜，蓋狼之所嚮，獸之所在也。其靈智如此。故古之作式者，不用槐瘿棗瘤，而以狼牙爲柱，取其靈智也。《詩》美周公不失其聖，正言狼者。虎善擬其前，狼善顧其後，而又其靈智有才，故雖跋胡疐尾，而能不失其猛，此周大夫之所以譬周公也。古之烽火用狼糞，取其煙直而聚[一]，雖風吹之不斜。或曰狼駢脅，腸直，其糞烟直，爲是故也。《内則》曰『狼去腸』，豈以此歟？《孟子》曰：『養其一指而失其肩背，則爲狼疾人也。』狼性貪暴，争食以養口體，而常以害其身者。《管子》曰：『舉龍章則水行，舉虎章則林行，舉鳥章則陂行，舉蛇章則澤行，舉鵲章則陸行，舉狼章則山行。』《詩》曰『織文鳥章』，『舉鳥章則陂行』，陂，易野也，易野以車爲主。『元戎十乘，以先啓行』，所謂以車爲主也。《爾雅》曰『鄭有甫田，周有焦護』，皆易野也。《毛詩草蟲經》云：『老狼項下有袋，求食滿腹，向前行乃觸之，退後又自踐踏，上疐其尾，進退有患，故《詩》以况跋前疐後。』」

《爾雅翼》：「狼，貪獸之猛，聚物不整，故稱狼藉。又稱粒米狼戾。《周禮》：王及五等諸侯之出，皆有扶鞭趨避者，號絛狼氏。絛，滌也，謂滌除狼扈道上者。狼好積聚

[一]「煙」，原本作「糞」，據《埤雅》卷四「狼」條改。

也，故《楚語》曰『令尹問蓄聚積實，如餓豺狼然』是也。狼猛而敏給，能自顧其後，《淮南子》曰『鴟視而狼顧』，賈誼曰『失時而雨，民且狼顧』。周公之東，遠則四國流言，近則王不知，而不失其聖，故以狼跋胡疐尾比之。股中有筋，大如雞子，又筋滿身如織絡之狀。盜不可辨者，焚狼筋以示之，則爲盜者變慄無所容。或曰，狼筋者，菌之類，非此獸之筋也。」

華谷嚴氏曰：「老狼以貪欲之故，陷于機阱。其在機穽之時，欲進則跋躐其胡，欲退則疐跆其尾，求脱不能，喻人有貪欲，則陷于患難，進退失措也。」《瑞應圖》曰：「白狼，王者仁德明哲則見。一云，王者進退動准法度則見。」又《釋文》云：「狼藉草而卧，去則穢亂，爲狼藉也。」

毋教猱升木（《小雅·角弓》）

猱，獼猴也，楚人謂之沐猴。老者爲玃，長臂者爲猨。猨之白腰者爲獑胡。獑胡、猨駿捷于獼猴。其鳴噭噭而悲。

《爾雅》「猱，蝯，善援」，邢《疏》：「猱，一名蝯，善攀援樹枝。郭云：『便攀援者。』便，謂便捷也。《博雅》：『猱，狙，獼猴也。』」

毛《傳》「猱，猨屬」，《正義》曰：「猱則猨之輩屬，非猨也，其類大同。故《樂記》註云：『猨，獼猴也，是其類同也。』」

《埤雅》：「猨臂通肩，刻之可以爲笛，聲圓于竹。猨，猴屬，長臂善嘯，便攀援，故其字從援省。而《爾雅》云『猱蝯善援，貜父善顧』也。《淮南子》曰：『虎豹之文來射，猨狖之捷來措』，置之于檻曰措。《家語》曰：『五九四十五，五爲音，音主猨，故猨五月而生。四九三十六，六爲律，律主鹿，故鹿六月而生。』或曰『猴性躁急，猨性靜緩』，故猨從爰，爰，緩也。《論衡》曰：『鹿制于犬，猨伏于鼠。』今人取鼠以繫猨頭，猨不復動。《管子》曰：『墜岸三仞，人之所大難也，而猱猨飲焉。』今猨不復踐土，好上茂木，渴則接臂而飲。《類從》曰：『獨一叫而猨散，鼉一鳴而鼊伏。』或曰：『鼉鳴夜，獨鳴曉。』獨，猨類也，似猨而大，食猨，今俗謂之獨猨。蓋猨性群，獨性特；猨鳴三，獨鳴一，是以謂之獨也[一]。《相法》曰：『手如雞足者褊急，手如猨掌者勤勞。』舊説猨鳴而獺候之，故束皙《發蒙記》曰『獺以猨爲婦也』。《莊子》曰『猨，猵狙以爲雌』，猵，蓋言獺。」

[一]「謂」，原本作「爲」，據《埤雅》卷四「猨」條改。

《爾雅翼》：「猨與沐猴相類，静躁不同耳。柳子《憎王孫文》云『惡者王孫兮善者猨』。猨性仁，不貪食，多群行〔一〕。雄者黑，雌者黄。雄者善啼，啼數聲則衆猨叫嘯，騰擲如相和焉。其音凄入肝脾，韻音含宫商故也。巴峽諺曰：『巴東三峽巫峽長，哀猿三聲動人腸。』其臂甚長，人有此相者，則以善射名。《淮南子》曰：『羿左修臂而善射。』漢李廣猿臂，其善射亦天性也。然猨以臂長，身不便于行，舊或言其臂相通，其實未見。然猨所以壽者，以長臂好引其氣也。尤好攀援，其飲水輒自高崖或大木上纍纍相接，下飲畢，復相收而上。在猴亦然。《漢書》云：『西域之國有烏秅者，山居，累石爲室，民接手飲。』説者以爲高山下溪澗中飲水，故接連其手，如猴之爲，是亦異矣。舊説其色多青、白、玄、黄。段公路《北户録》言有緋猿〔二〕，絶大。越處子論劍術，乃有老翁試之，相與周旋，以竹林刺之，騰上爲猨，故劍號曰猿翁。」

朱《傳》：「猱，獼猴也。性善升木，不待教而能也。」《爾雅》又云「玃父善顧」，註云：「玃父，貑玃也。似獼猴而大，色蒼黑，能攫持人，好顧眄。」《説文》云：「夒，貪獸

〔一〕「行」，原本闕，據《爾雅翼》卷二十「蝯」條補。

〔二〕「緋」，原本作「鯡」，據《北户録》改。下一「緋」字同。

也。一曰母猴，似人。」顔師古云：「玃，善拂拭。」相如賦「蛭蜩玃猱」，顔註：「今狨皮爲鞍褥者，非彌猴也。」陸佃云：「狨，蓋猨狖之屬，輕捷善緣木。大小類猨，長尾，尾作金色，俗謂之金線狨。生川峽深山中，人以藥矢射殺之，取其尾爲卧褥、鞍被、坐毯。中矢毒，即自齧斷其尾以擲之。狨，一名猱。顔氏以爲其尾柔，可藉，故其制字從柔。」《元康地記》云：「猨與彌猴不共山宿，臨旦相呼。」王延壽《王孫賦》云：「儲糧食于兩頰，稍委輸于胃脾。緣百仞之高木，扳窈裊之長枝。」柳子厚云：「猨，王孫，居異山，德異性，不能相容。猨之德静以恒，王孫之德躁以囂。勃諍號呶，雖群，不相善也。食相噬齧，行無列，頷無序，乖離而不思，有難，推其柔弱者以免。好踐稼蔬，所遇狼藉披攘。禾實未熟，輒齕齩投注。山之水草木，必凌挫折撓。」《江乘地記》云：「攝山有山猱，赤足。」《鳥獸考》云：「猴，《詩》謂之猱，性躁而多智。」

按：《爾雅》云「猱蝯善援，玃父善顧」，明是二種。陸《疏》云「老者爲玃」，則混爲一矣。其類甚多，曰猱，曰蝯，曰狙，曰玃，曰猨，曰猴，曰狖，曰獨，曰狨，曰彌猴，曰沐猴，曰母猴，曰獑胡，曰猳玃，曰胡孫，曰王孫，雖因其形有大小，臂有短長，鳴有曉夜，色有青、白、玄、黄，性有緩、急、群、特，故異其名，亦方言各異耳。若猱字，《説文》作夒，或作獿，又作猱，蓋古今文不同。但段公路所謂緋猿，則大怪矣。

釋魚

有鱣有鮪（《周頌·潛》）

鱣，鮪〔一〕，出江海，三月中從河下頭來上。鱣身形似龍，鋭頭，口在頷下，背上腹下皆有甲，從廣四五尺。今于盟津東石磧上釣取之，大者千餘觔，可蒸爲臛，又可爲鮓。子可爲醬〔二〕。鮪魚，形似鱣而色青，黑頭，小而尖，似鐵兜鍪。口亦在頷下。其甲可以磨薑。大者不過七八尺，益州人謂之鱣鮪。大者爲王鮪，小者爲叔鮪〔三〕。一名鮥，肉色白，味不如鱣也。今東萊、遼東人謂之尉魚。或謂之仲明魚〔四〕。仲明者，樂浪尉也，溺死海中，化爲此魚。又河南鞏縣東北崖上山腹有穴〔五〕，舊説此穴與江湖通，鮪從此穴而來，北入河，

〔一〕「鮪」，原本闕，趙佑校本據《詩疏》補，從之。
〔二〕「子」，趙佑校本上有「魚」字，是。
〔三〕「叔」，趙佑校本作「鮛」。
〔四〕「魚」，趙佑校本無此字。
〔五〕「河南鞏縣東北崖上山」，丁晏曰：「《初學記》作『鞏縣東洛度北崖山上』。」

西上龍門，入漆沮。故張衡賦云「王鮪岫居」，山穴爲岫，謂此穴也。

【鱣】《爾雅》云「鱣」，郭註云：「鱣，大魚，似鱏而短鼻，口在頷下，體有邪行甲，無鱗，肉黃。大者長二三丈。今江東呼爲黃魚。」鄭註云：「黃鱏魚也，大者重千餘觔，亦能化爲龍。」

《埤雅》云：「鱣肉黃，長鼻，輭骨，俗謂之玉版。《古今註》曰『鯉之大者爲鱣』，非也。毛《傳》曰『鱣，鯉也』，陸德明曰：『鱣，陟連反。大魚，江東呼黃魚，與鯉全異。』」

《爾雅翼》云：「鱣大如五斗奩，長丈，長鼻軟骨。常三月中從河上，當于孟津捕之。淮水亦有之。惟以作鮓而骨可啖，蓋鱘屬也。鱣蓋鮪之類，但鱣肉黃，鮪肉白，以此爲別。今江東呼鱣大者曰王鱣。孔子曰『食水者善游而耐寒』，謂魚類也。鱣、鮪之屬雖食于水，而不正食水。《淮南子》曰：『鵜胡飲水數斗而不足，鱣鮪入口若露而死。』故鱣、鮪不善游，冬乃岫居，入河而眩浮，亦其驗也。酈道元《水經注》曰：『漢水東經西城縣胡城爲鱣湍，洪波漭盪，漰浪雲頹。耆舊言：有鱣魚奮鬐，望濤直上，至此暴腮，因以名湍焉。』」

《詩緝》云：「鱣，鱑也，大魚，似鱘。」《顔氏家訓》云：「鱣魚，純灰色，無文。」

按：鱣之非鯉，猶鰋之非鮎也。舍人、孫炎誤人深矣。郭、孔、陸、羅諸家駁之甚當，何毛公亦云「鱣，鯉也」？但郭、鄭二氏俱云短鼻，陸、羅二氏俱云長鼻，未知孰是。

【鮪】《爾雅》云「鮥鮪」，郭註云：「鮪，鱣屬也。大者名王鮪，小者名鮛鮪。今宜都郡自京門以上江東道出鱏鱣之魚，有一魚狀似鱣而小。建平人呼鮥子，即此魚也。」鄭註云：「鮪似鱣而小，亦似鮎。」毛《傳》云：「鮪，鮥也。」

《埤雅》：「鮪魚，青黑，長鼻，體無鱗甲，肉色白，味不如鱣。大者長七八尺。《夏小正》曰：『祭鮪。祭不必記，而記鮪何也〔一〕？鮪者，魚之先至者也，而其至有時。』《禮》曰：『龍以爲畜，故魚鮪不淰。』而序《詩》者亦曰『季冬薦魚，春獻鮪』，則鮪別于魚，其來尚矣。故鮪仲春從河而上，得過龍門，便化爲龍，否則點額而還。《尸子》曰：『龍門，魚之難也；大行，牛之難也。』蓋河津一名龍門，兩傍有山，魚莫能上。大魚薄集龍門，上則爲龍，不得上輒暴腮水次，故曰『暴腮龍門，垂耳轅下』。善爲魚者不求爲龍，望禹門輒逝，是以無暴腮點額之患。《水經》曰『鮪出鞏穴。直穴有渚，謂之鮪渚。』《周禮》『春獻王鮪』，然非時及他處則無。故河自鮪穴已上，又兼鮪稱。」

〔一〕「而」，《夏小正》無此字。

《爾雅翼》：「鮪以季春來，《周禮》䱷人『春獻王鮪』〔一〕，《周頌》季冬薦魚，春獻鮪，《月令》季春薦鮪于寢廟，皆特獻之者，以其及時可貴也。《東京賦》稱『王鮪岫居』，山有穴曰岫，其穴在河南小平山。長老言：王鮪之魚由南方來，出此穴中，入河水，見日目眩，浮水上流，行七八十里，釣人見之，取以獻天子，用祭。或曰，鮪魚出海，三月從河上來，今鞏縣東洛度北崖上山腹穴，舊説此穴與江河通。鱣鮪從此穴而來，入河。或曰，鮪魚三月遡河而上，能度龍門之浪，則得爲龍。東萊、遼東人謂之尉魚，或謂之仲明。仲明者，樂浪尉，溺死海中，化爲此魚。案〔二〕，尉蓋鮪聲之訛，仲明之説又相沿而生，然萬物變化〔三〕，亦不可知也。周洛曰鮪，蜀曰鮔鰽。《唐韻》：『崶山一名龍門山，在封州。大魚上化爲龍，上不得，點額流血，水爲丹色也。』《淮南子》曰：『河魚不得明目，稺稼不得育時，其所生者然也。』《説文》：『鮪，鮥也。』一曰水名，鞏縣西北臨河有周武山〔四〕，武王伐紂，使膠鬲禦鮪水上，蓋其處也。相傳山下有穴通江，穴有黃魚，春則

〔一〕「䱷」，原本作「菲」，據《爾雅翼》卷二十八「鮪」條改。
〔二〕「案」，原本作「安」，據《爾雅翼》卷二十八「鮪」條改。
〔三〕「然」，原本作「於」，據《爾雅翼》卷二十八「鮪」條改。
〔四〕「山」，原本作「王」，據《爾雅翼》卷二十八「鮪」條改。

赴龍門，故曰鮪岫，今爲河所侵，不知穴之所在。《集韻》云：『《交阯記》：交阯封谿縣有隄防龍門，水深百尋。大魚登此門，化成龍，不得過，暴腮點額血流，此水長如丹池。』」

按：陸氏《音義》云：「大者王鮪，小者尗鮪，一作鮛鮪。沈云：江淮間曰叔，伊洛曰鮪，海濱曰鮥。」若崔豹云「鯉之大者爲鮪」，益謬矣。

維魴及鱮（《齊風·敝笱》）

魴，今伊、洛、濟、潁魴魚也，廣而薄肥，恬而少力，細鱗，魚之美者。漁陽、泉州一本作「漁陽泉牞刀口」。及遼東梁水，魴特肥而厚，尤美于中國魴，故其鄉語云「居就糧，梁水魴」。鱮，似魴，厚而頭大，魚之不美者，故里語曰「網魚得鱮，不如啗茹」。其頭尤大而肥者，徐州人謂之鰱，或謂之鱅，幽州人謂之鴞鶚，或謂之胡鱅。

【魴】〔一〕《爾雅》「魴，魾」，郭註：「江東呼魴魚爲鯿，一名魾。」鄭註：「鯿魚也。魾，音毗。」

〔一〕「魴」字原缺，據本書體例，此處應有標目，今補之。

《本草》：「魴魚調胃氣，利五臟。和芥子醬食之，助肺氣，去胃家風。消穀不化者，作鱠助食，助脾氣，令人能食。患疳痢者不得食。」

《埤雅》：「魴，一名魾，此今之青鯿也〔一〕。《郊居賦》曰『赤鯉青魴』，細鱗，縮項，闊腹，魚之美者，蓋弱魚也。其廣方，其厚褊，故一曰魴魚，一曰鯿魚。魴，方也；鯿，褊也。蓋魴魚雖等美，而緣水之異，則有優劣，故里語曰『洛鯉伊魴，貴于牛羊』，言洛以渾深宜鯉，伊以清淺宜魴也。又曰『居就糧，梁水魴』，《詩》曰『豈其食魚，必河之魴』，河性宜魚也。《列女傳》曰『傅弓以燕牛之角，纏弓以荆麋之筋，糊弓以河魚之膠』，説者以爲燕角善，楚筋細，河膠黏。《詩》曰『魴魚赬尾』，《養生經》云：『魚勞則尾赤，人勞則髮白。』」

《爾雅翼》：「魴，縮頭，穹脊，博腹，色青白而味美。今之鯿魚也。漢水中尤美。常以槎斷水，用禁人捕，謂之槎頭鯿。宋張敬兒爲刺史，獻齊高帝一千八百頭，即此也。《説苑》：『陽晝曰：夫投綸錯餌，迎而吸之者〔二〕，陽橋也。其爲魚也，薄而不美。若亡

〔一〕「此」，原本作「比」，據《埤雅》卷一「魴」條改。
〔二〕「吸」，原本作「股」，據《爾雅翼》卷二十八改。

若存，若食若不食者，魴也。其爲魚也，博而厚味。』今網罟者，乃以魴爲易取，若難于釣而易于網耶？《詩》稱『魴魚赬尾』，説者以爲魚勞則尾赤。《左傳》曰『如魚竀尾，衡流而方羊』，鄭氏以爲魚肥則尾赤。二説雖不同，然魚肥則不耐勞，不耐勞則尾易赤。以魴言之，其體博大而肥，不能運其尾加之以衡流，則其勞甚矣，宜其尾之赬也。」

【鱮】《廣雅》云：「鰱，鱮也。」《埤雅》：「鱮魚似魴而弱鱗，其色白，北土皆呼白鱮。《西征賦》曰『華魴躍鱗，素鱮揚鬐』，性亦旅行，故其制字從與，亦或謂之鰱也。《傳》云『連行魚屬』，若此之類是已。失水即死，弱魚也。今吴越呼鱅鰱魚，其頭尤大而肥者，徐州人謂之鱅，或謂之鰱。《六韜》曰：『緡隆餌重，則嘉魚食之；緡調餌芳，則庸魚食之。』鱅，庸魚也，故其字從庸，蓋魚之不美者，故里語曰『網魚得鱮，不如啖茹』。而鱅讀曰慵者，則又以其性慵弱而不健故也。」

《爾雅翼》：「鱮，鱅，鰱魚也。大頭而細鱗，魚之不美者。蓋魚雖一類，而所食不同。今鯇唯食草，鱒食螺蚌，鱮乃食鯇矢〔一〕，宜其味之不美耳。今人亦不珍此族，往往以爲鮑魚。《詩》稱『孔樂韓土，魴鱮甫甫』，夫鱮，不美魚也，而何足特稱以爲韓土之

〔一〕「矢」，原本作「矣」，據《爾雅翼》卷二十八「鱮」條改。

樂？蓋言川澤之善者，以其美惡之並畜，魴美而鱮不美，今皆甫甫然，則其土之樂可知矣。猶之稱周原之膴膴者，必以『菫荼如飴』言之也。《敝笱》之詩曰『敝笱在梁，其魚魴鰥』，又曰『其魚魴鱮』、『其魚唯唯』，蓋笱之守魚，猶禮之守國也。《説文》云：『池魚滿三千六百，蛟來爲之長，能率魚飛，置笱水中，即蛟去。』夫蛟，陰類，難制之物，欲率魚而去，笱雖敝而能制之。使其在水者有魴鰥焉，有魴鱮焉，有唯唯之衆焉，不以蛟而徙也。今魯桓公微弱，無守國之器，使從文姜者如雲如雨如水，而不能少爲之制，則曾敝笱之不若也。郭璞曰：『鰫似鰱而黑。』」嚴氏曰：「今鱅、鰱相似而小別，鰱頭小，鱅頭大。」

魚麗于罶魴鱧

向刻「鯉」，誤。（《小雅·魚麗》）

鱧，鯇也，似鯉，頰狹而厚。《爾雅》曰「鱧」，鮦也，許慎以爲鯉魚。

《爾雅》云「鱧」，郭注云：「鮦也。」邢《疏》云：「鱧，今鱷魚也。鮦與鱷音義同。《詩·小雅》云『魚麗于罶，魴鱧』是也。」鄭註云：「今只謂之鱧，多在泥水中，服食家忌食。」《爾雅》又云「鯇」，郭註云：「今鯶魚。似鱒而大。」舍人云「鱧，一名鯇」，郭氏所不取也。鄭註云：「鯇，今鯶魚也，其性健急。舍人以鯇爲鱧，誤矣。」毛《傳》云「鮦也」，朱《傳》云「鮦也」，又曰「鯇也」。孔《疏》云：「《釋魚》云『鱧』『鯇』。舍人曰『鱧名鯇』，郭璞曰『鱧，鮦』。偏檢諸本〔一〕，或作『鱧，鮦』，或作『鱧，鯇』。若作鮦，與郭璞正同。若作鯇，又與舍人無異。或有本作『鱧鯐』者。定本『鱧鮦』。」

《本草》：「蠡魚一名鮦魚，生九江池澤，取無時。」《圖經》曰：「蠡，通作鱧字，今處處有之。」《廣雅》云：「鱺，鰑，鮦也。」《說文》云：「鱧，鱯也。」「鯐，鱧也。」

《埤雅》云：「鱧，今玄鱧是也。諸魚中惟此魚膽甘可食。有舌。鱗細有花文，一名文魚。與蛇通氣，舊云鱧是公蠣蛇所化，至難死，猶有蛇性，故或謂之鰹也。」《爾雅》云「鰹，大鮦，小者鮵〔二〕」，邢《疏》云：「即鱧也。」

《爾雅翼》：「鱧魚圓長而斑點，有七點作北斗之象，夜則仰首向北而拱焉，有自然之禮，故從禮。膽獨甘也，故從醴。今道家忌之，以其首戴斗也。又指爲厭，故有『天厭鴈，地厭犬，水厭鱧』之說，皆禁不食。郭氏解《釋魚》稱爲鮦，然今鮦又別一種。鱧比他魚爲最鮏。」

《詩緝》：「毛氏以鱧爲鮦。《本草》云：『蠡，一名鮦，今黑鯉魚，道家以爲厭者

〔一〕「偏」，原本作「編」，《四庫》本同，據《毛詩》孔《疏》改。

〔二〕「鮵」，原本作「鯇」，據《爾雅·釋魚》改。

也。』郭璞云：『鱧，鮦。』山陰陸氏云：『鱧，今玄鯉，與蛇通氣。』是郭璞、陸氏皆同毛説，以鯉爲今之烏鯉魚也。今不從。舍人云『鱧名鯇』，陸璣云『鱧，鯇也，似鯉〔一〕，頰狹而厚』，是舍人與陸璣皆以鱧爲今之鯇魚也，今從之。」鯇，今鱓魚，似鱒而大。

按：《釋魚篇》首列鯉、鱣、鰋、鮎、鱧、鯇六種，俱無釋文。鄭漁仲曰：「六者之名，顯而易識，故但載之而已，不復重釋也。」可見鱧、鯇是二種，毛氏、郭氏俱云「鱧，鮦也」，山陰陸氏從之，確是定見。元恪、晦庵曰「鯇」，又曰「鮦」，則兩岐矣。若許慎以爲鯉魚，羅氏以爲鮦，又别一種。不解何故。嚴華谷考據甚核，乃以舍人之説爲然，豈其然乎？

九罭之魚鱒魴（《豳風·九罭》）

鱒似鱓魚〔二〕，而鱗細于鱓也，赤眼，多細文〔三〕。

《爾雅》「鮅，鱒」，郭註：「似鱓子，赤眼。」鄭註：「似鱓而小，眼赤，多生溪澗，傅麗

〔一〕「似」，原本作「以」，據《詩緝》卷十七改。
〔二〕「鱓」，原本作「鯤」，據趙佑校本改。下「鱓」字同。
〔三〕「多細文」三字，《詩疏》、《爾雅疏》均無，趙佑校本删此三字。

水底，難網捕。」

《埤雅》：「鱒似鯶魚而鱗細於鯶，赤眼。《詩》云『九罭之魚，鱒魴，我覯之子，衮衣繡裳』，蓋鱒魚圓，魴魚方，君子道以圓內，義以方外，而周公之德具焉。孫炎《正義》曰：『鱒好獨行，制字從尊，殆以此也。』」

《爾雅翼》：「鱒魚目中赤色一道，橫貫瞳，魚之美者，今俗人謂之赤眼鱒。其音乃如蹲踞之蹲。食螺蚌，多秖獨行，亦有兩三頭同行者。極難取，見網輒遁。」

《詩緝》云：「鱒魴，毛以爲大魚。今赤眼鱒及鯿魚皆非大魚，亦常魚也。」

魚麗于罶鱨鯊（《小雅·魚麗》）

鱨，一名揚，今黄頰魚。似燕頭魚，身形厚而長大，頰骨正黄，魚之大而有力解飛者。徐州人謂之揚。黄頰，通語也。今江東呼黄鱨魚，亦名黄頰魚。尾微黄，大者長尺七八寸許。鯊，吹沙也，似鯽魚，狹而小，體圓而有黑點，一名重脣籥。鯊常張口吹沙。

【鱨】毛《傳》：「鱨，揚也。」孫炎云：「鱨、揚者，魚有二名。《釋魚》無文。」

《埤雅》：「今黄鱨魚是也。性浮而善飛躍，故一曰揚也。一名黄揚。舊説魚膽春夏近下，秋冬近上。」

【鯊】《爾雅》「鯊，鮀」，郭註：「今吹沙小魚，體圓而有點文。」陸德明云：「魦音沙，亦作魦。舍人曰：『魦，石鮀也。』」

《埤雅》：「魦，性善沉。大如指，狹圓而長，有黑點文。常沙中行，亦于沙中乳子，故張衡云『縣淵沉之魦鰡』也。《字指》云：『鰡，魦屬。』《詩》曰：『魚麗于罶，鱨魦』、『魴鱧』、『鰋鯉』，蓋鱨也，鯉也，其性浮；鱧也，鰋也，其性沈。而罶則寡婦之笱，其用功寡，又以待魚之自至。今『魚麗于罶，鱨魦』、『魴鱧』、『鰋鯉』，沈浮、小大、美惡與其形色之異具有，則餘物盛多可知也。俗云魦性沙抱。《異物志》曰：『吹沙長三寸許，背上有刺螫人。』《海物異名記》曰：『魦似鯽而狹小。』」

《爾雅翼》：「鯊，嘗張口吹沙，故曰吹沙，非特吹沙，亦止食細沙。其味甚美，大者不過二斤，然不若小者之佳。孔氏《正義》乃曰：『此寡婦笱，而得鱨魦之大魚，是衆多也。』蓋鯊雖小魚，在笱中爲大耳。今人呼爲重唇，唇厚特甚，有若鼃黽，故以爲名。今江南小谿中，每春，鯊至甚多，土人珍之。夏則隨水下，自是以後，時亦有之，然亦罕矣。春來復來，大抵正月輒至，魚之最先至者。其次則鯉，至次則鱖。至桃花水至而鱖肥，則三月矣。此魚生流水之中，非畜於人。又杜父魚，色黑，班如吹沙而短。」濮氏曰：「鯊魚多種，極大者皮如沙，可爲刀劍鞘。吹沙，小魚耳。」《詩緝》：「孔氏以鱨、魦皆爲大魚，陸璣以鱨爲大魚，魦爲小魚。山陰陸氏以鱨、魦皆爲小魚。鱨魚黄，魴魚青，鱧魚玄，鰋魚白，鯉魚赤。又云：鱨、魦小魚，魴、鱧中魚，鰋、鯉大魚。又云：鱨、魦長魚，魴、鱧之魚則一方一圓，鰋、鯉之魚則一俯一仰。又鱨、魦、魴其性浮，鱧、鰋、鯉其性沉。意謂五色之備，而小大、長短、浮沈之不同也〔一〕。」《寧波府志》云：「皮上有沙，故名。其類甚多。《鳥獸攷》云魦有二種，魚麗之鯊，蓋閩廣、江漢之常産。海魦、虎頭魦，體黑文，鼈足，巨者餘二百斤。常以春晦陟于海山之麓，旬日化爲虎，唯四足難化，經月乃成矣。」

象弭魚服（《小雅·采薇》）

魚服，魚獸之皮也。魚獸似猪，東海有之，一名魚貍。其皮背上斑文，腹下純青，今以爲弓鞬、步叉者也。其皮雖乾燥，以爲弓鞬矢服，經年海水將潮及天將雨，其毛皆起，水潮還及天晴，其毛復如故。雖在數千里外，可以知海水之潮氣，自相感也。

毛《傳》「魚服，魚皮也」，《正義》曰：「魚服，以魚皮爲矢服，故云魚服、魚皮。《左

〔一〕「沈」，原本作「深」，據《詩緝》卷十七改。

傳》云『歸夫人魚軒』，服虔云：『魚，獸名，則魚皮又可以飾車也。』《夏官》司弓人職曰『仲冬獻矢服』〔一〕，註云：『服，盛矢籠也，以獸皮爲之。』是矢器爲之服也。」

《爾雅翼》云：「鮫出南海，狀如鼉而無足，圓廣尺餘，尾長尺許。皮有珠文而堅勁，可以飾物。今總謂之沙魚，大而長喙如鋸者名胡沙，小而皮麤者曰白沙。用爲器物之飾，從古以然：《詩》『象弭魚服』，衛夫人乘魚軒，楚人鮫革犀兕以爲甲。今人亦以飾手靶之屬，釋者以背上有甲珠文。堅强可以飾刀口爲鑢者，爲鮫；其有横骨在鼻前如斤者，爲鐇䱜，是胡沙也，要是一類。又有隨母行，驚則入母腹中，尋復出，腹中容四子，頰赤如金，甚健，網不能制，俗呼河伯健兒。鮫既世所服用，人多識者，特其音與蛟龍之蛟同，解者或有差互。凡皮有珠飾刀劍者，是鮫䱜之鮫。滿二千斤，爲魚之長，是蛟龍之蛟。」

按：沙魚皮有甲珠文，可以飾物，古今皆然。但云似鼉無足，似與陸《疏》「似猪」者不同。

〔一〕「司弓人」，《四庫》本據《周禮·夏官》改爲「司弓矢」。按《毛詩正義》原文即如此，且下文「仲冬獻矢服」，《周禮》作「仲秋獻矢箙」，《四庫》本亦未改，今依《毛詩正義》本文，不予改動。

鼉鼓逢逢（《大雅·靈臺》）

鼉形似一本多「水」字。**蜥蜴，四足，長丈餘，生卵大如鵝卵。堅如鎧**〔一〕**，今合藥鼉魚甲是也。其皮堅厚，可以冒鼓。**

毛《傳》「鼉，魚屬」，《正義》曰：「《月令》季夏『命漁師伐蛟取鼉』。《書傳》註云：『鼉如蜥蜴，長六尺。』」

《埤雅》云：「鼉具十二少肉，蛇肉最後，在尾。其枕瑩浄，魚枕弗如。皮中冒鼓，《夏小正》曰『剥鼉以爲鼓』也。今狏將風則踴，鼉欲雨則鳴，故里俗以狏識盛，以鼉識雨。《詩》曰『鼉鼓逢逢』，先儒以爲鼉皮堅厚，取以冒鼓，故曰鼉鼓。蓋鼉鼓非特有取于皮，亦其鼓聲逢逢然象鼉之鳴，故謂之鼉鼓也。《晉安海物記》曰：『鼉鳴如桴鼓。今江淮之間謂之鼉鼓，亦或謂之鼉更。』今鼉象龍形，一名䱇，夜鳴應更。吴越謂之䱇更，蓋如初更輒一鳴而止，二即再鳴也。一曰獨鳴早，鼉鳴夜。趙辟公《雜説》曰：『鼉聞鼓聲則鳴。』《續博物志》曰：『鼉長一丈，一名土龍，鱗甲黑色，能横飛，不能上騰。』」

〔一〕「堅」，趙佑校本作「甲」，是。

《爾雅翼》云：「鼉狀如守宫而大，長一二丈，灰五色，背尾皆有鱗甲如鎧。夜則出邊岸，人甚畏之。其老者多能爲魅。梁周興嗣常食其肉，後爲鼉所噴，便爲惡瘡。其肉云白如雞。《詩》云『鼉鼓逢逢』，李斯亦云『樹靈鼉之鼓』，是周秦皆以冒鼓也。鼉，水族，《本草》謂蛇魚是也。《周書·王會》曰：『會稽以鼉。』」

《本草圖經》云：「肉至美，口内涎有毒。長一丈者能吐氣成霧致雨。力至猛，能攻陷江岸。性嗜睡，恒目閉〔一〕。形如龍，大長者自嚙其尾。極難死，聲甚可畏。人于穴掘之，百人掘須百人牽，一人掘須一人牽，不然終不可出。」《吕氏春秋》云：「顓頊令飛龍作，效八風之音，命之曰承雲。乃令鱓先爲樂倡〔二〕，鱓乃偃浸，以其尾鼓其腹，其音英英〔三〕。」馬融《廣成頌》：「左挈夔龍，右提蛟鼉。」

《本草》作「鮀」，「生南海池澤，取無時」。陶隱居云：「鮀即今鼉也，甲可療疾，皮可以冒鼓，肉至補益。於物難死，沸湯沃口入腹〔四〕，良久乃剥爾。此等老者多能變化爲

〔一〕「恒」，原本作「但」，據《證類本草》卷二十一引陳藏器改。
〔二〕「令」，原本作「今」，據《吕氏春秋·仲夏紀》改。
〔三〕「英英」，原本闕一「英」字，據《吕氏春秋》補。
〔四〕「口」，原本作「以」，據《證類本草》卷二十一引陶隱居改。

邪魅，自非急勿食之。」《蜀本圖經》云：「生湖畔土窟中，形似守宫而大，長丈餘，背尾俱有鱗甲。今江東諸州皆有之。」陳藏器云：「俗音鱓魚，音善，字或作鱓。諸書皆以鱣爲鱓，《本經》以鱣爲鼉，仍足魚字，殊爲誤也。」

按：「鱓」字本音鮀，與鼉同，故《埤雅》云「一名鱓。吴越人謂之鱓更」。與《吕氏春秋》所用，皆以鱓爲鼉。又音上演切者，乃《圖經》所載「似鰻鱺魚而細長」。又羅氏所云「似蛇無鱗，體有涎沫之魚」，即俗所書「鱔」字。

成是貝錦（《小雅·巷伯》）

貝，水中介蟲也，龜鼈之屬。大者爲蚢，一作「魧」。小者爲鰿。一作「貝」。其文彩之異〔一〕、大小之殊甚衆，古者貨貝是也。餘蚳一作「賦」。黄爲質，以白爲文。餘泉白爲質，黄爲文。又有紫貝，其白質如玉，紫點爲文。皆行列相當。其大者常有徑一尺〔二〕，小者七八寸。一作「當至一尺六七寸者」。今九真、交趾以爲杯盤寶物也。

《爾雅》云「貝，居陸贆，在水者蜬」，郭注：「水陸異名也。貝中肉如科斗，但有頭

〔一〕「之異」二字，趙佑疑是衍字，應去。
〔二〕趙佑校本此下有「至一尺六七寸者」七字。

尾耳。」又云「大者魧」，註：「《書大傳》曰：『大貝如車渠。』車渠謂車輞，即魧屬。」又云「小者鰿」，註：「今細貝，亦有紫色者，出日南。」又云「玄貝，貽貝」，註：「黑色貝也。」又云「餘貾，黄白文」，註：「以黄爲質，白文爲點〔一〕。」又云「餘泉，白黄文」，註：「以白爲質，黄爲文點。今紫貝以紫爲質，黑爲文點。」又云「蚆，博而頯」，註：「頯者，中央廣，兩頭鋭。」又云「蜠，大而險」，註：「險者謂污薄。」又云「鰿，小而橢」，註：「即上小貝，橢謂狹而長。」邢《疏》：「此辨貝居陸居水、大小、文彩不同之名也。《書大傳》云：『西伯既戡黎，紂囚之羑里，散宜生之江淮之浦，取大貝，大如大車之渠，以贖其辠。』李巡曰：『餘貾，貝甲黄爲質，白爲文彩。餘泉，貝甲白爲質，黄爲文彩。』陸《疏》爲然，但解紫貝與郭氏少異。陸以白爲質，紫爲文，郭以紫爲質，黑爲文，是其異也。《書》云『文貝仍几』，《詩》云『成是貝錦』。云『橢謂狹而長』者，《詩》云『隓山喬嶽』，《楚詞》云『南北順橢，其循幾何〔二〕』皆是，橢爲狹長之名也。」鄭註：「貝，今曰瑇瑁，蓋龜屬。故《説文》云：『貝，海介蟲也。』其甲人之所寶，古今以爲貨泉交易。今盡出南蕃海中。凡貝皆帶

〔一〕「白文爲點」，《爾雅注》原文即如此，《四庫》本據下文「黄爲文點」、「黑爲文點」例，改爲「白爲文點」，應是。

〔二〕「循」，原本作「橢」，據《爾雅注疏》改。按《楚辭章句》、《集注》等本《天問》，此字均作「衍」。

黄白色而有黑紫點。玄貝者多黑文，餘貾者黄色而微白，餘泉者白色而微黄，然皆有紫黑點。舊説謂黄質而白文，白質而黄文，誤矣，貝無此也。」

《書》云：「揚州厥篚織貝。」又《顧命》云：「大貝、鼖鼓在西房〔一〕。」《運斗樞》云：「摇光得江吐大貝。」《山海經》云「陽山，濁洛之水注于蕃之澤中，多文貝」，「陰山，漁水中多文貝」，「邽山，濛水多黄貝」，「蒼梧之野，爰有文貝」。《南州異物志》云：「交趾北南海中有大文貝，質白而文紫，天姿自然，不假雕琢磨瑩而光色焕爛。」

《本草》唯載紫貝。《唐本注》云：「形似貝，大二三寸，出東海及南海上，紫色而骨白〔二〕。」《圖經》曰：「蘇恭注云：『紫貝即蚜螺也，形似貝而圓，大二三寸。儋振夷黎採以爲貨市。北人惟畫家用砑物。』貝之類極多，古人以爲寶貨，而此紫貝尤爲世所貴重。漢文帝時，南越王獻紫貝五百是也。又車螯之紫者，海人亦謂之紫貝。」

《埤雅》：「獸二爲友，貝二爲朋。《詩》曰『錫我百朋』，百云者，言錫貝之多也。又曰『萋兮斐兮〔三〕，成是貝錦』，錦文如貝，謂之貝錦，言讒人因寺人之近嫌而成其罪，猶

〔一〕「房」，原本作「方」，據《書·顧命》改。
〔二〕「色」，原本作「班」，據《證類本草》卷二十一引《唐本注》改。
〔三〕「斐」，原本作「獻」，據《埤雅》卷二「貝」條改。《巷伯》詩本作「斐」。

之因萋菲之形而文致之，則『成是貝錦』也。貝以其背用，故謂之貝。貝，背也，貝之字從目從八，言貝目之所背也。先王面朝後市，以此古者相貝有經。其經曰：『朱仲受之于琴高，琴高乘魚浮于河海，水産必究。仲學仙于高而得其法，又獻珠于武帝，去不知所之。嚴助爲會稽太守，仲又出，遺助以徑尺之貝〔一〕，并致此文于助曰：「黄帝、唐堯、夏禹三代之正瑞，靈奇之秘寶。其有次此者，貝盈尺，狀如赤電黑雲，謂之紫貝；素質紅黑，謂之珠貝；青地緑文，謂之綬貝；黑文黄畫，謂之霞貝。紫愈疾，珠明目，綬消氣障，霞服蛆蟲，雖不延齡增壽，其禦害一也。復有下此，鷹喙、蟬脊以逐温去水，無奇功。貝大者如輪。文王請大秦貝，徑半尋。穆王得其殼，縣於昭觀。秦穆以遺燕鼂，可以明目遠察，宜玉宜金。南海貝如珠礫，白駮，其性寒，其味甘，止水毒；浮貝，使人寡，無以近婦人，黑白各半是也；濯貝，使人善驚，無以親童子，黄脣點齒，有赤駮是也；雖貝，使人病瘧，黑鼻無皮是也；嚼貝，使胎消，勿以示孕婦，赤帶通脊是也；惠貝，使人善忘，勿以近人，赤熾内殼赤絡是也〔二〕；醬貝，使童子愚，女人淫，有青唇赤鼻是也；碧

〔一〕「徑」，原本作「經」，據《埤雅》卷二「貝」條改。

〔二〕「熾」，《藝文類聚》卷八十四引《相貝經》作「幟」，《埤雅》卷二作「熾」。「内」，原本作「肉」，據《埤雅》卷二「貝」條改。

貝，使童子盜，脊上有縷句脣是也，雨則重，霽則輕；委貝，使人志強，夜行伏迷鬼、狼豹、百獸，赤中圓是也，雨則輕，霽則重。」』然則《爾雅》『大者魧，小者鰿，餘貾黄白文，餘泉白黄文，蜬大而險，蟦小而橢』，亦其略也。《鹽鐵論》曰：『教與俗改，敝與世易。夏后以玄貝，周人以紫石。』」

《爾雅翼》：「古者貨貝而寶龜，周則有泉，至秦廢貝而行錢，故《釋魚》於貝之名色尤詳。而古者貨賂、貢賦、賞賜之屬于貨者，字皆從貝也。至王莽反漢，猶以貝四寸八分以上至寸二分爲五品，故有大貝、壯貝、么貝、小貝之名，不盈六分不得爲貨。今大貝出日南漲海中，可以爲酒杯，蓋貝之在水者，即蠃之小者也。今此物等既不復爲貨，晉、宋間猶以飾軍容服物，蓋《魯頌》稱戎服之盛有『貝冑朱綅』，則以貝爲飾舊矣。東方朔稱『齒如編貝』，蓋用以爲飾，必編之故也。今但髾頭家用以飾鏡帶耳。大者爲珂，黄黑色，其骨白，可以飾馬。蓋此等飾，非特取其容，兼取其聲，故《説文》『貟，貝聲也』。《荀子》：『東海有紫紶。』漢文時南越獻紫貝。《江賦》曰：『紫蚢如渠。』朱註：『貝，水中介蟲也，有文彩似錦。』」

釋蟲

螽斯[一]（《周南·螽斯》）

《爾雅》曰：「螽，蜙蝑也。」揚雄云：「春，黍也。」幽州人謂之春箕，春箕即春黍，蝗類也。長而青，長角長股，青色黑斑[二]，其股似玳瑁文。五月中以兩股相槎或作「切」。作聲[三]，聞數十步。

《爾雅》「蜤螽，蜙蝑」，邢《疏》：「蜤螽，《周南》作『螽斯』，《七月》作『斯螽』，雖字異文倒，其實一也。一名蜙蝑，一名蜙蠑，一名蟠蟝[四]。」蜤音斯。鄭註：「蜙蝑，音嵩胥，一名蜙蠑。即一種大青蚱蜢，股長而鳴甚響。」毛《傳》：「螽斯，蜙蝑也。」郭璞注《方言》云[五]：「江東呼爲蚱蜢。」

〔一〕趙佑以爲小題當依《詩》作「螽斯羽」。按：《四庫》本已改作「螽斯羽」。
〔二〕「青色黑斑」，趙佑校本據《詩疏》、《爾雅疏》補作「股鳴者也。或謂似蝗而小，斑黑」。
〔三〕「槎」，丁晏曰：「《詩疏》作『切』，《御覽》作『搓』。」
〔四〕「名」字原重，據《爾雅》邢《疏》删。
〔五〕「注」，原本闕，據《方言》注補。

《埤雅》：「螽斯，蟲之不妒忌，一母百子者也，故《詩》以爲子孫衆多之況。或曰似蝗而小。《詩》曰『五月斯螽動股』，言螽斯股成而奮迅之也。《爾雅》曰『螽醜奮』，蓋于時股成而奮迅之，則方春尚弱也。蔡邕《月令》曰：『其類乳于土中，深埋其卵。』江東謂之蚱蜢，善害田稺。《公羊》曰：『蝝，何以書？記災也。蜮，何以書？紀異也。』字蓋從冬，冬，終也，至冬而終，故謂之螽。魯十月而有螽，孔子曰：『火伏而後蟄者畢。今火猶西流，再失閏也。』」

《爾雅翼》：「動股，蝗屬也。《春秋》書螽在秋者四，在八月者三，在九月、十月者一，在十二月者二，惟十二月者乃失閏之過，其餘八、九、十月者，蓋夏之六、七、八月也。螽類群盛，故有『雨螽于宋』〔一〕，言自上而下，衆多之甚，故以雨言之。今蝗之盛或蔽天，其過河皆相銜而過，亹亹不絕。《說文》：『蝗，螽也。』《考工記》『股鳴』，蚣蝑，動股屬。」

朱註：「螽斯，蝗屬，一生九十九子。」《大全》：「問：螽即是《春秋》所書之螽，竊疑『斯』字只是語辭〔二〕。朱子曰：《詩》中固有以『斯』爲語辭者，如『鹿斯之奔』、『湛湛

〔一〕「雨」，原本作「兩」，據《爾雅翼》卷二十七「螾」條改。下「雨」字同。

〔二〕「竊」，原本作「切」，據《朱子全書》卷三十五改。

露斯』之類是也。然《七月》詩乃云『斯螽動股』，則恐螽斯是名也。」《詩紀》：「蘇氏曰：螽斯一生八十一子。」

《詩緝》曰：「螽斯，蝗也，蠜也。斯，語助也。即阜螽也，非《七月》所謂『斯螽』也。螽蝗生子最多，信宿即群飛，因飛而見其多，故以羽言之，喻子孫之衆多也。今攷《爾雅》云『阜螽，蠜』，李氏、陸璣、許氏、蔡邕之説，阜螽即蝗也，蠜也，螣也，同是一物。《爾雅》又云『蜇螽，蜙蝑』，此別是一物，蝗之類也。螽斯即阜螽，非蜇螽也。毛氏誤以此螽斯爲蜙蝑，孔氏因之，遂以螽斯、斯螽爲一物。『斯』，語助，猶『鸒斯鹿斯』也。《春秋》書『螽』，即蝗也。蘇氏謂螽斯一生八十一子，朱氏云一生九十九子，今俗言蝗一生百子，不必以定數言之，但以生子多者莫如蝗耳。」鄭《箋》云：「凡物有陰陽情慾者，無不妒忌，惟蜙蝑否耳。各得受氣而生子，故能詵詵然衆多。」《玉堂閒話》云：「螽斯，蝗屬。或曰魚卵所化，每歲生育或三或四，每一生，其卵盈百。自卵及翼，凡一月而飛，羽翼未成，跳躍而行。」

按：螽斯之族實煩。《爾雅》並列五種：一曰「𨸏螽，蠜」，《詩》云「趯趯阜螽」者是也；一曰「草螽，負蠜」，《詩》云「喓喓草蟲」者是也；一曰「蜇螽，蜙蝑」，《詩》云「螽斯羽」者是也；又有所謂「蟿螽，螇蚸」者〔一〕，形似蜙蝑而細長，飛翅作聲者也；又有所謂「土螽，蠰谿」者，今謂之土蝶，江南呼虴蛨，又名蚱蜢，似蝗細小善跳者也。此二種經文不載。《爾雅》又云「螽醜奮」，蓋謂螽蝗之類好奮迅作聲而飛者也。又云「强醜捋」，蓋謂螽斯之類好以脚自摩捋者也。分疏甚明，不知諸家何故相駁相溷。總之，螽蓋蝗屬。曰屬，則似是而非者也。必欲指爲介蟲之孽，尤爲可怪。

喓喓草蟲（《周南・草蟲》）

草蟲，常羊也〔二〕，大小長短如蝗也。奇音青色，好在茅草中。坊刻多「今人謂蝗子爲螽子，兗州人謂之螣」，誤，今依舊本删去。

《爾雅》云「草螽，負蠜」，郭註：「《詩》云『喓喓草蟲』，謂常羊也。」鄭註云：「草螽，草蟲也，亦謂之蚱蜢。」

《正義》曰：「《出車》箋云：草蟲鳴，晚秋之時。」山陰陸氏曰：「草蟲鳴，阜螽躍而從之，故負螽曰蠜，草蟲謂之負蠜。」羅氏曰：「說草蟲固多端。按張衡云『土蟺鳴則阜

〔一〕「螇」，原本作「螟」，據《爾雅・釋蟲》改。
〔二〕趙佑校本此下有「一名負蠜」四字，據《詩疏》、《爾雅疏》補。

螽跳』，是以蚓爲草蟲也〔一〕。」

趯趯阜螽（《周南·草蟲》）

阜螽，蝗子，一名負蠜〔二〕，今人謂蝗子爲螽子，兖州人謂之螣。

《爾雅》云「蛗螽，蠜」，郭註：「《詩》曰『趯趯阜螽』。」邢《疏》云：「蛗螽之族，厥類實煩。蛗螽，一名蠜。李巡曰：『蝗子也。』許慎云：『蝗，螽也。』蔡邕云：『螽，蝗也。』明是一物。」鄭註：「阜螽，蝗也。」

《本草》云：「阜螽、蚯蚓，二物異類同穴，爲雄雌，令人相愛。五月五日收取，夫妻帶之。蛗螽如蝗蟲，東人呼爲舴艋。有毒，有黑斑者，候交時取之。」

《埤雅》：「阜螽，今謂蚱蜢，亦跳亦飛，飛不能遠，青色。一曰，蚯蚓即蛗螽也。亦以離應，草蟲鳴于上風，負螽鳴于下風而風化。《博物志》曰：『蜾蠃亦取阜螽子，咒而成己子。』」

〔一〕「以」，原本作「則」，據《爾雅翼》卷二十四「蚓」條改。

〔二〕「負蠜」，趙佑校本删去「負」字。

《爾雅翼》：「食葉曰蟘，蟘之字又作螣。其種類不一，故曰『百螣時起』。許氏以爲『百螣動股，蝗屬也，時起害稼』，動股則阜螽，阜螽則今蝩蟲也，劉向以爲介蟲之孽。蚓雖微物，其啓閉有時，故《月令》孟夏『螻蟈鳴』，後五日『蚯蚓出』，冬至之日『蚯蚓結』，皆以紀候。夏夜好鳴于草底，江東謂之歌女，或曰鳴砌。《詩》：『喓喓草蟲。』」

《廣雅》云：「負蠜，蟅也。飛蟅，飛蠊也。」《左傳》有「蜚」，杜註云：「蜚，負蠜。」《疏》：「負蠜，歲時常有，非災蟲。蜚，一名負盤。此註相涉誤爲蠜耳。」

陳藏器云：「飛廉一名負盤，蜀人食之，辛辣。《左傳》『蜚不爲災』，杜註云：『蜚，負蠜也。』如蝗蟲。又夜行，一名負盤，即竈盤蟲也。名字及蟲相似，終非一物也。」

按：螽與草蟲，與負螽，確是三物，嚴華谷以爲一物，誤矣。但《爾雅》謂草螽是負蠜，陸璣謂阜螽是負蠜，豈形狀相似，故未精別也？至《左傳》所載之「蜚」是臭蟲，《爾雅》所謂「蠦，蜰」，《本草》所謂「飛廉」，《廣雅》諸書所謂蟅、飛蟅、飛蠊、香娘子、竈盤蟲，皆是物也。應謂之「負盤」，不應謂之「負蠜」。因《漢書》及《左傳》註多作「負蠜」，後人之惑滋甚，遂有認負盤爲阜螽者。若陸佃謂阜螽爲蚯蚓，羅願謂草蟲爲蚯蚓，堪爲大噱。

六月莎雞振羽（《豳風·七月》）

莎雞，如蝗而斑色，毛翅數重，其翅正赤，或謂之天雞。六月中飛而振羽，索索作聲。幽州謂之蒲錯。

《爾雅》「翰，天雞」，邢《疏》：「此黑身赤頭小蟲也，一名翰，一名天雞，一名莎雞，一名樗雞。李巡曰：『一名酸雞。』《詩·豳風·七月》云：『六月莎雞振羽。』」鄭註：「翰音汗，莎雞也。黑身赤頭，似斑貓。」

《博雅》：「樗鳩，樗雞也。」《圖經》曰：「樗雞生河内川谷樗木上，今近都皆有之，形似寒螿而小。蘇恭云：『五色具者爲雄，良。青黑質白斑者是雌，不入藥。』然今所謂莎雞者，亦生樗木上，六月後出飛而振羽，索索作聲。人或畜之樊中，但頭方腹大，翅羽外青内紅，而身不黑，頭不赤，此殊不類，蓋別一種而同名也。今在樗木上者，人呼爲紅娘子，頭翅皆赤，乃如舊説，然不名樗雞，疑即是此，蓋古今之稱不同耳。」《衍義》云：「樗雞，東西京都尤多。形類蠶蛾，但頭足微黑，翅兩重，外重灰色，下一重深紅。五色皆具，腹大。」

《埤雅》：「莎雞，小蟲。其鳴以時，故有雞之號。《古今註》曰：『莎雞一名絡緯，謂其鳴如紡緯也。促織一名投機，謂其聲如急織也。』俗云絡緯雄鳴于上風、雌鳴于下風而風化。」

《爾雅翼》：「莎雞振羽作聲，其狀頭小而羽大。有青、褐兩種。率以六月振羽作聲，連夜札札不止，其聲如紡絲之聲，故一名梭雞。今俗人謂之絡絲娘，蓋其鳴時又正當絡絲之候。今小兒夜亦養之，聽其聲。能食瓜莧之屬。《古今註》曰：『促織一名促機，絡緯一名紡緯。』其言促織如急織，絡緯是紡緯，是矣。但蟋蟀與促織是一物，莎雞與絡緯是一物，不當合而言之爾。《詩》稱『六月莎雞振羽』，以至『九月在户，十月蟋蟀入我牀下』，一章而别言莎雞與蟋蟀，可知其非一物也。蓋二蟲皆以機杼之聲，可以趣婦功，故易以紊亂。孫炎解『螒，天雞』，以爲『小蟲，黑身赤頭，一名莎鷄，一名樗鷄』，陸璣則云『莎鷄如蝗而班色，或謂之天鷄』，蓋皆非其類。今莎鷄之鳴，乃止而振羽，不待飛也。一名馬蠽。」

按：朱註云：「斯螽、莎鷄、蟋蟀，一物隨時變化而異其名。」今据吴中所見，同時齊鳴，形類各别，騷人墨客往往詠之，迥然三物，不知先輩何以傳訛。

去其螟螣及其蟊賊（《小雅·大田》）

螟，似蚄蚄，而頭不赤。螣，蝗也。賊，桃李中蠹蟲〔一〕，赤頭，身長而細耳。或説云：蟊，螻蛄，食苗根爲人害。許慎云：「吏冥冥犯法，即生螟。吏乞貸，則生蟘。吏抵冒取人財〔二〕，則生蟊。舊説云，螟、螣、蟊、賊，一種蟲也，如言寇賊、奸宄，内外言之耳。故犍爲文學曰「此四種蟲，皆蝗也」，實不同，故分釋之。

《爾雅》：「食苗心，螟。食葉，蟘。食節，賊。食根，蟊。」邢《疏》：「李巡曰：『食禾心爲螟，言其奸冥冥難知也。食禾葉者言假貸無厭，故曰蟘也。食禾節者言貪狼，故曰賊也。食禾根者言其税取萬民財貨，故曰蟊也。』孫炎曰：『皆政貪所致〔三〕，因以爲名也。』郭璞直以蟲食所在爲名。而李巡、孫炎並因託惡政，則災由政起。《小雅·大田》云『去其螟螣，及其蟊賊，無害我田穉』是也。」鄭注：「螟極纖細，在苗之心，若木中有蠹然。今農家忌大小暑日降一種霏微者，云即此蟲降也。蟘，《詩》作螣，一種蟲，似

〔一〕「桃」上，趙佑校本據《詩疏》補「似」字。
〔二〕「抵」，原本作「秪」，據《説文》許注改。
〔三〕「致」，原本作「政」，據《爾雅注疏》卷九改。

螟蛉，食苗葉而卷爲房。螣，即草蟲類，雖亦食葉，好食節。蟊，未詳，陸璣謂螻蛄。據螻蛄雖穴土以居，然亦取葉于穴中而食之，元不食根，唯陸田有之。毛《傳》、朱《傳》俱云『食心曰螟，食葉曰螣，食根曰蟊，食節曰賊』。」

《埤雅》：「許慎《説文》以爲『吏冥冥犯法即生螟，乞貸則生蟘，抵冒取民財則生蟊』，然則靈芝、朱草、秠秬之鍾其美，與螟、蟘之鍾其惡，雖不同，其繫王者之政一也。《淮南子》曰『枉法令即多蟲螟』，其以此乎？蟘則蝗也，蝗字從皇，今其首腹皆有『王』字，未燭厥理也。或曰蝗即魚卵所化，《列子》曰『魚卵之爲蟲』，蓋謂是也。俗云春魚遺子如粟，埋于泥中，明年水及故岸，則皆化爲魚。如遇旱乾，水縮不及故岸，則其子久閣，爲日所暴，乃生飛蝗。故《詩》曰『衆維魚矣，實維豐年』，説者以爲陰陽和則魚衆多矣。」

《爾雅翼》：「古者言『螟螣蟊賊』者，乃未始的言其狀，唯《五行傳》稱：『視之不明，時則有蠃蟲之孽』，謂螟、螣之類當死不死，未當生而生，或多于故而爲災；『聽之不明，時則有介蟲之孽』，螽、蜚、蝝之類[一]，或曰蝝、螟之始生，屬蠃蟲之孽。然則但知螟、螣之爲蠃，螽、蝝之爲介而已。今食苗心者乃無足小青蟲，既食其葉，又以絲纏集衆

〔一〕「螽」，原本作「蠭」，據《爾雅翼》卷二十七「螟」條改。

葉，使穗不得展，江東謂之蟥蟲，音若横逆之横，言其横生，又能爲横災也。然按蝗字通有横音，以爲物雖不同，皆害稼之屬也。漢孔臧《蓼蟲賦》曰『爰有蠕蟲，厥狀似螟』，是螟爲無足蟲也。」

按：螟、螣、蟊、賊，《爾雅註疏》合釋甚詳明，諸家亦無異説。但食心曰螟，食葉曰螣，《説文》又謂食穀葉曰螟，食苗葉曰蟘，差不同耳。据陸氏謂蟊是螻蛄，《本草》云螻蛄一名蟪蛄，一名天螻，《爾雅》云「螜，天螻」，《月令》云「孟夏螻蟈鳴」者是也，豈在槁壤則爲螻蛄，在平疇則食苗根耶？但目擊螻蟈穴土而居，遇水即出，豈能在水土中食苗根而爲人患耶？

螟蛉有子蜾蠃負之（《小雅·小宛》）

螟蛉者，犍爲文學曰：「桑上小青蟲也。」似步屈，其色青而細小，或在草葉一作「萊」。上。蜾蠃，土蜂也，一名蒲盧，似蜂而小腰，故許慎云「細腰」也。取桑蟲，負一作「附」。之于木空中，或書簡筆筒中，七日而化爲其子。里語曰：咒云「象我象我」［一］。

［一］趙佑曰，此下《爾雅疏》有「《法言》云『螟蛉之子，殪，而逢果蠃，祝之曰類我類我，久則肖之』是也」二十五字，以爲或即此條原文。

《爾雅》「果贏，蒲盧」，郭註：「即細腰蟲也。俗呼爲蠮螉。」又云「螟蛉，桑蟲」，郭註：「俗謂之桑蟃，亦曰戎女。」邢《疏》：「按《詩·小雅·小宛》云『螟蛉有子，果贏負之』，果贏一名蒲盧，即細腰蟲也，俗呼爲蠮螉。《方言》云：『蠭，燕、趙之間謂之蠓螉，其小者謂之蠮螉。』又云：「或謂之蚴蛻。」〔一〕鄭註《中庸》以蒲盧爲土蠭。《說文》云：『細腰，土蠭也，天地之性，小腰純雄，無子。』螟蛉，一名桑蟲，一名桑蟃，一名戎女。《法言》曰『螟蛉之子殪，而逢果贏，祝之曰：類我類我。久則肖之』是也。」鄭註：「蒲盧，俗謂之蠮螉，蓋蠭類。螟蛉，桑上青蟲也，蠮螉取以爲子者。」鄭《箋》云：「蒲盧取桑蟲之子，負持而去，煦嫗養之，以成其子。」《廣雅》云：「蚴蛻，土蜂，蠮螉也。」

《本草》：「蠮螉，一名土蜂，生熊耳川谷及牂牁或人屋間。」陶隱居云：「此類甚多。雖名土蜂，不就土中爲窟，謂摙土作房耳。今一種黑色，腰甚細，銜泥于人室及器物邊作房，如併竹管者是也。其生子如粟米大，置中，乃捕取草上青蜘蛛十餘枚，滿中，仍塞口，以擬其子大爲糧也。其一種入蘆竹管中者，亦取草上青蟲。一名果贏。詩人云『螟蛉有子，蜾贏負之』，言細腰物無雌，皆取青蟲教祝，便變成己子，斯爲謬矣。」《唐

〔一〕「又云或謂之蚴蛻」，邢《疏》本無此句，係毛氏據《方言》補入者，今改爲小字注文。

本註》云：「土蜂，土中爲窠，大如烏蜂，不傷人，非蠮螉。蠮螉不入土中爲窠。雖一名土蠭，非蠮螉也。今按李含光《音義》云：『咒變成子，近亦數有見者，非虚言也。』」

掌禹錫謹按〔一〕：《蜀本註》云：「按《爾雅》『果蠃，蒲盧』，註云：『即細腰蜂也，俗呼爲蠮螉。』《詩》云『螟蛉有子，蜾蠃負之』，註云：『螟蛉，桑蟲也。蜾蠃，蒲盧也。言蒲盧負持桑蟲，以成其子，乃知蠮螉即蒲盧也，蒲盧即細腰蜂也。』據此，不獨負持桑蟲，以他蟲入穴，摙泥封之，數日則成蜂飛去。陶云：『是先生子如粟在穴，然捕他蟲以爲之食。』今人有候其封穴了，壞而看之，果見有卵如粟，在死蟲之上，則如陶説矣。而詩人以爲喻者，蓋知其大而不知其細也。陶又説：『此蜂黑色，腰甚細，能摙泥在屋壁間作房，如並竹管者是也，亦有入竹管器物間作穴者，但以泥封其穴口而已。』」《圖經》云：「摙泥作窠，或雙或隻，得處便作，不拘土石竹木間，今所在皆有之。段成式云：『書齋中多蠮螉〔二〕，好作窠于書卷，或在筆管中，咒聲可聽。有時開卷視之，悉是小蜘蛛，大如蠅虎，旋以泥隔之，乃知不獨負桑蟲也。』數説不同，人或疑之。然物類變化，固

〔一〕「掌」，原本作「劉」，據《證類本草》卷二十二改。
〔二〕「齋」，原本作「齊」，據《證類本草》卷二十二引《圖經》改。

不可度。蚱蟬生于轉丸，衣魚生于瓜子，龜生于蛇，蛤生于雀，白鶂之相視，負螽之相應，其類非一。若桑蟲、蜘蛛之變爲蜂〔一〕，不爲異矣。如陶所説卵如粟者，未必非祝蟲而成之也。宋齊丘所謂『蠮螉之蟲孕螟蛉之子，傳其情，交其精，混其氣，和其神，隨物大小，俱得其真。蠢動無定情，萬物無定形』，斯言得之矣。」

《詩攷》：「《説文》：『螟䗍有子，𧓍蠃負之。』」《埤雅》：「果蠃，即今細腰土螽，好禁蜘蛛，今呼大螽，啖子。地中作房者亦曰土螽，非此細腰土螽也。果蠃，一名蠮螉，一名蒲盧。《中庸》曰：『夫政也者，蒲盧也。』」《博物志》曰：「蜂無雌，取桑蟲或阜螽子，抱而成己子。」《詩緝》：「《解頤新語》〔二〕曰：説者攷之不精，乃謂果蠃取桑蟲負之，七日化爲其子，雖揚雄亦有『類我類我，久則肖之』之説。近世詩人取蜾蠃之巢毁而視之，乃自有細卵如粟，寄螟蛉之身以養之，其螟蛉不生不死，蠢然在穴中，久則螟蛉盡枯，其卵日益長大，乃爲蜾蠃之形，穴竅而出。蓋此物不獨取螟蛉，亦取小蜘蛛置穴中，寄卵于蜘蛛腹脅之間〔三〕，其蜘蛛亦不生不死，久之蜘蛛盡枯，其子乃成。今人養晚蠶者，蒼

〔一〕「蛛」，原本作「味」，據《證類本草》卷二十二引《圖經》改。
〔二〕此爲宋范處義《解頤新語》。
〔三〕「蛛」，原本作「味」，據范處義《詩補傳》卷十九改。

蠅亦寄卵于蠶之身，久之其卵化爲蠅，穴繭而出，殆物類之相似者。《列子》云『純雌，其名大腰。純雄，其名穉蠭』，《莊子》云『細腰者化』，《説文》云『天地之性，細腰純雄無子』，此皆信説《詩》者之言也。古人名物，多取形似。瓠之細腰者曰蒲盧，故蠭之細腰者亦名蒲盧，正如綬草、綬鳥皆名以鷊，青黑之茭、青黑之鳩皆名以鵻也。

按：《爾雅》另釋土蠭，註云：「今江東大蠭在地中作房者，啖其子，即馬蠭。今荆巴間呼爲蟺。」與果蠃差別，農師已辨之矣。若細腰土蜂借他蟲咒爲己子，古今無異。陶隱居異其説，范處義附之，不知破窠見有卵如粟及死蟲，蓋變與未變耳。

蟋蟀在堂（《唐風・蟋蟀》）

蟋蟀，似蝗而小，正黑，有光澤如漆，有角翅。一名蛬，一名蜻蛚。楚人謂之王孫。幽州人謂之趣織，督促之言也，里語曰「趨織鳴，懶婦驚」是也。

《爾雅》「蟋蟀，蛬」，郭註：「今促織也，亦名青蛚。」《唐風》云「蟋蟀在堂」，鄭註：「今人亦謂之蟋蟀，一名青蛚。楚人謂之王孫，幽州人謂之促織。蛬音拱，又音筇。」《博雅》：「蛬，趗織，蚟孫，蜻蛚也。」

《埤雅》：「蟋蟀，陰陽率萬物以出入。至于悉蛩，帥之爲悉。蟋蛩，能帥陰陽之悉者也。曹奢而苟，唐儉以勤，故《詩》一以蜉蝣、一以蟋蟀刺之。《詩》曰『蟋蟀在堂』，九月之時也。九月建戌。於文，禾千爲年，步戌爲歲，蓋季取禾之一熟，而歲期兩稔，故步戌至戌，謂之歲也。傳曰：『一名吟蛬，秋初生，得寒乃鳴。』《詩義問》曰：『蟋蟀食蠅而化。』」

《爾雅翼》：「蟋蟀以夏生，秋始鳴。《周書》：『小暑之日温風至，又五日而蟋蟀居壁。』《易通卦驗》〔一〕曰：『蟋蟀之蟲，隨陰迎陽，居壁向外，趨婦女織績，女工之象。今失節，不居壁，似女事不成，有淫泆之行，因夜爲姦，故爲門户夜開。』《淮南》則云『蟋蟀居奥』，奥者，西南隅也，比寒則漸近人。《易通卦驗》曰：『立秋，蜻蛩鳴。白露下，蜻蛩上堂。』《詩》曰『蟋蟀在堂，歲聿其莫』，又曰『七月在野，八月在宇，九月在户，十月蟋蟀入我牀下』。自七月至十月入牀下，皆謂蟋蟀也，言將寒有漸，非卒來也。而説者解『蟋蟀居壁』，引《詩》『七月在野』，以爲不合。然今蟋蟀有生野中及生人家者，至歲晚則同耳，好吟于土石磚甓之下。尤好鬭，勝輒矜鳴，其聲如急織，故幽州謂之促織。又其鳴時正織之候，故以戒婦功。《春秋説題辭》曰：『趨織，爲言趨織也。織興事遽，故趨織鳴，女作兼。』崔豹云『濟南人謂蟋蟀爲懶婦』，非也。古稱螣蛇游霧而殆于即且，即且，

〔一〕「驗」，原本誤作「系」，據《爾雅翼》卷二十五「蟋蟀」條改。

蜈蚣耳。許叔重謂『蟋蟀爲即且，上蛇，蛇不敢動』，亦非也。《梓人》『以注鳴者』，蜻蛚屬。《方言》『南楚之間或謂之王孫』。」《搜神記》云：「朽葦爲蛬」。

賈秋壑《蟋蟀論》云：「促織之爲物也，煖則在郊，寒則附人，若有識其時者。拂其首則尾應之，拂其尾則首應之，似有解人意者。甚至合類頡頏，以決勝負，而英猛之態，甚可觀也。愚常論之，天下有不容盡之物，君子有獨好之理，獨促織曰莎雞、曰絡緯、曰蛬、曰蟋蟀、曰寒蟲之不一其名，或在壁，或在户，或在宇，或在牀下，因時而有感。夫一物之微，而能察乎陰陽動靜之宜，備乎戰鬭攻取之義，是能超乎物者甚矣，促織之可取也遠矣。又嘗考其實矣，每至秋冬，生于草土壘石之內。諸蟲變化，隔年遺種于土中，及其時至方生之時，小能化大也，大亦能化小也。若夫白露漸旺，寒露漸絶，出于草土者其身則軟，生於磚石者其體則剛，生于淺草瘠土、磚石深坑、向陽之地者其性必劣。赤黄其色也，大抵物之可取者，白不如黑，黑不如赤，赤不如黄。赤小黑大，可當乎對敵之勇，而黄大白小，難免夫侵凌之虧。唯有四病，若犯其一，切不可托之。何也？仰頭一也，捲鬚二也，練牙三也，踢腿四也。若兩尾高低，曾經有失，兩尾垂萎，並是老朽者也，其亡可立而待。若有熱之倦怠，與夫冷之傷悍者，又且不可緩其調養之法也。」又曰：「蟋蟀者，秋蟲也，名促織，亦名孫旺，虎丘人曰趪織。」

蜉蝣之羽（《曹風・蜉蝣》）

蜉蝣，方土語也，通謂之渠略。似甲蟲，有角，大如指，長三四寸，甲下有翅，能飛。夏月陰雨時地中出。今人燒炙噉之，美如蟬也。樊光曰：「是糞中蝎蟲〔一〕，隨雨而出，朝生而夕死。」

《爾雅》「蜉蝣，渠略」，郭註：「似蛣蜣，身狹而長，有角，黄黑色。叢生糞土中，朝生暮死。豬好啖之。」舍人曰：「南陽以東曰蜉蝣，梁宋之間曰渠略。」《夏小正》曰：「蜉蝣，渠略也。」《詩・曹風》云「蜉蝣之羽」。鄭注：「似蜣蜋而小者，文彩多青黄色者。」《埤雅》：「蜉蝣蟲，似天牛而小，有甲角，翕然生覆水上，尋死。隨流叢生鬱棲中，朝生莫殞，有浮游之義，故曰蜉蝣也。《詩》曰『蜉蝣掘閱』，掘閱，言掘土使解閱也。《管子》曰：『掘閱得玉。』」《爾雅翼》：「蓋蜉蝣者，速死之物，故以刺曹共公之好奢，言雖衣服楚楚，安能久也。《淮南子》曰：『蠶食而不飲，二十二日而化。蟬飲而不食，三十日而蜕。蜉蝣不食不飲，

〔一〕「蝎」，丁晏本作「蠋」。

三日而死。』又曰：『鶴壽千歲，以極其游〔一〕。蜉蝣朝生而暮死，盡其樂。』蜉蝣出有時，故王褒《頌聖主得賢臣》云『蟋蟀俟秋唫，蜉蝣出以陰』，言知時也。又許叔重註《淮南子》，言『朝菌者，朝生莫死之蟲也。生水上，狀似蠶蛾，一名孳母，海南謂之蟲邪』，則亦蜉蝣之類。按今水上有蟲，羽甚整，白露節後，即群浮水上，隨水而去，以千百計，宛陵人謂之白露蟲。《詩緝》疏掘閲云：『此蟲土裏化生，掘地而出，今曰更閲，謂升騰變化也。』」

毛《傳》、朱《傳》俱云：「蜉蝣，渠略也，朝生夕死，猶有羽翼以自脩飾。」〔二〕《音義》：「『渠，本或作螶，音同。略，本或作蟧，音同。』沈云『二字並不施蟲』，是也。」定本亦云「渠略」，俗本作「渠蟧」者誤也。

如蜩如螗（《小雅・蕩》）

鳴蜩，蟬也，宋、衛謂之蜩，陳、鄭云蜋，海岱之間謂之蟬。蟬，通語也。螗，蟬之大而黑色者。有五德：文、清、廉、儉、信。一名蝘蚒，《字林》云：或作「蟟」。一名蚒蟟，青、徐謂之螇螰，楚人謂之蟪蛄，秦、燕謂之蛥蚗，或名之蜓蚞。

〔一〕「游」，原本作「蝣」，據《爾雅翼》卷二十五「蜉蝣」條改。

〔二〕以上爲毛《傳》語。《詩集傳》無類似語。

《爾雅》云「蜩，蜋蜩」，郭註：「《夏小正》傳曰：蜋蜩者，五彩具。」鄭注：「此即四五月間小蟬，有文彩，先諸蟬而鳴者。」《爾雅》又云「螗，蜩」，郭註：「《夏小正》傳曰：『螗蜩者，蝘。』俗呼爲胡蟬，江南謂之螗蛦。」鄭註：「螗即螗蜋也，亦能在草叢中鳴。」《爾雅》又云「蚻，蜻蜻」，郭註：「如蟬而小。《方言》云『有文者謂之𧎴』，《夏小正》曰『鳴蚻，虎懸』。」鄭註：「蚻音扎。此即一種蟬，似蜻蜓，其鳴無韻，但扎扎然。」《爾雅》又云「蠽，茅蜩」，郭註：「江東呼爲茅截，似蟬而小，青色。」鄭註：「蠽音節。茅蜩，有青、紅二種，只在茅菅中，亦是五月時鳴。」《爾雅》又云「蝒，馬蜩」，郭註：「蜩中最大者爲馬蟬。」鄭註：「蝒音緜。馬蜩最大，其聲響震巖谷。」《爾雅》又云「蜺，寒蜩」，郭註：「寒螿也，似蟬而小，青色。《月令》曰『寒蟬鳴』。」鄭註：「寒蜩，即寒螿也，一名螇蛄。」《爾雅》又云「蜓蚞，螇螰」，郭註：「即蝭蟧也，一名螇蛄，齊人呼螇螰。」鄭註：「蜓蚞，音挺木。」邢《疏》：「此辨蟬之大小及方言不同之名也。云蜩者，目諸蜩也。蜋蜩，五采具者也。螗蜩，俗呼曰蟬，似蟬而小，鳴聲清亮者也。蚻，一名蜻蜻，如蟬而小，有文者也。蠽，一名茅蜩，似蟬而小，青色者也。蝒，一名馬蜩，蟬之最大者也。蜺，一名寒蜩，又名寒螿，似蟬而小，青赤色者也。關東謂螇蛄爲蜓蚞，齊謂之螇螰也。螗蜩者，蝘者，舍人曰『皆蟬也』。方語不同，三輔以西爲蜩，梁、宋以東謂蜩爲蝘，青、徐人謂之螇螰。

然則螗、蝘亦皆蟬也，《大雅・蕩篇》云『如蜩如螗』是也。蚻，舍人曰『小蟬也』。蜻蜻者，按《方言》云『蟬，楚謂之蜩，宋、衛之間謂之螗蜩，陳、鄭之間謂之蜋蜩，秦、晉之間謂之蟬，海岱之間謂之䖿，其小者謂之麥蚻，有文者謂之螓』是也。《衛風〔一〕・碩人》云『螓首蛾眉』，鄭玄：『螓，謂蜻蜻。』此蟲額廣而且方，故以比婦人之首者也。某氏解此，云『鳴蚻蚻者也』。彼云『鳴蚻蚻者』，『虎懸也，鳴而後知，故先鳴而後蚻』是也。《月令》曰『寒蟬鳴』者在七月，鄭註云：『寒蟬，寒蜩，謂蜺是也。』《方言》云『蛥蚗，齊謂之螇螰，楚謂之蟪蛄』，《楚辭》云『蟪蛄鳴兮啾啾』是也。或謂之蛉蛄，秦謂之蛥蚗，自關而東謂之虭蟧，或謂之蝭蟧，或謂之蜓蚞，然則亦皆蟬之別耳。」

《廣雅》云：「蚑蛣，蟬也。蛥蚗，蚻也。蟪蛄，蛉蛄，蝭蟧，蛁蟟也。」《夏小正》云：「五月螗蜩鳴，螗蜩鳴者，匽也。七月寒蟬鳴，蟬也者，蝭蠑也。」

《本草》：「蚱蟬生楊柳上，五月採，蒸乾之。」陶隱居云：「蚱即是瘂蟬，雌蟬也，不能鳴者。蟬類甚多。《莊子》云『蟪蛄不知春秋』，則是今四月五月小紫青色者。而《離騷》云『蟪蛄鳴兮啾啾，歲莫兮不自聊』，此乃寒螿耳，九月十月中鳴甚凄急。又二月中

〔一〕「衛風」，原本作「詩人」，據《四庫》本改。

便鳴者，名螓母，似寒螿而小。七月八月鳴者，名蛁蟟，色青。今此云生楊柳樹上，是《詩》云『鳴蜩嘒嘒』者，形大而黑，傴僂丈人掇此，昔人噉之，故《禮》有『蜩、范』。此蜩五月便鳴，俗云『五月不鳴，嬰兒多災』。」蘇恭云：「蚱蟬，即鳴蟬也。」

《易通卦驗》云：「《姤》上九候，『蟬始鳴。不鳴，國多妖言』。蟬應期鳴，舌語之象〔一〕，今失節不鳴，鳴則失時，故多妖言。」《援神契》云：「蟬無力，故不食。」《周書》曰：「夏至又五日，蜩始鳴；不鳴，貴臣放逸。立秋之日，寒蜩鳴；不鳴，人臣不力争。」

《埤雅》：「按『如蜩如螗』，則蜩與螗實非一物。蓋蜩亦蟬之一種，形大而黑，昔人啖之，《禮》有『雀、鷃、蜩、范』是也。一名蟬，爲其變蜕而禪，故曰蟬。舍卑穢，趨高潔，其禪足道也。舊説『朽木化爲蟬，壞裙化爲蝶，腐菌化爲蜂』，又曰『蟬三十日而化』。段柯古云：『蟬未脱時名復育，相傳言蛣蜣所化。韋翾嘗冬中掘樹根，見復育附于朽處，怪之。村人言蟬固朽木所化也。翾因剖視腹中，猶實爛木。』」

《爾雅翼》：「『蜩，蜋蜩，螗蜩』，舍人云：『皆蟬。』《方言》：『楚謂蟬爲蜩，宋、衛謂之螗蜩，陳、鄭謂之蜋蜩，秦、晉謂之蟬。』是蜩螗一物，方俗異名耳。《荀子》：『耀蟬

〔一〕「舌」，原本作「古」，據《太平御覽》卷九百四十四引《易通卦驗》改。《四庫》本作「言」，非。

者，務在明乎火、振其樹而已。』説者謂南方人照蟬，取而食之。《古今註》云：『一名王女。』董仲舒曰：『齊王之后，怨王而死，變爲蟬，故名齊女。』」

《詩緝》：「毛氏於《蕩篇》云：『蜩，蟬也。螗，蝘也。』其説是矣。於《七月篇》乃云『蜩螗』者，蓋舉其類以相明，非以蜩爲螗，自爲異同也。」《論衡》云：「蟬生于復育，開背而出。」故《爾雅》云「翥醜鋝」，郭註：「剖母背而出。」邢《疏》：「謂蟬屬。」

禮：冠飾附蟬。徐廣《車服雜註》云：「侍臣加貂蟬者，取其清高飲露而不食。」陸雲《寒蟬賦》云：「頭上有緌，則其文也。含氣飲露，則其清也。黍稷不享，則其廉也。處不巢居，則其儉也。應候守常，則其信也。加以冠冕，取其容也。」

按：《爾雅》所謂蜩，即吴俗所謂蟬，其總名也。《詩》所載凡四。如《七月篇》「五月鳴蜩」，雖是泛詠，大約五月一陰生，蜩感之而鳴，惟蜋蜩、茅蜩耳。如《小弁篇》「鳴蜩嘒嘒」，覽物起興，猶鄒陽《柳賦》云「蜩螗厲響」也，《本草》謂「蚱蟬生楊柳上，即是馬蜩」，引此詩爲證，誤矣。如《碩人篇》「螓首蛾眉」，即《爾雅》所謂「蚻，蜻蜻」，《夏小正》所謂「虎懸」，揚雄所謂「蠀蜻之疋」者也。若此詩「如蜩如螗」，借以形容其喧譁，猶下句「如沸如羹」，豈容析「沸羹」爲二乎？毛《傳》、陸《疏》俱云二種，山陰陸氏附會其説，宜羅氏闢其非矣。至于因地異名，莫詳于邢《疏》；隨時異種，莫詳于《月令》。但蟪蛄有二種，《莊子》稱「不知春秋」者，夏蟲，小紫青色者也；《楚詞》稱「其鳴啾啾」者，《爾雅》所謂「蜓蚞，螇螰」也。陶貞白輩以蟪蛄即寒蜇，非也。鄭漁仲云「蜆，寒蜩，即寒蜇，《月令》『七月寒蟬鳴』是也」，知寒蜩不瘖矣。《方言》云「寒蟬者，瘖蜩也」，或以難子雲，不知寒蟬即瘖蟬，其初瘖，得寒露冷風乃鳴，《方言》原其始，故云瘖耳。

伊威在室（《豳風·東山》）

伊威，一名委黍，一名鼠婦，在壁根下甕一本多一「器」字。底土中生，似白魚者是也〔一〕。

《爾雅》云「蟠，鼠負」，郭註：「瓮器底蟲。」邢《疏》：「此與下『蛜威，委黍』是一，故下註『委黍』云：『舊説鼠蟠別名。』則此蟲一名蟠，一名鼠負，負或作婦，《本草》作婦，一名蛜威，一名委黍也。陶註《本草》云：『多在鼠坎中，鼠背負之。』然爲鼠婦及鼠婦則似乖。《詩·東山》云『蛜威在室』是也。」鄭註：「蟠音煩。瓮底下白粉蟲也。」《爾雅》又云「蛜威，委黍」，郭註：「舊説鼠婦別名，然所未詳。」鄭註：「即鼠負也。蛜音伊。」

《本草》：「鼠婦一名負蟠，一名蛜蝛，一名蟠蛷，生魏郡平谷及人家地上。五月五

〔一〕「者是也」三字，趙佑以爲可去。

日取。」禹錫按：「《蜀本註》云：俗亦謂之鼠粘，猶如葈耳名羊負來也。」《衍義》曰：「鼠婦，此溼生蟲也，多足，其色如蚓，皆有橫紋蹙起，大者長三四分，在處有之，甎甃及下溼處多。用處絕少。」

《埤雅》：「伊威，形似白魚而大，食之令人善淫術，曰『鼠婦，淫婦是也』。蓋鼠婦一名鼠姑，亦或謂之鼠粘，鼠婦猶鼠姑也，鼠粘猶鼠負也。因溼化生，今俗謂之溼生。」劉氏曰：「伊威，壁落間小蟲也，無人埽則蟲行于室。」

蠨蛸在户（《豳風·東山》）

蠨蛸，長踦，亦名長脚，荆州、河内人謂之喜母。此蟲來著人衣，當有親客至，有喜也，幽州人謂之親客。亦如蜘蛛，爲網羅居之。

《爾雅》「蠨蛸，長踦」，郭註：「小鼅鼄，長脚者俗呼爲喜子。《東山》云『蠨蛸在户』是也。」

《埤雅·釋蟲》云：「『蠨蛸，長踦』，蕭梢，長踦之貌，因以名云。亦如蜘蛛布網垂絲，著人衣，當有親客至，荆州、河内之人謂之喜母。」

《爾雅翼》：「《詩》曰『蠨蛸在户』，言爲網于户也。陸賈曰：『目瞤得酒食。燈花得錢財。乾鵲噪，行人至。蜘蛛集，百事喜。』《劉子》曰：『今野人晝見蟢子者，以爲有喜樂之瑞；夜夢見雀者，爵位之象。然見蟢子者未必有喜，夢雀者未必彈冠，而人悦之者，以其利人也。』今人以早見爲喜，晚見爲常。又云在頭則有喜事。荆楚之俗，七月七日設瓜果于庭以乞巧，有喜子網于瓜上，則以爲得巧。」

陸氏曰：「蠨蛸名長踦，小如蜘蛛而足長，喜結網當户，人觸之，則伸前後足如草，使人不疑爲蟲，故名長踦。」崔豹云：「蠨蛸身小足長。」《詩緝》：「傳曰：蠨蛸，長踦也。踦音欺，脚也。」

碩鼠〔一〕（《魏風·碩鼠》）

樊光謂即《爾雅》「鼫鼠」也。許慎云：「鼫鼠，五伎鼠也。」今河東有大鼠，能人立，交前兩脚于頸上，跳舞善鳴，食人禾苗，人逐則走入樹空中，亦有五伎。或謂之雀鼠，其形大，故《序》云大鼠也。魏，今河東、河北縣也，《詩》言其方物，宜謂此鼠非鼫鼠也〔二〕，今大

〔一〕趙佑以爲小題當依《詩》本文重「碩鼠」二字。

〔二〕「鼫鼠也」三字，原本闕，趙佑據《詩疏》補正，從之。

鼠又不食禾苗。《本艸》又謂螻蛄爲石鼠，亦五伎。古今方土名蟲鳥，物異名同，故異也。

《爾雅》「鼫鼠」，郭注：「形大如鼠，頭似兔，尾有毛，青黄色。好在田中食粟豆。關西呼爲鼩鼠。見《廣雅》。」邢《疏》云：「鼫鼠者，孫炎曰『五伎鼠』，許慎云：『鼫鼠，五伎：能飛不能上屋，能遊不能渡谷，能緣不能窮木，能走不能先人，能穴不能覆身。』此之謂五伎。蔡邕以此爲螻蛄，〔鼠瞿〕音瞿，今本作鼩，誤也。案《詩·魏風》云『碩鼠碩鼠』。」《博雅》：「鼫，鼩，鼫鼠。」《埤雅》：「鼫鼠，害稼者，一名雀鼠。」《爾雅翼》釋「相鼠有禮」云：「今河東有大鼠，能人立，交兩脚于頸上，或謂之雀鼠。韓退之所謂『禮鼠拱而立』者也。」釋「鼯鼠」云：「鼯狀如小狐，翼大，率如服翼，翅、尾、項、脇毛紫赤色，背色蒼艾，腹下黄，喙頷雜白。脚短爪長，尾三尺許。好暗夜行，飛且乳，亦謂之飛生。聲如人呼，食火煙，能從高赴下，不能從下上高。東吴諸郡皆有之，又謂之梧鼠。《荀子》曰『梧鼠五技而窮』，謂能飛不能上屋，能緣不能窮木，能遊不能渡谷，能穴不能掩身，能走不能先人，雖多技能，皆有窮極也。」一名夷由，一名鸓，又名飛鸓，又名鸓鼠，雖同有五技，恐非鼫鼠之類。

《文子》云：「聖人師拱鼠制禮。」《録異記》云：「拱鼠形如常鼠，行田野中，見人即拱手而立。人近欲捕之，即跳躍而走去。秦川有之。」《古今注》曰：「螻蛄一名碩鼠，其五伎與鼫鼠同。」《序》云「貪而畏人，若大鼠然」，故知大鼠爲斥君，亦是興喻之義也。《詩緝》：「《解頤新語》曰：蠶之食桑，無時而厭，食盡而後已，喻重斂者莫切于此。鼠食物且食且驚，四顧不寧，喻貪畏者莫切于此。」

按：《爾雅》載鼠屬凡十三種，鼫鼠與鼩鼠大小不同。鼩鼠一名鼱鼩，一名鼨鼩，不知景純何以相混。至若「相鼠有皮」之相鼠，或云相州所出之大鼠，似，引拱鼠作證，與《詩》旨合。羅氏以爲即河東大鼠，恐未必然。据陸氏云，螻蛄爲石鼠，物異名同也，或指此碩鼠爲螻蛄，且曰「𧒒，螻蛄，食苗根」，故詩人戒之。然螻蛄未見有食黍麥者，豈當年河汾之間獨爲祟耶？

爲鬼爲蜮

坊刻「如鬼如域」，非。（《小雅·何人斯》）

蜮，短狐也，一名射影。如鼃一作「鼈」。三足，江淮水濱皆有之。人在岸上，影見水中，投人影則殺之，故曰射影也。南方人將入水，先以瓦石投水中，令水濁，然後入。或曰含細沙射人，入人肌，其瘡一作「創」。如疥。

《廣雅》：「射工，短狐，蜮也。」毛《傳》「蜮，短狐也」，陸氏云：「狀如鼈，三足，一名射工，俗呼之水弩。在水中含沙射人，一云射人影。」《正義》曰：「《洪範五行傳》云：

『蜮如鼈，三足，生于南越。南越婦人多淫，故其地多蜮，淫女惑亂之氣所生也。』

《埤雅》：「蜮含水射人，一曰含沙射人之影，《稽聖賦》所謂『蛷旋于影，蜮射于光』是也。一名射工，一名溪毒。有長角，横在口前如弩檐，臨其角端，曲如上弩，以氣爲矢，用水勢以射人，故俗呼水弩。《春秋》曰『秋有蜮』，即此是也。然畏鵞，鵞能食之，《禽經》所謂『鵞飛則蜮沉，鵙鳴則蛇結』。《詩》曰『爲鬼爲蜮，則不可得』，言鬼無形而蜮性陰害，射人之影，則皆莫可究矣。《五行傳》曰『南越淫惑之氣生蜮』，蜮之言惑也。《字説》曰：『蜮不可得也，故或之。』今蛷螋溺人之影，亦是類。《造化權輿》曰：『短狐射氣，蛷螋遺溺，中影則疾，人氣數感之故也。』」

《爾雅翼》：「蜮一名短弧，一名射工，一名溪毒。生江南山溪水中，甲蟲之類也。長一二寸，有翼能飛，口中有横物如角弩，如聞人聲，以氣爲矢，激水以射，人隨所著處發瘡。中影者亦病，而瘡不即發，病如大傷寒，不治殺人。或曰：見人則以氣射人，去二三步即射，所中什六七死。冬月蟄澗谷間，大雪時索之，此蟲所在，其雪不積，氣起如蒸，掘之，不過入地一尺則得也。《詩》曰『爲鬼爲蜮，則不可得』，以况陰中人者。劉向以爲生南越，劉歆以爲蜮盛暑所生，非自越來。説者又言水弩狀如蟯蜋，尾長四寸，即弩也，見人影則射。《南越志》云：『水弩四月一日上弩，射人影，至八月卸弩。』此云弩在口，彼云弩在尾，差不同。顔師古以爲『短弧即射工，亦呼水弩』，當是一物。而《説文》稱蜮『似鼈，三足，以氣射害人』，孫愐亦稱『蜮，短弧，狀似鼈，含沙射人』，陸璣《詩疏》亦云是三足鼈，鯀所化爲能者，與甲蟲有異，姑兩存之。」

朱注：「蜮，短狐也，江、淮水皆有之。能含沙以射水中人影，其人輒病，而不見其形也。」《周禮》「壺涿氏掌除水蟲」，注：「狐蜮之屬。」《韓詩外傳》云：「短狐，水神也。」《抱朴子》云：「蜮，水蟲也，狀如鳴蜩，有翼能飛。」《玄中記》云：「水狐者，視其形蟲也，其氣乃鬼也。長三四寸，色黑，廣寸許，背上有甲厚三分許。其頭有角，去二三步則氣射人，中十人，六七人死。鴛鴦、鸑鷟、蟾蜍悉食之。」《東方朔傳》「人主之大蜮」，師古云：「魅也。」按諸家之説不一，惟《玄中記》云「其形蟲也，其氣乃鬼也」二語盡之矣。較之蟯蛕、鳴蜩，恐太不倫。彼有翼能飛者，或又一種，非師曠所云「鶩飛則沉」者也。

卷髮如蠆（《小雅・都人士》）

蠆，一名杜伯，河内謂之蚊，幽州謂之蠍。

毛《傳》：「蠆，螫蟲也。尾末揵然，似婦人髮末曲上卷然。」《釋文》：「蠆，敕邁反，又敕界反。蠚蟲也。《通俗文》云『長尾爲蠆，短尾爲蠍』。」《正義》：「《左傳》曰『其父死於路，己爲蠆尾』，言蠆尾有毒也。」《廣雅》：「杜伯，蝨，蠆，蠍也。」《爾雅翼》：「《說文》曰：『蠆，毒蟲也，象形。』蓋象其奮螫曳尾之形，今之蠍也。說者以爲鼠負之大者多化爲蠍。《葛洪方》云：『蠍，中國多此，江南無也。』或云江南舊無蠍，開元初，嘗有主簿盛過江，至今江南往往有之，俗呼爲主簿蟲。蜥易能食之，故蜥蜴一名蠍虎。又爲蝸牛所食，先以跡規之，不復去。今人或爲蠍螫者，以蝸牛涎塗之，痛立止。蠍前謂之螫，後謂之蠆。《晉語》申生曰『雖蠍譖，焉避之』，《左傳》曰『蠭蠆有毒』，又曰『己爲蠆尾，以令于國』，《莊子》曰『其智憯于蠆蠍之尾』，然則爲害甚矣。今醫家謂蠆尾爲蠍梢。蒯通曰：『猛虎之猶與，不如蠭蠆之致螫。』嵇含謂〔一〕：諺曰『過滿百，爲蠆所螫』。唐制：三月上巳日，賜侍臣柳棬〔二〕，云帶之免蠆毒。索靖草書名蠆尾。」陶隱居云：「蠍有雌雄，雄者螫人，痛止在一處，雌者痛牽諸處。」

胡爲虺蜴（《小雅·正月》）

虺蜴，一名蠑螈，水蜴也。或謂之號蜼，或謂之蛇醫。如蜥蜴，青緑色，大如指，形狀可惡。

〔一〕「嵇含」，原本作「稽含」，據《爾雅翼》卷二十六改。
〔二〕「柳棬」前原本衍「柜」字，據《爾雅翼》卷二十六「蠆」條删。

《爾雅》「蠑螈，蜥蜴。蜥蜴，蝘蜓。蝘蜓，守宮也」，邢《疏》：「《詩・小雅・正月》『胡爲虺蜴』，謂此也。蠑螈、蜥蜴、蝘蜓、守宮，一物，形狀相類而四名也。《字林》云：『蠑螈，蛇醫也。』《説文》云：『在草曰蜥蜴，在壁曰蝘蜓。』《方言》云：『秦、晉、西夏謂之守宮，或謂之蠦蝘，或謂之蜥蜴。南陽呼蝘蜓，其在澤中謂之蜥蜴。南楚謂之蛇醫，或謂之蠑螈。東齊、海岱之間謂之螔蜍。北燕謂之祝蜓。』案此諸文，則在草澤者名蠑螈、蜥蜴，在壁者名蝘蜓、守宮也。鄭注：『小而青者曰蜥蜴，大而黄者曰蝘蜓，最小在墻間砌下者曰守宮。』種類既異，而此釋爲一物，恐亦未審也。」鄭《箋》：「虺蜴之性，見人則走。」

《本草》：「石龍子，一名蜥蜴，一名山龍子，一名守宮，一名石蜴。生平陽川谷及荆山石間[一]。」陶隱居云：「其類有四種。大形純黄色，爲蛇醫。次似蛇醫，小形長尾，見人不動，名龍子。次有小形，五色，尾青碧可愛，名蜥蜴，不螫人。一種善緣籬壁，名蝘蜓，形小而黑，乃言螫人必死，而未常聞中人[二]。」《唐本注》云：「蛇師生山谷，頭大尾

[一]「及」，原本作「各」，據《證類本草》卷二十一「石龍子」條改。
[二]「聞」字原本闕，據《證類本草》卷二十一「石龍子」條引陶隱居補。

短小。青黃或白斑者是蝘蜓。似蛇師，不生山谷，在人家壁間，名守宮，又名蠍虎。其名龍子及五色者，蜇蜴耳。形皆細長，尾與身相類，似蛇，四足。」《古今注》云：「蝘蜓，一曰守宮，一曰龍子，善于樹上捕蟬食之。其長細五色者名蜇蜴。其短大者名蠑螈，一曰蛇醫。大者長三尺，色玄紺，善魅人。一曰玄螈，一曰綠螈。」《詩詁》云：「守宮、蜇蜴二物。蜇蜴尾通于身，如蛇而加足，有黑色者，有青綠色者，常居草間。守宮褐色四足，有尾，偃伏壁間，故名蝘蜓，亦謂守宮。」

《埤雅》：「蜥蜴一名蜥易，日十二時變色，故曰易也。舊曰『蜥易嘔雹』，蓋龍善變，蜥善易，故《乾》以龍況爻，其書謂之易爻者，言乎其變也。《象》之義出于象，《彖》之義出于豕，《易》之義出于易，皆取諸物也。蜥易一名蛇醫。舊説蛇體有傷，此輒銜草傅之，故有醫之號也。《考工記》注云：『脰鳴，鼃黽屬。注鳴，精列屬。旁鳴，蜩蜺屬。翼鳴，發皇屬。股鳴，蚣蝑屬。胸鳴，榮原屬。』馬融《周官》作『以胃鳴』，干寶《周官》作『以骨鳴』，説者以爲三字相近，雖容有誤，而馬、鄭與干皆前世名儒，或所授師説不同。按《説文》『蠵，大龜也，以胃鳴者』，則馬本作『以胃鳴』當謂蠵屬。《三教珠英》云：『守宮，鱗色如蛇而四足，亦與魚合。』」

《爾雅翼》：「蝘蜓，似蜥蜴，灰褐色，在人家屋壁間。狀雖似龍，人所玩習。一名守宮，又名壁宮。東方朔射覆詞云『臣以爲龍又無角，謂之爲蛇又有足，跂跂脈脈善緣壁，是非守宮即蜥易』，蓋言此也。《博物志》云：『以器養之，食以真朱，體盡赤。所食滿七斤，擣萬杵，以點女人體，終身不滅，偶則落，故號守宮。』漢武嘗用之。按《説文》『蜥易』之『易』：『象形。秘書説：日月爲易，象陰陽也。』則經陰陽一交而變易，似有此理。然所謂守宮者，亦以其常在屋壁間，有守之象，如鳥有澤虞者，常在田中，俗呼爲護田鳥之類，不必塗血而後爲守也。舊説蛇醫、龍子、蜥易三者並不螫人，蝘蜓乃聞螫人必死，然未聞有中之者，特善捕蝎，俗號蠍虎。又一種色似此而能入水，按《毛詩正義》名水蜥蜴。」

《方言》云「桂林之中，守宮大而能鳴，謂之蛤解」，注：蜇蝪，「南陽呼蝘蜓」；螔蟙，「斯侯二音。似蜇易，大而有鱗。今所在通言蛇醫」；蛤解，「似蛇醫而短，身有鱗采，江東呼蛤蚧」[一]。

領如蝤蠐（《衛風·碩人》）

蝤蠐，生糞中。《爾雅》曰：「蟦，蠐螬也。蝤，蠐蝎也。」

《爾雅》「蟦，蠐螬」，又云「蝤，蠐蝎」，邢《疏》：「此辨蝎在土在木之異名也。其在

[一]「蚧」，原本作「蚢」，據《方言》卷八郭璞注改。

糞土中者名蟦蠐，又名蠐螬。其在木中者，《方言》云『關東謂之蝤蠐，梁、益之間謂之蝎』。上文『蝎，蛣蝠』，郭云『木中蠹』；下文『蝎，桑蠹』，郭云『即蛣蝠』。然則蟦蠐也，蠐螬也，蝤蠐也，蛣蝠也，桑蠹也，蝎也，一蟲而六名也。以在木中者白而長，故詩人以比婦人之頸，《碩人》云『領如蝤蠐』是也。」

《埤雅》：「舊説蝤蠐生于木中，内外潔白，符子所謂『石生金，木生蝎』是也。蟦蠐在糞草中，外黄内黑，亦或謂之蠐螬，《列子》所謂『烏足之根爲蠐螬』是也。蠐螬大者如足大指，以背行〔一〕，乃駛于脚。《造化權輿》云『蛇豸腹竄，蠐螬背行』，今俗謂之蟦螬。《方言》曰：『蟦螬謂之蟦，自關而東謂之蝤蠐。』舊云蠐螬化爲復育，復育轉而爲蟬。蓋蟬之去復育，龜之解甲，蛇之脱皮，可謂尸解矣。」

《爾雅翼》：「『蟦〔二〕，蠐螬』，糞土中蟲。又云『蝤，蠐蝎』，謂在木中者。二物大抵相似，以所處爲異。蝤蠐，在腐柳中者，内外潔白，故詩人以比碩人之領。《七辨》云「蝤蠐之領，阿那宜顧」是也。〔三〕其所謂蝎，非蠆尾之蝎也。《淮南萬畢術》曰『黍成蠐螬』，言以秋冬

〔一〕「背」，原本作「脚」，據《埤雅》卷十「蟦蠐」條改。
〔二〕「蟦」，原本作「蝤」，據《爾雅翼》卷二十四「蝤蠐」條改。
〔三〕「七辨云」一句，爲毛氏小注，誤入正文。今改小字。

穫黍置溝中即生蠐螬也。説者以爲齊人曹氏之子所化。揚雄《方言》乃云『或謂之喧螜，或謂之蝎，或謂之蛭，或謂之天螻』，此其爲物多矣，非止一蠐螬也。《説文》作『𧍺𧐢』。」

毛《傳》：「蝤蠐蝎蟲。」陶隱居云：「一名蟦蠐，雜猪蹄作羹，與乳母不能別。」陳藏器云：「蠐螬居糞土中，身短足長，背有毛筋，但從水，入秋化爲蟬。蝎在朽木中，食木心，穿如錐刀，一名蠹，身長足短，口黑無毛，節慢。至春羽化爲天牛，兩角狀如水牛，色黑，形質又別。蘇恭乃混其狀，總名蠐螬，乃千慮一失矣。」此即木中蠹蟲亦曰桑蠹，故古者謂從中起，謂之蝎譖。

《名物疏》：「蟦蠐、蝤蠐，二物也。蟦蠐一名螬，亦名蠐螬，一名䖧齊，一名螜齊。《莊子》云『烏足根所化』，《淮南》云『黍成』，王充云『化復育轉爲蟬』，《博物志》云『以背行，駃便于用足者』也。蝤蠐，一名蝎，一名蠹，一名桑蠹，一名蛣蝠，生于桑、柳、柏及構木中，諸腐木根下亦多有之。本是二種，陶隱居及蘇恭俱混爲一，誤也。蝎自蝤蠐之異名，非蠆尾之蠍也。天螻，《爾雅》云『螜』，即螻蛄也。揚子雲言蠐螬『或謂之天螻』，然則亦異物同名，非《爾雅》之螜矣。」〔一一〕

〔一一〕丁晏本於此下附以三條《陸疏》，爲王本所脱者，其中「野有死麕」、「駉駉牡馬」二條亦不見於毛本。今補入附録。

魯詩

申公培，魯人，少事齊人浮丘伯受《詩》。爲楚王太子戊傅。及戊立爲王，胥靡申公。申公媿之，歸魯，以《詩經》爲訓以教，無傳，疑者則闕不傳〔一〕，是爲《魯詩》。于是蘭陵王臧、代趙綰皆從申公受學。臧爲郎中令，綰爲御史大夫，皆以明堂事自殺。其他弟子，如同郡臨淮太守孔安國，膠西内史周霸，城陽内史夏寬，東海太守碭魯賜，長沙内史蘭陵繆生，膠西中尉徐偃，膠東内史鄒人闕門慶忌，治官皆有廉節稱。申公卒，瑕丘江公盡能傳之，以授魯許生、免中徐公。而韋賢治《詩》，事江公、許生，至丞相。傳子玄成，亦至丞相。及兄子賞，以《詩》授哀帝，至大司馬。由是《魯詩》有韋氏學。而東平王式以事徐公、許生，爲昌邑王師。其後山陽張長安，東平唐長賓，沛褚少孫，亦先後事式，爲博士，由是又有張、唐、褚氏之學。張生兄子游卿，以《詩》授元帝，爲諫大夫。其門人琅琊王扶爲泗水中尉，陳留許晏爲博士，由是張家更有許氏學。初，薛廣德亦事王式，以博士論石渠，授龔舍。廣德至御史大夫，舍至山陽太守。時平原高嘉亦以《詩》授元帝，爲上谷太守。傳子

〔一〕「者則闕不傳」五字，原本闕，趙佑據《漢書·儒林傳》及《釋文序録》補，從之。

容，少爲光禄大夫。孫詡，以父任爲郎中，以世傳《魯詩》知名，王莽時逃去不仕。又有曲阿包咸，師事博士右師細君，習《魯詩》，亦去歸鄉里。世祖即位，徵詡爲博士，至大司農。咸舉孝廉，除郎中，至大鴻臚。永平初，任城魏應亦以習《魯詩》爲博士，徵拜騎都尉，卒于官。

齊詩

轅固生，齊人，以治《詩》，孝景時爲博士。竇太后好《老子書》，召問，固曰：「此家人言耳。」太后怒，令固刺彘。帝憐之，以利兵與固，彘應手倒。後帝以固廉直，拜爲清河王太傅。固老罷歸，已九十餘矣。公孫弘亦事固。固授昌邑太傅夏侯始昌，始昌授東海㶏人后蒼。蒼爲博士，至少府。蒼授諫大夫翼奉，前將軍蕭望之，丞相匡衡。衡授大司空琅邪師丹，高密太傅伏理，詹事潁川滿昌。由是《齊詩》有翼、匡、師、伏之學。滿昌又授九江張邯，琅邪皮容，皆至大官。其後伏黯傳理家學，改定章句，作《解説》九篇，位至光禄勳。以授嗣子恭，恭以黯任爲郎，永平中拜司空。恭删黯章句，定爲二十萬言，年九十卒。又蜀郡任末、廣漢景鸞皆以明習《齊詩》教授著述而卒。

韓詩

韓嬰，燕人，景帝時爲常山太傅。嬰推《詩》之意而作内外《傳》，其言頗與齊、魯間殊。淮南賁生受之。燕、趙間言《詩》者由韓生。河内趙子事嬰，授同國蔡誼。誼至丞相。誼授同國食子公與王吉，爲昌邑王中尉。食生爲博士，授泰山栗豐。豐〔一〕授淄川長孫順。順爲博士，豐爲部刺史。由是《韓詩》有王、食、長孫之學。豐授山陽張就，就〔二〕授東海髮福，皆至大官。建武初，博士淮陽薛漢傳父業，尤善説災異、讖緯，受詔定圖讖。當世言《詩》推爲長，後爲千乘太守，坐事下獄死。弟子犍爲杜撫、會稽澹臺敬伯、鉅鹿韓伯高最知名。撫定《韓詩章句》，建初中爲公車令，卒官。其所作《詩題約義通》，學者傳之，曰「杜君註」。撫授會稽趙曄，曄舉有道。時又有光禄勳九江召馴，閬中令巴郡揚仁，山陽張匡，皆習《韓詩》。匡爲作章句，舉有道，徵博士，不就。

〔一〕「栗豐豐」，原本作「豐吉吉」，據《漢書・儒林傳》改。
〔二〕二「就」，原本皆作「順」，據《漢書・儒林傳》改。

毛詩

孔子删《詩》，授卜商。商爲之序，以授魯人曾申，〔一〕申授魏人李克，克授魯人孟仲子，仲子授根牟子，〔二〕根牟子授趙人荀卿，荀卿授魯國毛亨〔三〕。亨作《詁訓傳》，以授趙國毛萇。時人謂亨爲大毛公，萇爲小毛公。以其所傳，故名其《詩》曰《毛詩》。萇爲河間獻王博士，授同國貫長卿，長卿授阿武令解延年，延年授徐敖，敖授九江陳俠，爲新莽講學大夫。由是言《毛詩》者本之徐敖。時九江謝曼卿亦善《毛詩》，乃爲其訓。東海衛宏從曼卿受學，因作《毛詩序》，得風雅之旨，世祖以爲議郎。濟南徐巡師事宏，亦以儒顯。其後鄭衆、賈逵傳《毛詩》，馬融作《毛詩傳》，鄭玄作《毛詩箋》。然《魯》、《齊》、《韓詩》三氏皆立博士，惟《毛詩》不立博士耳。

右《毛詩疏》二卷，或曰吴太子中庶子烏程令陸璣作也，或曰唐吴郡陸璣作也。陳

〔一〕「曾申」，原本作「魯身」，趙佑據《釋文序録》改，《四庫》本改作「曾申」。下「申」字原闕，趙佑依《序録》補。《四庫》本有「申」字，據補。

〔二〕「根」，原本作「振」，據《四庫》本改。下同。

〔三〕「亨」，原本作「享」，據《四庫》本改。下同。

氏辨之曰：「其書引《爾雅》郭璞注，則當在郭之後，未必吴時人也。」但諸書援引多誤作「機」。案：機字士衡，晉人，本不治《詩》，則此書爲唐人陸璣字元恪者所撰無疑矣。後世失傳，不得其真，故有疑爲贗鼎者。或又曰：「贗則非贗，蓋摭拾群書所載，漫然釐爲二卷，不過狐腋豹斑耳。」其説近之。海隅毛晉識。

附録

四庫全書總目提要

《毛詩草木鳥獸蟲魚疏》二卷，吴陸璣撰。明北監本《詩正義》全部所引皆作陸機。考《隋書·經籍志》，《毛詩草木蟲魚疏》二卷，注云：烏程令吴郡陸璣撰。陸德明《經典釋文序録》，陸璣《毛詩草木鳥獸蟲魚疏》二卷，注云：字元恪，吴郡人，吴太子中庶子、烏程令。《資暇集》亦辨璣字從玉，則監本爲誤。又毛晉《津逮秘書》所刻，援陳振孫之言，謂其書引《爾雅》郭璞注，當在郭後，未必吴人，因而題曰「唐陸璣」。夫唐代之書，《隋志》烏能著録？且書中所引《爾雅注》，僅及漢犍爲文學、樊光，實無一字涉郭璞，不知陳氏何以云然？姚士粦跋已辨之，或晉未見士粦跋歟？原本久佚，此本不知何人所輯，大抵從《詩正義》中録出。然《正義》《衛風·淇澳篇》引陸璣《疏》「淇、澳，二水名」，今本乃無此條，知由採摭未周，故有所漏，非璣之舊帙矣。又《衛風》「椅桐梓漆」一條，稱「今雲南牂牁人績以爲布」，考《漢書·地理志》益州郡有雲南縣，《後漢書·郡國志》永昌郡有雲南縣，皆一邑之名。《唐書·地理志》姚州雲南郡，武德四年以漢雲南縣地置，蓋至是始升爲大郡，而袁滋《雲南記》、竇滂《雲南別録》諸書作焉。璣在三國，即以雲南配牂牁，似乎諸家傳寫又有所竄亂，非盡原文。然勘驗諸書所引，一一符合，要非依託之本也。

末附四家詩源流四篇，而《毛詩》特詳。考王柏《詩疑》已詆璣所叙與《經典釋文》不合，王應麟《困學紀聞》亦議其誤以曾申爲申公，則宋本已有之，非後人所附益矣。

蟲魚草木，今昔異名，年代迢遥，傳疑彌甚，璣去古未遠，所言猶不甚失真，《詩正義》全用其說。陳啓源作《毛詩稽古編》，其駁正諸家，亦多以璣說爲據。講多識之學者，固當以此爲最古焉。

《毛詩陸疏廣要》四卷，吴陸璣撰，明毛晉注。晉原名鳳苞，字子晉，常熟人。家富圖籍，世傳影宋本多所藏收。又喜傳刻古書，汲古閣板至今流布天下。故在明季，以博雅好事名一時。嘗刻《津逮秘書》十五集，皆宋元以前舊帙，惟此書爲晉所自編。陸璣原本二卷，每卷又分二子卷。蓋儲藏本富，故徵引易繁，採摭既多，故異同滋甚，辯難考訂，其說不能不長也。其中如「南山有臺」一條，則引韻書證其佚脱；「有集維鷮」一條，則引《詩緝》證其異同，其考訂亦頗不苟。至於嗜異貪多，每傷支蔓，如「鶴鳴於九皋」一條，後附焦山《瘞鶴銘》考一篇，蔓延及於石刻，於經義渺無所關，核以詁經之古法，殊乖體例。然雖傷冗碎，究勝空疎。明季説《詩》之家，往往簸弄聰明，變聖經爲小品，晉獨言言徵實，固宜過而存之，是亦所謂論其世矣。

焦循《陸氏草木鳥獸蟲魚疏疏》前記

陸氏名璣，字元恪，吴烏程令。《隋書·經籍志》、《經典釋文》、成氏《毛詩指説》所舉悉同。或曰唐時人。毛晉《陸疏廣要跋》。今考《齊民要術》引之，則非唐人可知。歷來傳其書二卷，唐、宋《藝文志》及《玉海》、《文獻通考》諸書皆著録，則其書似未亡者，乃今此書一刻於陶宗儀《説郛》，一刻於陳繼儒之《眉公秘笈》，一刻於毛晉汲古閣《津逮秘書》，察而核之，譌舛相承，次序凌雜，明係後人摭拾之本，非璣之原書也。又《隋志》以下稱此書皆曰《毛詩草木鳥獸蟲魚疏》，《詩正義》則稱《毛詩義疏》，徐堅《初學記》、陸佃《埤雅》或稱《草蟲經》，互考之，實爲一書。秀水朱檢討分别之於《經義考》中，未免拘其名不能察其義。余以元恪之書既殘闕不完，而後世爲是學者復不能精析，因撰《草木鳥獸蟲魚釋》，既成，又據毛晉所刻之本，參以諸書，凡兩月而後定，附之卷後，有未備，閲者正焉。乾隆甲寅仲冬月江都焦循記。

趙佑《草木疏校正》自叙

陸璣《毛詩草木鳥獸蟲魚疏》二卷，元陶宗儀載在《説郛》，及明末毛晉爲之《廣要》，入《津逮秘書》。今世現行，唯此二本。以校陸德明、孔穎達、邢昺、鄭樵、羅願衆家所引，皆具其中，有引未及盡者，可藉以補其闕，正其譌，亦有明見諸引而此亡之者，蓋非完書。陶本舛錯脱棄特多，毛本較善，然於陶本之失，仍未能悉加釐正也。攷璣之本末不見於史傳。《隋·經籍志》有其書名卷數而時代未詳，唯《釋文序録》注稱字元恪，吴郡人，吴太子中庶子、烏程令。《崇文總目》《館閣書目》以爲据。嗣是，馬端臨《通考》、今朱彝尊《經義考》並載之，定爲吴時人。而陳振孫《解題》獨謂其引郭璞注《爾雅》，當在郭以後。今考其書多引《三蒼》、犍爲文學及樊光、許慎等，又有魏博士濟陰周元明，獨未一稱郭璞。唯其説多與郭同，亦有異者。德明、穎達在唐初，皆勤勤徵述之，《釋文》每引，必舉書名，罕斥名姓，其與郭注並列者，恒以先郭，則其傳之遠可知。且已編入《隋志》，而陶氏、毛氏猶並題唐人，益妄矣。二卷中于《詩》名物甚多未備，編題先後復不依經次，疑本作者未成之書，久而不免散佚，好事者爲就他書綴緝，間涉竄附，痕跡宛然，則《總目》所謂後世失傳，不得其真者。然并以其附經釋詁，窘于采獲，似非通儒所爲，又過。爰取二本異同，校以諸家别録而是正之。凡應改定題目、增訂文字可疑之處，悉附見於本文中。率以《詩》、《爾雅疏》、《釋文》爲之主，并繫之案。至毛氏所論得失，自有《廣要》在。如唐棣、常棣，已與予《詩細》適合，不暇復論。間有贅及，讀者亦可覽而知所裁也。乾隆四十四年己亥三月。

丁晏《毛詩草木鳥獸蟲魚疏叙》

《隋書·經籍志》：「《毛詩草木蟲魚疏》二卷，烏程令吴郡陸璣撰。」《唐書·藝文志》：「陸璣《草木鳥獸蟲魚疏》二卷。」宋《崇文總目》云：「世或以璣爲機，非也。機本不治《詩》，今應以璣爲正。」《初學記》「燭類」引陸士衡《毛詩草木疏》，唐人已誤爲機。幸有陸氏《釋文》璣字元恪，爵里甚明。今所傳二卷，即璣之原書，後人疑爲掇拾之本，非也。《爾雅》邢《疏》引陸璣《義疏》，《齊民要術》、《太平御覽》並稱《義疏》，兹以《陸疏》之文證之諸書所引，仍以此《疏》爲詳。《疏》引劉歆、張奂諸説，皆古義之廑存者，故知其爲原本也。間有遺文，後人傳寫佚脱爾。璣，三國時吴人，釋《詩》者自毛、鄭後以此書爲最古，烏可不寶貴而熟翫之乎？其與毛異義者，易「菉王芻」之傳，謂菉、竹爲一草，易「六駮馬」之傳，謂六駮爲木名，亦不盡依故訓。其下篇叙齊、魯、韓、毛四《詩》源流，至爲賅洽。《釋文叙録》四《詩》東漢從略，此《疏》合班、范《儒林傳》，綜貫無遺。其叙《毛詩》謂授自孟仲子，毛《傳》引孟仲子天命之説、禖宫之文，鄭《譜》引孟仲子「於穆不似」，謂孟仲子子思弟子，《漢書》具載經師而不及孟仲、曾申、根牟、荀卿，賴此《疏》傳之也。唐孔氏《正義》謂《漢書·儒林傳》毛公不言其名，而此《疏》稱魯國毛亨爲《故訓傳》，以授趙國毛萇，徐堅因之，《初學記》載《毛詩》授受，悉同此《疏》。元朗、沖遠所未聞，得此《疏》而始備。惟其去漢未遠，是以述古能詳，尤信其爲原書也。

蒙年逾六旬，目瞑意倦，炳燭之明，手自讎校，考之《詩疏》、《釋文》及唐宋類書，比勘是正。舊有毛晉《津逮秘書》本、王謨《漢魏叢書》本。王本譌漏殊甚，脱去《鹿鳴》「食野之芩」疏，蒲蒻、鶻鳩亦有佚脱，今悉依毛刻本。毛脱去「木瓜」一條，据《御覽》引補入。訂其譌字，增其闕文，多識正名，勉爲小子之學。後之孯求《毛》故者，幸無棄焉。

咸豐五年歲在乙卯立夏日，山陽丁晏叙。

丁晏《校正》補《陸疏》四條

卷上之下末

投我以木瓜

楙，葉似柰葉，實如小瓜著粉者。欲啖者截著熱灰中，令萎蔫，淨洗，以苦酒頭汁密之，可案酒食。密封藏百日乃食之，甚美。

浸彼苑著

著似藾蕭，青色，科生。

卷下之下末

野有死麏

麏，麞也，青州人謂之麏。

駉駉牡馬

牡馬，騭馬也。

陳瑚《爲毛潛在隱居乞言小傳》

今海内皆知虞山有毛子晉先生。云毛氏居昆湖之濱，以孝弟力田世其家。祖心湖，父虚吾，皆有隱德。而虚吾强力耆事，尤精於九九之學，佐縣令楊忠烈隄水平賑，功在鄉里者也。子晉生而篤謹，好書籍。父母以一子，又危得之，愛之甚。而子晉手不釋卷，篝燈中夜，嘗不令二人知。蚤歲爲諸生，有聲邑庠。已而入太學，屢試南闈不得志，乃棄其進士業，一意爲古人之學，讀書治生之外，無他事事矣。

江南藏書之盛，自玉峰菉竹堂、婁東萬卷樓後，近屈指海虞。然庚寅十月，絳雲不戒于火，而巋然獨存者惟毛氏汲古閣。登其閣者如入龍宫鮫肆，既怖急，又踴躍焉。其制上下三楹，始子訖亥，分十二架。中藏四庫書及釋道兩藏，皆南北宋内府所遺，紙理縝滑，墨光騰剡。又有金元人本，多好事家所未見。子晉日坐閣下，手繙諸部，讎其譌謬，次第行世。至滇南官長萬里遺幣以購毛氏書。一時載籍之盛，近古未有也。

蓋自其垂髫時即好鋟書，有屈、陶二集之刻。客有言於虞吾者曰：「公拮据半生以成厥家，今有子不事生産，日召梓工弄刀筆，不急是務，家殖將落。」母戈孺人解之曰：「即不幸以鋟書廢家，猶賢於樗蒲六博也。」乃出橐中金助成之。書成，而雕鏤精工，字絕魯亥，四方之士，購者雲集，于是向之非且笑者，轉而嘆羨之矣。其所鋟諸書，一據宋本。或戲謂子晉曰：「人但多讀書耳，何必宋本焉？」子晉輒舉唐詩「種松皆老作龍鱗」爲證，曰：「讀宋本，然後知今本『老龍鱗』爲誤也。」

子晉固有鉅才，家畜奴婢二千指，同釜而炊，均平如一。躬耕宅旁田二頃有奇，區别樹藝，農師以爲不逮。竹頭木屑，規畫處置，自具分寸。即米鹽瑣碎，時或有貽一詩、投一劄者，輒舉筆屬和，裁答如流。其治家也有法，旦望則率諸子拜家廟，以次謁見師長，月以爲常，以故一家之中，能文章，嫻禮義，彬彬如也。生平無疾言遽色，凝然不動，人不能窺其喜愠。及其應接賓朋，等殺井井。顧中庵嘗笑曰：「君胸中殆有一夾袋册耶？」

崇禎壬午、癸未間，徧搜《宋遺民》、《忠義》二録，《西臺慟哭記》與《月泉吟社》、《河汾》、《谷音》諸詩，刻而廣之。未幾，遂有甲申、乙酉南北之事。每自嘆人之精神意思所在，便有鬼物憑依其間，即予亦不知其何謂也。變革以後，杜門卻掃，著書自娱，無矯矯之跡，而有淵明樂天之風。與耆儒故老、黄冠緇衲十數輩爲佳日社，又爲尚齒社，烹葵剪菊，朝夕唱和以爲樂。間或臨眺山水，當其得意處，則留連竟日。遇古碑文碣志，急呼童子摩搨數紙然後去。嘗雨後與予探烏目諸泉，窮日之力，予飢且疲矣，回顧子晉，方行步如飛，登頓險絶，樂而忘返。其興會如此。

居鄉黨好行其德，篤于親戚故舊。其師若友如施萬籟、王德操輩，或槖饘終其身，或葬而撫其子。建黄涇諸橋，一十八里無褰涉之苦。歲大饑，則賑穀代粥，周鄰里之不火者。司李雷雨津嘗贈之詩曰：「行野樵漁皆拜賜，入門僮僕盡鈔書。」人謂之實録云。

所著有和古人詩、和今人詩、和友詩、野外詩若干卷，題跋若干卷，《虞鄉雜記》若干卷，《隱湖小識》若干卷。所輯有《方輿勝覽》若干卷，《明詩紀事》若干卷，《國秀》、《隱秀》、《弘秀》、《閨秀》等集，《海虞古文苑》、《今文苑》若干卷。

予與子晉交閱數年矣，久而敬之如一日也。明年丁酉改歲之五日，爲其六十初度之辰，其子褒、表、扆，猶子天回、象謙、雲章，暨其倩陳錯、張遡顔、馮長武輩，請予一言介壽。予因作一小傳，以乞言於綴文之家，亦書予之所及知者而已。子晉初名鳳苞，字子九，後更名晉，字子晉。潛在，其別號也。

（《確庵文稿》卷十六）

錢謙益《隱湖毛君墓誌銘》

兵興以來，海内雄俊君子不與劫灰俱燼者，豫章蕭伯玉、徐巨源，德州盧德水，華州郭胤伯，浮囊片紙，異世相存，各以身在相慰藉。不及十年，寢門之外，赴哭踵至，余乃喟然嘆曰：古之老于鄉者，杖屨來往，不在東阡，即在北陌。今諸君子雖往矣，江鄉百里，雞豚近局，南村河渚之間，尚有人焉，吾猶不患乎無徒也。少〔一〕年間，黄子子羽、毛子子晉相繼捐館舍，咸請余坐至榻前，抗手訣別。嗟夫！陸平原年四十作《嘆逝賦》，以塗暮意迮爲

〔一〕「少」，錢仲聯疑當作「十」。

感，今余老耄殘軀，慣爲朋友送死，世咸指目以爲怪鳥惡物，而余亦不復敢以求友累人，所謂「託末契於後生」者，將安之乎！斯其可哀也已！

子晉初名鳳苞，晚更名晉，世居虞山東湖。父清，孝弟力田，爲鄉三老。而子晉奮起爲儒，通明好古，强記博覽，不屑儷花鬬葉，爭妍削間。壯從余游，益深知學問之指，意謂經術之學，原本漢唐，儒者遠祖新安，近考餘姚，不復知古人先河後海之義。代各有史，史各有事有文，雖東萊、武進以鉅儒事鉤纂，要以歧枝割剥，使人不得見宇宙之大全。故于經史全書勘讎流布，務使學者窮其源流，審其津涉。其他訪佚典，搜秘文，皆用以裨輔其正學。于是縹囊緗帙，毛氏之書走天下，而知其標準者或鮮矣。經史既竣，則有事于佛藏。軍持在户，貝多濫几，捐衣削食，終其身茫茫如也。蓋世之好學者有矣，其于内外二典、世出世間之法兼營并力，如飢渴之求飲食，殆未有如子晉者也。

余老歸空門，撥棄世間文字，每思以經史舊學、朱黄油素之緒言悉委付于子晉。子晉晚思入道，觀余箋注《首楞》、《般若》，則又思刊落枝葉，迴向文字因緣，以從事于余，而今皆不可得矣。悠悠人世，可以興悲，豈但東阡北陌而已哉！

子晉爲人孝友恭謹，遲重不洩，交知滿天下。平生最受知者，故令應山楊忠烈公；所莊事者，繆布衣仲淳、張冢宰金銘、蕭太常伯玉也。與人交，不翕翕熱，撫王德操之孤，卹吴去塵、沈璧甫之亡，皆有終始。著書滿家，多未削稿。其子皆鏃礪耆學，能弆而讀之，異時有聞焉。

子晉娶范氏、康氏，繼嚴氏。生五子，襄、褒、袞、表、扆。襄、袞皆先卒。女四人。孫男女十一人。生于己亥歲之正月五日，卒于己亥歲之七月二十七日，年六十有一。越三年辛丑十一月朔，葬于戈莊之祖塋。銘曰：

君爲舉子，提筆如虹。丁卯鎖院，訊于掌夢。明遠麗譙，蟠龍正中。口銜珠書，山字冠空。兩幡旁列，史右經東。明年改元，歲集辰龍。高山崔巍，觀象在崇。爰刻經史，敬嗣辟雍。秦鏡漢囊，表應受終。魯誥既藏，竺墳攸崇。玉牒縹筆，昱耀龍宫。劫塵浩然，噩夢衝衝。維兹吉夢，帝命克從。罣如填如，有丘宛隆。文字海光，長賁柏松。

（《牧齋有學集》卷三十一）